I0656446

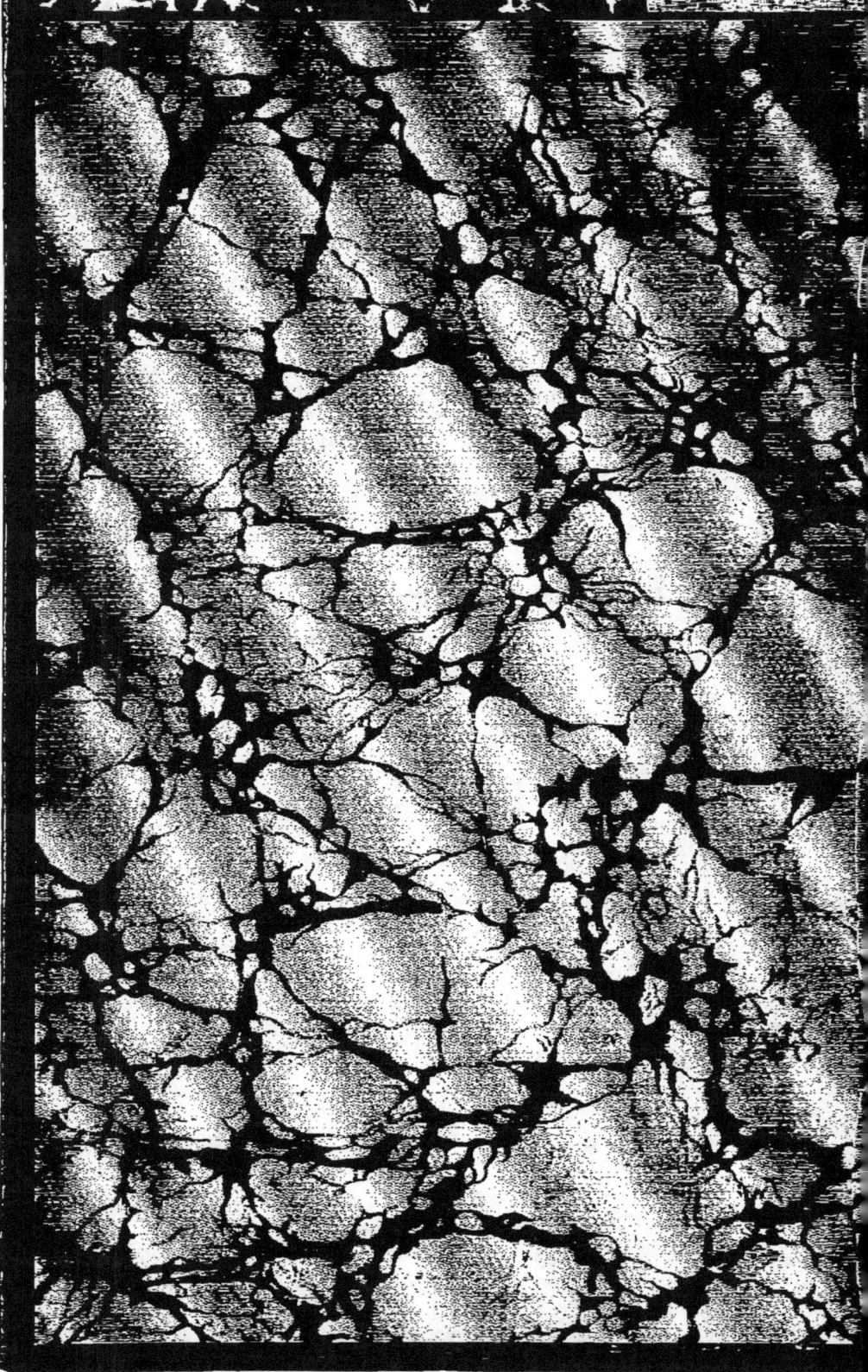

LE

CLOITRE ROUGE

PAR

RAOUL DE NAVERY

———⟡———

PARIS

LIBRAIRIE DE CH. BLÉRIOT, ÉDITEUR

55, QUAI DES GRANDS-AUGUSTINS, 55

LE CLOITRE ROUGE

DU MÊME AUTEUR

—⪥⪤—

Sceaux. — Impr. de M. et P.-E. Charaire.

LE
CLOITRE ROUGE

PAR

RAOUL DE NAVERY

PARIS

LIBRAIRIE DE CH. BLÉRIOT, ÉDITEUR

55, QUAI DES GRANDS-AUGUSTINS, 55

—

1877

Λ

M. JULIAAN DE VRIENDT

A une époque où l'art descendant de ses hauteurs idéales se fait réaliste dans l'espoir d'arriver à de plus retentissants succès, vous avez eu le courage de combattre ces tendances dangereuses. Vous possédiez la foi, ce fut votre force ; vous sentiez en vous ce talent qui, pour s'épanouir a besoin de nobles inspirations ; et, sans calculer si votre renommée grandirait plus tardivement, si l'on comprendrait votre valeur, et si justice vous serait rendue, vous entreprîtes de lutter contre le courant qui menaçait la peinture d'une prochaine décadence.

Dès lors, étudiant les maîtres qui semblent vous avoir transmis leur héritage, vous cherchâtes le secret de leurs compositions à la fois puissantes et

gracieuses, et sans devenir archaïque, vous trouvâtes
le secret d'être grand et de rester simple. Vous ne
vous crûtes point permis de peindre un tableau pour
fournir la preuve de votre savoir et de votre facilité :
chacune de vos œuvres renferme une idée traduite
avec une sobriété qui en double la valeur. Dédaignant
les scènes de la vie moderne, et fouillant tour à tour
les chroniques de votre histoire et les pages de la
légende, vous y trouvez le sujet de ces toiles devant
lesquelles s'arrête le public conquis par la largeur
de l'ensemble, la beauté de la couleur, la perfection
des détails.

Vous n'attendez plus le succès : il est venu tout
naturellement à vous, parce que vous avez cherché
la vérité avec la sincérité d'une âme chrétienne; par
vos croyances, par votre caractère et par la nature
de votre talent, vous vous rattachez directement à
l'école des maîtres anciens dont votre pays a le droit
d'être si fier.

Aussi, quand j'ai songé à retracer la vie d'Hugo
van Goës, quand le nom d'Hemling et celui des van
Eyck est revenu sous ma plume, mon premier
souhait a-t-il été de vous dédier cette esquisse du
passé.

Comme les peintres au *Triomphe de l'Agneau,* vous travaillez fraternellement, confondant les noms d'Albrech et de Juliaan de Vriendt dans une double gloire, et vous puisez une nouvelle force dans une émulation de chaque heure réchauffée par une vaillante tendresse.

Un dernier succès vous attend et nous pouvons vous le prédire : vous fonderez en Belgique la nouvelle école moderne du bien puisant sa source dans le vrai, et s'épurant dans la foi.

RAOUL DE NAVERY.

LE CLOITRE ROUGE

I

PROJETS DE FÊTES

Une réunion nombreuse, composée d'hommes d'âges divers et qui tous portaient sur leurs fronts le signe indélébile et sacré du travail assidu et de l'élévation de la pensée, se pressait dans une pièce aussi vaste que la salle d'armes d'un palais, haute comme le vaisseau d'une église. La décoration de cette galerie, d'un goût un peu théâtral, unissait la richesse à la grâce. Les murs étaient tendus de tapisseries de Flandre, tissées de fines laines mêlées de fils d'or, et dont les sujets d'une élégance légèrement archaïque laissaient la pensée flottante entre la précision de l'histoire et le charme de la fiction. Point ne s'épanouissaient

1

dans les jardins, hors ceux du paradis, les fleurs brodées avec un art précieux ; point n'effleuraient la terre de leurs pieds blancs demoiselles semblables aux vierges richement accoutrées, passant en groupes recueillis le long d'un portique d'architecture idéale ; mais ces tableaux se trouvaient merveilleusement à leur place sur les murs de la vaste salle dans laquelle se pressait à toute heure l'élite des artistes peintres, imagiers, repousseurs, ciseleurs et orfévres de la ville de Gand, accompagnés des doctes hommes que leur éloquence et leur renom de poëtes plaçaient à la tête du mouvement intellectuel des Flandres.

La lumière des torches réparties dans la grande salle multipliait des plaques lumineuses tranchant sur le fond adouci des peintures, selon qu'elle frappait sur une rondache en cuivre repoussé de Jacques Germès le batteur de métaux, ou sur des panoplies d'armes pures encore de sang versé, mais dont les poignées réalisaient des merveilles de ciselure élégante.

Des statuettes de marbre et de bois, des coupes d'orfévrerie, des missels enluminés ornaient les meubles, les crédences, la cheminée. Chaque artiste de Gand tenait à honneur de contribuer à l'ornementation d'une salle dans laquelle littérateurs, sculpteurs et peintres se réunissaient en de solennelles occasions, afin d'y tenir les assises

de l'art flamand, et de prendre telles décisions
capables de mettre en relief la richesse de la cité,
la gloire de ses peintres et de ses imagiers, la
clergie de ses savants et l'inspiration de ses poëtes.

Depuis plus d'une heure les premiers groupes
grossissaient grâce à l'arrivée des nouveaux venus;
chaque artiste, chaque littérateur cherchait du regard ses amis, et s'empressait de les rejoindre.
Les mains se serraient amicalement, les questions
se multipliaient sur les lèvres. Une grande animation régnait dans l'assemblée ; les plus jeunes
parmi les sculpteurs, les peintres et les poëtes s'a-
donnèrent à leur verve, jusqu'au moment où le
plus âgé des assistants, consultant du regard la
grande horloge, laissa tomber ces mots :

— Sept heures !

Il se fit alors, et comme par enchantement, un
grand silence dans la salle.

— Hugo van Goës! dirent vingt voix, où est
Hugo van Goës?

Un homme dans toute la mâle beauté de la jeunesse se dégagea d'un groupe d'amis.

— Qui me demande ? Que voulez-vous ? dit-il.

— Maître Rogier a raison, ajouta l'adolescent
qui venait de prononcer le nom de Hugo; il est
temps de songer aux choses sérieuses et d'étudier
tous ensemble les moyens de rendre plus solennelle l'entrée dans sa bonne ville de Gand de

monseigneur le comte Charles de Charolais, devenu duc de Bourgogne par la mort de son père, notre maître Philippe le Bon, à qui Dieu fasse miséricorde !

— Oui, oui, Hugo ! Hugo ! crièrent vingt voix.

Le jeune homme se rapprocha de la cheminée contre laquelle il s'appuya.

— Mes chers amis, dit-il, il est vrai que monseigneur de Bourgogne, consultant plus son amitié que mon savoir, m'a chargé de veiller à ce que la pompe de son entrée fût digne d'un prince tel que lui, et d'une cité telle que la vôtre ; mais j'ai plus longtemps habité Bruges que cette ville, et je viens non vous communiquer mes idées, mais demander conseil aux artistes maçons, peintres et sculpteurs, dont vous avez le droit d'être fiers.

— Le comte de Charolais est le plus brave des chevaliers, dit une voix, et à dix-sept ans il remportait le prix du tournoi dans une joute fameuse ; m'est avis qu'il faut lui offrir une fête unique dans les fastes de la chevalerie.

— Il s'esbattait hardiment au jeu de barres de Picardie comme pas un de son âge ; organisant des courses et divertissements de ce genre, il faut lui rappeler la verdeur de sa jeunesse.

— N'oubliez pas la musique, Hugo van Goës, dit la douce voix d'un jeune homme ; Charles de Bourgogne y reste fort sensible.

— Ni les pompes d'église, car il s'est toujours montré plein de respect pour la foi de son baptême.

— Croyez-moi, Hugo, ajouta un homme d'environ trente ans, dont le visage respirait une noble inspiration, faites jouer un mystère afin de satisfaire le goût du prince pour les représentations théâtrales de farces, sotties et autres jeux de mimes et de jongleurs.

Hugo van Goës ne put s'empêcher de sourire.

— Savez-vous, dit-il, que vous venez de faire, sans y songer, le multiple éloge de messire Charles de Bourgogne? L'un a vanté son adresse, l'autre sa prud'homie ; chacun a parlé de son goût pour la peinture, la musique, les jeux de la scène : si l'on ne chérissait à l'avance le fils de Philippe le Bon, on l'aimerait d'après le portrait que l'on s'en peut former par des goûts si délicats et si variés. Rivalisons donc d'invention afin de lui ménager dans cette ville une entrée capable d'atténuer un peu la douleur que lui fait éprouver la mort de son père. Pauvre noble prince ! je l'ai vu près du lit d'agonie de Philippe le Bon, pleurant comme un enfant, le suppliant de ne point l'abandonner, lui demandant pardon si d'aucunes fois il l'avait offensé, et réclamant son dernier regard avec sa bénédiction. Jusqu'à ce moment j'aimais monseigneur de Charolais comme un vaillant prince, un

maître généreux ; je sens aujourd'hui que pour lui
je donnerais ma vie.

— Bien dit ! s'écria un jeune homme en pressant les deux mains de Hugo van Goës, et crois-le,
si jamais Charles le Hardi se trouve en danger, tu
ne seras pas seul à le défendre.

— Nous sommes trois pour signer un tel pacte,
ajouta Gaspar Ofhuys.

— Revenons donc à notre point de départ, reprit Hugo ; vous venez tous de donner d'excellents
avis. Nous offrirons au souverain de Bourgogne des spectacles chevaleresques, et nous flat-
terons en même temps son goût pour les arts ;
profitons, si vous le voulez bien, de son entrée à
Gand pour faire jouer devant lui un nouveau *mystère* écrit par Gaspar, *facteur* de notre CHAMBRE DE
RHÉTORIQUE ; les acteurs savent leurs rôles, les dé-
cors sont presque terminés ; les machines destinées
à monter les anges au paradis, et les trappes dans
lesquelles s'engouffreront les diables, peuvent s'a-
chever en deux jours ; les répétitions menées grand
train permettront de donner la pièce avec un complet succès, et nous aurons encore le temps d'inviter à notre fête littéraire les membres des diverses
chambres de rhétorique dont s'honorent les Flandres.

— Bien dit ! fit Hemling en applaudissant.

— Mes amis, ajouta Gaspar, je ne saurais sans

grande crainte et tremblement faire représenter pour la première fois *le Mystère de saint Bavon* devant si notable assemblée; cependant je tiens à si grand honneur de concourir à la splendeur des fêtes données en réjouissance de l'entrée de notre jeune duc dans sa ville, que me voici prêt à surveiller les répétitions de la pièce; je demande seulement que vous m'adjoigniez Régnier van Mols, notre plus habile *trouveur*, pour les compositions de sotties et les joyeux devis des compagnons.

— Il nous faut écrire tout de suite aux *chambres de rhétorique* dont la Belgique garde le droit d'être fière; et pour que ce travail soit achevé avec plus de célérité, nous nous le partagerons.

— Je suis prêt à servir de scribe, répondit Gaspar.

— Vous n'oublierez pas, Hemling, reprit Hugo, de joindre sur le vélin de chacune de ces lettres d'invitation le blason idyllique ainsi que la devise morale ou religieuse de chacune de ces *chambres*.

— J'en ferai de véritables miniatures, répondit Hemling.

— Et vous aurez de charmants sujets à reproduire... Est-il rien de plus poétique que les emblèmes de nos *chambres* : la *fleur de blé*, la *fleur de lys*, la légende de la ville d'Ypres : l'*Alpha* et l'*Oméga;* la *branche d'olivier* avec cette devise : *Ecce gracia;* la *fleur d'églantier* avec cette autre : *Nous fleurissons par l'amour;* le nom triomphant de la *vallée de la joie;* car, en effet, toute réjouissance nous vient des lettres chrétiennes et morales. Le nom de la chambre de Lichterwelde, *les voyageurs pacifiques,* n'exprime-t-elle point merveilleusement cette idée que les hommes voués à la poésie comme à l'éloquence doivent vivre dans des sentiments de douceur et de concorde? La grâce païenne des Muses s'efface chez nous devant la pudeur et la mansuétude des vertus chrétiennes.

— Cela est vrai, ami, répliqua Gaspar; aussi je regrette que quelques-unes de ces chambres aient adopté des noms prosaïques, et tels qu'on croit en les entendant que leurs membres se réunissent plutôt pour des goinfreries et des ripailles que dans le but de s'encourager dans l'étude des belles et doctes sciences. Ne rougiriez-vous pas de témoigner de votre amour pour les réalités de la vie en vous groupant sous l'insigne du *persil* et du *boudin?*

— Mon Dieu! dit Hemling, je ne me révolte pas aussi fort que vous contre certaines joyeusetés; notre misérable nature est un mélange de vertus divines et de défauts exécrables. Les membres de ces chambres ne sont point méchants compagnons, et s'ils aiment trop le rire, croyez-moi, assez vite ils apprendront que l'existence de tous .

a ses heures de larmes; je peindrai donc des branches de *persil* et des *boudins* plantureux sur l'invitation adressée à ces joyeux compères; raplez-vous cependant que j'aurai mille fois plus de satisfaction à dessiner l'emblème de la société de Bruges, qui est une blanche colombe, figure du Saint-Esprit, laquelle porte dans son bec cette belle devise : *Mon œuvre est céleste!*

— Voici un premier point décidé, reprit Hugo, nous convierons les *chambres de rhétorique* de Belgique à nos fêtes; mais, afin de les engager davantage à y accourir, nous devrions y ajouter le programme d'un tournoi pacifique, dans lequel chaque jouteur répondrait, devant une savante assemblée, à une question d'art, de philosophie ou de morale... Notre duc Charles prendrait grand plaisir à ces déduits...

— Eh bien! fit Gaspar, proposons la question qui fut posée lors de notre dernière assemblée : « Qu'est-ce qui invite le plus l'homme aux arts et aux sciences? »

— Oui! oui! crièrent vingt voix.

— Nos amis et frères souhaitent que l'on envoie semblable cartel?

Une explosion de cris et de bravos prouva combien la proposition de Gaspar trouvait d'adhérents.

— Une branche de laurier d'or récompensera

1.

le vainqueur, dit Hugo ; je souhaiterais maintenant, pour augmenter la pompe de la fête, que
nous joignions aux prix d'éloquence, de dialec-
tique, de poésie, aux donneurs de solutions les
plus ingénieuses, un prix à celles des chambres
de rhétorique qui feraient dans notre ville l'entrée
la plus magnifique, et dont les membres pour-
raient le mieux représenter et faire entendre par
figures ou autrement comment on pourra s'as-
sembler en amitié et départir amiablement ; un
prix à la chambre qui représenterait le plus artis-
tement sa devise ; un prix pour la plus belle et
solennelle entrée à l'église ; un autre prix pour
le plus brillant feu de joie, soit sur l'eau, dans
des barques, soit sur les places, à brûler tonneaux de poix, à faire des fusées, allumer des
torches, des lanternes, des poêles à feu ; un prix
à la société jouant le mieux sa comédie ; une récompense à l'auteur qui, dans son prologue, prou-
verait le mieux combien les marchands honnêtes
sont profitables au commerce ; enfin, et tout en
tenant compte de l'observation de Gaspar, un prix
pour celui qui pourrait le plus amiablement ou
gaillardement faire le fol sans injures ni déshon-
nêtetés...

A mesure que van der Goës formulait son programme, Gaspar en écrivait les divers articles, et
quand il les relut à la foule pressée vers la haute

cheminée, des applaudissements unanimes apprirent à Hugo qu'il venait de rémporter un succès complet.

Immédiatement fut dressée la liste des quatorze *chambres de rhétorique* existant dans les diverses villes et seigneuries du Brabant, afin de les convoquer aux fêtes que donnerait la ville de Gand en honneur de son nouveau duc.

Ces points divers une fois réglés, les artistes et les poëtes assemblés dans la grande salle procédèrent à l'élection des dignitaires de la *chambre de rhétorique* de Gand.

Régnier demeura le *trouveur* par excellence, le poëte au gentil esprit, inventant choses gracieuses et légères, sans jamais s'écarter de la décence du langage. Le doyen, longtemps acclamé après le vote, avait fait ses preuves dans plus d'un concours public; Gaspar resta le *facteur* aimé, vénéré, en dépit de sa jeunesse, chargé de composer les pièces destinées à augmenter la pompe des grandes solennités, de dresser le programme des fêtes et des réunions importantes; Roger van Elsen reçut avec modestie le titre de *prince*, que lui valait plus d'une belle ode rimée; enfin le titre d'*empereur*, qui de tous était le plus magnifique, fut décerné à un vieillard de grande taille, dont la belle figure rayonnait de sérénité, et dont la barbe fleurie, comme celle du vieil empereur Karl, descendait à flots sur un pourpoint de velours noir, rehaussé par une lourde chaîne d'or supportant une médaille de Notre-Dame-de-Haut.

Un tout jeune homme, dont les jolies et modestes filles de Gand chantaient la ballade :

> Ma mie semble un lis endormi
> Sous les fraîcheurs de la rosée...

obtint l'honneur d'être le porte-enseigne de la chambre et de faire flotter sa bannière le jour de l'entrée du duc Charles.

Il avait nom Corneille van Oost, et travaillait avec grand zèle dans l'atelier d'Hugo van Goës.

Le *procureur fiscal*, chargé d'enregistrer les faits et gestes des membres de la chambre, continua d'être Pierre Orloy, savant compilateur, rédacteur de chroniques, écrivain de renom et prud'homme aimé et vénéré de toute la ville.

Après le mouvement général auquel donnèrent lieu ces élections diverses, il se fit un instant de silence relatif, pendant lequel Corneille van Oost demanda de sa voix argentine :

— Vraiment, messires et amis, ces élections sont parfaites, et, pour mon compte, j'ai grande joie au cœur en songeant que je porterai haut notre bannière; mais il vous reste une tâche plus délicate et plus difficile à remplir.

— Laquelle? demanda Gaspar.

— Corneille a raison, répliqua Hemling, nous n'avons pas nommé la *reine de rhétorique*.

Artistes, poëtes et savants se regardèrent; la même indécision se lut sur leur visage.

— Il faut nommer la plus belle, dit Hugo.

— La plus sage, dit gravement Gaspar.

— Vous avez tort tous deux! s'écria Hemling; le titre de *reine de rhétorique* doit appartenir à la jeune fille de Gand réunissant la beauté la plus pure à la vertu la plus parfaite.

Il se fit un moment de silence; chaque peintre cherchait dans son souvenir quel doux visage lui rappelait une vertu sans ombre. Les sculpteurs évoquèrent l'élégante apparition d'une vierge gracieuse sous la roideur du surcot; les vieillards se demandaient quelle enfant bénie, parmi celles que l'on voyait chaque dimanche s'agenouiller devant l'autel et suivre pieusement son office, méritait la royale et sainte couronne que les Gantois allaient être appelés à décerner.

Une des choses qui contribuait le plus au grand renom des chambres de rhétorique dont la Belgique s'honorait, et qu'elle fonda en même temps que Clémence Isaure présidait à Toulouse les *Jeux sous l'ormel*, c'est qu'au sentiment littéraire qui la portait à rechercher le progrès dans la poésie et l'éloquence, elle joignait une foi ardente et un culte discret pour la femme. Elle ne lui dressait point d'autels comme l'antiquité, mais jugeant que de l'éducation, du dévouement de la mère, de la tendresse de l'épouse, de l'enjouement de la sœur, de la grâce de la fiancée découle toute joie familiale, ils associaient la femme à leurs solennités, à leurs fêtes, et faisaient retomber sur elle un rayon de la pure gloire de Marie, dont le culte était alors plus grand en Belgique que dans les autres pays de la chrétienté.

En se dévouant à l'étude, le pieux moyen âge plaçait les lettres sous l'égide sacrée de l'Église; il choisissait des prêtres et des évêques pour les mettre à la tête de ses académies; il déposait sur l'autel les palmes et les couronnes des lauréats ; et quand il célébrait la femme dans sa magnifique trilogie, — la vierge, l'épouse, la mère, — il se souvenait de la divine Empérière du monde.

Les plus anciennes chambres de rhétorique, fondées l'une à Leyde avant l'an 1200, l'autre à Diest, avaient, comme leurs sœurs de Normandie, connues sous l'appellation de *Puys*, et leur sœur de Toulouse, l'*Académie des jeux floraux*, mis en quelque sorte la vierge Marie à la tête du mouvement ascensionnel des arts et des lettres. A cette époque, appelée l'âge divin de la peinture, la Foi semblait la première et la plus belle des Muses; aussi durant toute la période du moyen âge voyons-nous se répandre les légendes sacrées, s'écrire des

proses et des hymnes magnifiques, se former et
s'arrêter la langue même de la musique, à l'insti-
gation d'un pape qui fut à la fois un grand homme
et un saint, et se multiplier les œuvres d'art les
plus pures qui puissent donner la mesure de
l'inspiration religieuse.

L'art, descendu d'en haut, ne se croyait d'autre
mission que de tendre vers le ciel et d'inspirer
au plus grand nombre d'hommes possible l'amour
du beau et le culte du bien.

Les chambres de rhétorique savaient que le
premier chapel de roses donné à une vierge de
Salency avait été posé sur un front pur de la main
d'un pieux évêque; en associant les femmes à ces
solennités, elles leur gardaient une magnifique
auréole de pudeur; la beauté n'exerçait nul droit
si la vertu la plus pure n'en doublait l'éclat. De là
vient qu'au moment où Corneille parla de la dernière élection à laquelle les artistes et littérateurs
de Gand devaient procéder avant de se disperser,
un émoi discret remplit plus d'un cœur. Le vieillard souhaitait semblable honneur pour sa dernière fille, les frères tressaillaient à la pensée de
voir, rougissante et confuse, leur jeune sœur
parée comme une princesse, et conduisant la
pompe académique de la ville de Gand.

Cependant, après quelques indécisions, pendant
lesquelles des groupes se formèrent pour discuter

les candidatures mises en avant, un nom fut pro-
noncé par la foule :

— Aléna! Aléna!

Toute compétition s'éteignit; les belles et
chastes filles timidement proposées par quelques
voix, et dont l'image charmante venait d'être
évoquée, disparurent comme pâlissent les étoiles
au lever de l'aube. Il ne parut pas même nécessaire de recourir à un vote, une acclamation générale salua Aléna reine de rhétorique.

La blonde fille à qui l'on destinait ce suprême
honneur, assise en ce moment dans la salle basse
de la maison de son père, dont les fenêtres domi-
naient le fleuve, tirait patiemment les fils d'une
bande de toile dont elle allait faire une précieuse
dentelle.

Cette élection terminée, Hugo van Goës, s'asseyant à la même table que Gaspar Ofhuys, écrivit
d'une main exercée la lettre par laquelle la
chambre de rhétorique de Bruxelles, dite *le Livre*,
était convoquée à Gand. C'était une des plus anciennes de la Belgique, et lorsque le duc Jean IV
fonda l'université de Louvain, il ne manqua point
de s'affilier à l'assemblée de Bruxelles, laquelle
jouissait d'un grand renom pour la perfection avec
laquelle déclamaient ses confrères et la pompe
présidant aux mystères qu'elle représentait. Elle
datait de l'an 1401, et avait pour doctes filles

la Violette, la Fleur de Blé, la Branche d'Olivier, la Fleur de Lys. L'élan littéraire donné par le duc Jean IV ne s'était point ralenti, grâce au zèle des chambres de rhétorique. La cour de Jean IV, la plus docte et la plus brillante, avait vu réunis autour du monarque : Edmond de Dyuter, historien ; Pierre Thymo, secrétaire du prince et chroniqueur de renom, premier pensionnaire de Bruxelles ; Rogier de Bruges, l'habile élève d'Hubert van Eyck ; André Vesale, l'anatomiste, dont le petit-fils devait illustrer toute la race ; Jean de Ruysbroeck, dit van der Berghe, qui dirigeait les travaux de l'hôtel de ville et de Sainte-Gudule ; enfin Jacques Gomès, le batteur de cuivre, qui élevait à la hauteur d'un art, ayant ses règles précises, la reproduction en ronde-bosse de dessins aussi merveilleux que le bouclier dont Homère nous laissa la description.

A partir du règne de Jean IV, l'art prit en Belgique un nouvel essor, il se dégagea des langes dans lesquels il semblait parfois captif, et toutes les branches de l'arbre immense, sous lequel s'abritent les hommes qui se sont voués au culte des grandes choses, poussèrent des jets si vigoureux, si inattendus, qu'ils eussent suffi pour protéger de leur ombre les élus d'entre les hommes dont l'intelligence et l'amour de l'art passionnent et dominent la vie.

Aussi la Belgique semblait-elle à cette heure une vaste académie ouverte à tous ceux qui gardaient bon vouloir. Les princes des Flandres, plus riches que des rois, encourageaient la production des chefs-d'œuvre par la faveur dont ils comblaient les sculpteurs et les peintres; ils en faisaient à la fois leurs compagnons, leurs familiers et leurs ambassadeurs; et si le jeune duc Charles, la veille encore comte de Charolais, était attendu dans la ville de Gand avec une si affectueuse impatience par tous les artistes, dont les principaux nous sont connus, c'est que Hemling, Goës, Gaspar, Régnier, Rogier, étaient les amis de sa jeunesse, et savaient que le prince héritait non-seulement des titres et possessions de Philippe le Bon, mais encore et surtout de son goût pour les arts et de son culte pour les lettres.

Les graves affaires relatives aux cartels à adresser aux *chambres de rhétorique* de Belgique étant réglées, les plus âgés parmi les lettrés et les artistes de Gand se retirèrent lentement; les jeunes gens demeurèrent seuls dans la vaste salle plus attristée qu'éclairée par la lumière des torches de cire.

— Compagnons, dit Hugo van Goës, m'est avis que notre ami Gaspar nous doit initier un peu au *Mystère de saint Bavon;* nous avons parlé ce soir jusqu'à nous sentir le gosier sec et la gorge brûlante, faisons un tour à la taverne de Florus, nous viderons ensemble un gobelet de bière à la splendeur des fêtes de monseigneur Charles.

— Permettez, dit Gaspar, la taverne de Florus...

— Est précieuse pour plus d'un d'entre nous, répondit Hemling; lorsque nous avons à peindre la passion de Notre-Seigneur, et qu'il nous manque un sauvage soldat de Pilate, ou la figure d'un bourreau, nous entrons chez Florus, nous descendons dans la salle basse, et il nous suffit de regarder autour de nous pour découvrir notre modèle... Du reste, soyez tranquille, Gaspar, pas plus que vous je n'aime les beuveries tapageuses; nous aurons chez Florus un retrait mystérieux, où nous parlerons de nos projets presque aussi paisiblement que dans cette salle.

— Allons! répondit Gaspar Ofhuys.

Quelques minutes plus tard, les jeunes gens se dirigeaient vers le logis du *Houblon d'or*.

II

L'enseigne de la maison indiquait assez sa spé-
cialité ; maître Florus tenait à orgueil de vendre
la meilleure bière de la ville, et quoiqu'il en débi-
tât de qualités diverses, la justice que l'on doit à
tous, même aux taverniers, oblige à avouer que
nulle maison si bien achalandée qu'elle fût ne
pouvait rivaliser avec celle-ci.

Les clients du tavernier appartenant à des
classes très-variées, le brave homme avait divisé
son immeuble en zones entièrement distinctes : les
caves, confortablement dallées et voûtées, et dans
lesquelles on descendait grâce à des escaliers en
vis, s'emplissaient régulièrement tous les soirs de
matelots du port et de gens de métier las du travail de la journée et impatients de se réconforter
grâce à une tranche de bœuf succulente et à un
cruchon de bière.

L'épaisseur des murailles et des plafonds étouf-

fait le bruit des voix élevées à un diapason insolite, les refrains plus gais qu'harmonieux et, il
faut bien l'avouer, les rixes qui succédaient parfois
à l'échange de mots un peu vifs.

La bonhomie flamande contenait longtemps
les premiers mouvements d'irritation ; mais quand
débordait la colère, elle se manifestait par des
roulements de coups de poings capables d'enfon-
cer les crânes les plus solides, et par l'envoi en
guise de projectiles des gobelets et des cruchons
épars sur la table.

Lorsque Florus, tardivement averti par la servante, accourait sur le champ de bataille, il se con-
tentait d'admonester paternellement les lutteurs
autour desquels les consommateurs formaient une
galerie de curieux ; puis, lorsque l'un des combattants s'avouait vaincu ou restait sur le carreau,
Florus comptait flegmatiquement les cruches cas-
sées, les brocs d'étain bossués, et les ajoutait au
compte du vainqueur.

Cette habitude du tavernier avait force de loi
au *Houblon d'or*. Si parfois un cri, un appel s'élevaient des profondeurs de la cave jusqu'au rez-de-
chaussée, le petit Frisel, qui versait à boire, montrait ses dents blanches et battait des mains en répétant :

— S'amusent-ils, ces marins du port ! Par saint
Bavon, s'amusent-ils !

Et tandis que les bourgeois s'épanouissaient à la pensée de la gaieté des matelots et des gens de métier, on cassait des mâchoires et on brisait des clavicules dans les profondes caves de la taverne. Au rez-de-chaussée le *Houblon d'or* gardait bonne apparence.

La joie s'y maintenait dans les limites de la convenance, et le culte de Gambrinus n'entraînait jamais jusqu'à l'ivresse. On vidait les pots mousseux entre bourgeois, tout en traitant des affaires de négoce, en préparant des alliances, en devisant du départ et de la cargaison d'un navire, des questions d'impôt, des voyages dont on revenait, des découvertes que l'on allait faire. C'est à peine si à la fin d'un repas la chanson fleurissait sur les lèvres, et alors on la disait presque discrètement en souriant des prunelles et des angles de la bouche, et les amis, les coudes sur les tables, rapprochant leurs faces colorées, répétaient en chœur le refrain flamand; mais si bas, si discrètement que jamais Florus n'eut de représentations à faire aux habitués de son rez-de-chaussée.

L'aspect du premier étage était entièrement opposé. D'assez belles tentures couvraient les murailles, des bras de cuivre curieusement repoussés et ciselés soutenaient des torches de cire ; sur les crédences s'étalait de belle vaisselle. Tout le luxe de la maison de Florus se réfugiait dans cette par-

tie de la maison fréquentée par les jeunes seigneurs et les artistes en renom, qui, pour la plupart, étaient amis de ces gentilshommes.

Afin que rien ne manquât aux plaisirs de ces
clients, la petite chambre voisine de la grande
salle renfermait une collection d'instruments de
musique, et chacun, suivant son goût, pouvait
prendre après le souper une citole, un rebec, une
harpe ou une guitare. Assez souvent, et jusqu'à
l'heure où la voix inflexible du crieur avertissait
qu'il était temps d'éteindre les lumières et de couvrir le feu de l'âtre, on entendait sortir du premier
étage du *Houblon d'or* des sons d'instruments ma-
riés avec grand art, et des chants si merveilleux
que la foule s'amassait sous les fenêtres afin d'entendre chanteurs et musiciens.

Point n'est besoin de demander si Florus faisait
de bonnes affaires. Sa mine épanouie trahissait son
contentement. Chaque année, à mesure que s'ar-
rondissait son épargne, son abdomen s'élargissait
dans des proportions nouvelles; et il était à redouter, si la fortune continuait à favoriser de la sorte
le tavernier, que celui-ci se trouvât obligé de faire
agrandir considérablement la porte de sa maison,
afin de pouvoir en sortir et y rentrer.

A mesure que Florus prenait cette amplitude de
formes, son caractère devenait plus jovial, sa gaieté
plus expansive; sa grosse face rayonnait comme un

soleil, ses grosses mains se reposaient plus à l'aise
sur son ventre majestueux, et ses yeux, qui semblaient diminuer à mesure que s'arrondissaient
ses joues, pétillaient de mordante malice.

Florus avait une fille, mince, blanche et blonde,
que les habitués de la maison connaissaient à
peine, car Florine habitait le béguinage, et ne
se montrait à côté de son père que le dimanche,
dans l'église de Saint-Bavon. On pouvait alors
admirer l'élégance de sa taille dessinée par les plis
de la faille noire en samit qui lui couvrait à peu
près le visage, un tout petit pied laissé à découvert
par la jupe en fine laine, et des mains charmantes
tenant un missel que Florine avait enluminé.

L'héritière de Florus était à la fois savante et
jolie, et le tavernier rougissait souvent d'orgueil
à la pensée que sa fille à lui, l'hôte du *Houblon
d'or*, avait été demandée en mariage par plus
d'un riche bourgeois et d'un échevin de la ville.
Mais Florus ne se pressait point d'accorder la main
de sa fille; il comptait avant cette heure céder la
taverne, source de sa fortune, et se retirer avec
Florine dans une maison fleurie récemment achetée
à l'extrémité de l'un des faubourgs de Gand, et y
vivre en bourgeois richement renté et possesseur
de bateaux faisant au loin un commerce lucratif.

L'argent n'était pas, du reste, l'unique richesse
de maître Florus.

De tout temps, et même dans ces Flandres où l'art était tenu en si grand honneur, les peintres eurent la main libéralement ouverte. Comment tenir sournoisement aux écus d'or gagnés par quelques coups de pinceau ? L'artiste croyant en son génie sait que le lendemain même il retrouvera dans le travail une source égale de fortune ; et les ducats s'échappent de sa main avec la prodigalité des princes d'Orient qui trouvent dans les souterrains de leurs palais d'inépuisables trésors gardés par les génies. Seulement ces fils favorisés de l'art comptaient sans les molles rêveries de la paresse qui paralysent parfois le bras et le cerveau ; sans les entraînements des amis qui vous arrachent au labeur en faisant miroiter devant vous les gaietés d'une fête nouvelle ; sans les difficultés d'enfantement d'une œuvre lentement conçue, que l'on porte en soi comme un cher fardeau, et qui, avant de voir le jour, nous condamne à de secrètes douleurs, pendant lesquelles, absorbé par la pensée de l'œuvre à créer, l'artiste reste incapable de se livrer au moindre labeur.

De toutes ces raisons, il résultait souvent que les peintres habitués de la taverne du *Houblon d'or* se trouvaient dans l'impossibilité de solder à maître Florus les dettes contractées chez lui.

Le bonhomme souriant et jovial refusait si implacablement tout crédit que nul de ses clients ne

l'eût prié de faire une exception en sa faveur;
mais tous savaient que Florus acceptait sans con-
testation et à l'égal de monnaie courante une toile,
une esquisse, un dessin, suivant le chiffre de la
dette ; de plus, si l'objet livré avait une valeur dépassant consciencieusement la somme exigible,
Florus en tenait compte à l'artiste avec une bonne
foi digne de louanges.

Jamais aucun des peintres ayant soldé sa note
au moyen d'une œuvre d'art ne la revoyait dans
la taverne ; Florus envoyait chaque acquisition
nouvelle rejoindre les tableaux dont s'ornait le
vaste parloir de la maison du faubourg. Mais si
Florus se montrait assez accommodant à l'égard des
peintres annonçant un talent réel ou possédant
une juste renommée, il restait intraitable pour les
barbouilleurs condamnés à demeurer dans les
bas-fonds de la médiocrité.

Chaque jour on était sûr de rencontrer au premier étage de l'hôtel du *Houblon d'or* une réunion
choisie de gentilshommes et d'artistes. Dans cette
vaste salle, que Florus appelait orgueilleusement
son « académie », on faisait moins de bruit encore
qu'au rez-de-chaussée ; les jeunes gens s'y réunissaient moins pour boire d'excellente bière que
pour reprendre leurs longues causeries sur l'art,
les voyages, les livres, tandis que les gentilshommes quittaient leurs parties d'échecs et de dés

pour écouter discuter les élèves de van Eyck que la faveur du prince faisait leurs égaux.

La proposition faite à ses amis par Hugo van Goës d'aller terminer la journée au *Houblon d'or* n'avait donc rien d'étrange. Après une minute d'indécision, Gaspar prit le bras de Hemling, et suivit avec ses compagnons la rue conduisant au logis du tavernier.

— Mes amis, dit Hugo van Goës, j'ai une proposition à vous faire : au lieu de monter à l'académie, descendons dans les caves de maître Florus ; j'ai besoin, et Hemling est dans le même cas que moi, de saisir sur le vif des types étranges pour un tableau de crucifixion qui m'est commandé par le *Petit Serment ;* nous enlèverons en quelques minutes des physionomies au moins étranges, et telles que ne nous en offrent jamais les modèles de profession.

— J'applaudis de tout mon cœur à cette idée, répondit Hemling ; aussi bien, Florus fait trop mystère de son Enfer pour qu'il ne soit point curieux à voir.

— Tu consens, Gaspar? demanda van Goës.

— J'irai partout avec vous, répondit le jeune homme.

En ce moment, les artistes se trouvaient en face de la taverne, dont la rotondité de Florus interceptait complétement l'entrée.

Le tavernier se rangea pour laisser passer les jeunes gens, et leur désigna d'un geste respectueux l'escalier conduisant à l'académie.

— Aujourd'hui, murmura van Goës en s'approchant de Florus, nous ne désirons pas monter, nous voulons descendre.

— Descendre !... Savez-vous bien ce que vous dites, messire ?

— Parfaitement.

— Vous désirez voir l'Enfer ?

— En ce monde, afin de l'éviter dans l'autre.

— C'est impossible ! répondit Florus.

— Tu dis ? demanda Hemling.

— Je dis impossible ! et il faut une raison bien grave pour que je vous refuse quelque chose, mes jeunes maîtres.

— Donne-nous la raison de cette impossibilité.

— L'Enfer est loué !

— Pour une noce ?

— Par un potier d'étain qui m'a payé !

— Rends l'argent.

— Je ne puis pas.

— Veux-tu le double ?

— J'ai promis, dit Florus dont le visage trahissait une vive contrariété.

— Trois ducats ! cinq ducats ! dix ducats !

La sueur mouillait les tempes du tavernier ; il

hésita, passa la main sur son front et dit d'une voix plus faible :

— Je ne ferai rien pour de l'or, maître van Goës, tous les ducats se ressemblent ; donnez-moi un petit tableau et je vais arranger l'affaire...

— Nous aurons l'enfer pour ce soir ?

— Non, la salle est louée, je vous l'ai déjà dit ; seulement il me reste un cabinet tout prêt, à côté...

— Mais ce n'est pas la même chose, malheureux ! nous voulions nous mêler à tes habitués, les dessiner au besoin.

— Eh ! messires, vous dessinerez tout ce que vous voudrez ! ce cabinet est muni de lucarnes ; vous entendrez même ce qui se passera si vous êtes curieux d'écouter des chansons de noces ou des contes vantant ma bière, car une simple cloison sépare ce cabinet de la grande salle.

— Acceptons-nous ? demanda Hugo.

— Acceptons ! répondit Hemling.

— Cela me semble même préférable, dit Gaspar ; de la sorte nous dominerons le spectacle, et nous ne serons vus de personne.

— A quelle heure arrivent tes potiers d'étain ?

— Dans quelques minutes, répondit Florus en consultant l'horloge.

— Alors, conduis-nous.

— Pardon, répliqua le tavernier ; ma rotondité s'oppose désormais de la façon la plus absolue à

2.

ce que je descende l'escalier de l'Enfer; Gudule
vous installera et vous servira...

— De la bière, dit van der Goës, des crayons et
du papier.

— Vous aurez tout cela, messires.

La petite Gudule, appelée par son maître, sourit
aux clients de l'académie qui consentaient à descendre dans les caves infernales ; puis, ayant introduit les jeunes gens dans une salle étroite, elle
leur laissa une petite lampe, des brocs pleins, des
gobelets, et, s'élançant hors de son cabinet à l'appel de Florus, elle se trouva presque immédiatement debout sur la première marche de l'escalier
au moment où le potier d'étain, qui avait loué la
salle voûtée de la taverne, se faisait reconnaître à
Florus et traversait le rez-de-chaussée.

A sa suite se pressaient des hommes vêtus de
costumes divers, et dont l'allure affectait l'insou-
ciance, tandis qu'une préoccupation visible se
trahissait sur leurs visages.

Ils passaient par deux, par trois, s'engouffraient
dans l'escalier, suivis bientôt par d'autres hommes
murmurant le même mot de passe à l'oreille de Florus. La plupart avaient dépassé la quarantaine ;
mais un bon nombre d'adolescents se mêlaient à ces
hommes, et ce n'étaient point ceux dont le regard indiquait le moins de résolution et de har-
diesse.

— Ah çà! mais, se demandait Florus, il en viendra jusqu'à demain de ces *Camarades des lames de plomb?* car tel était le nom donné par le potier comme mot de passe. Heureusement, ajouta Florus, que, plus l'assemblée sera nombreuse, plus on boira, et plus on boira...

Gudule interrompit les réflexions de son maître.

— Quelle boisson faut-il descendre? demanda-t-elle.

— Va t'en informer respectueusement.

Une minute après, Gudule remonta.

— Il n'est pas nécessaire de parler respectueusement à des consommateurs pareils! répondit la petite servante; ils m'ont demandé trois brocs d'eau claire.

— Des brocs d'eau! Ils veulent déshonorer ma maison!

Gudule reprit :

— Comme je sais prendre vos intérêts, j'ai fait observer au potier, comme vous l'appelez, que des brocs d'eau servent pour la torture des criminels et non pour désaltérer d'honnêtes Flamands; j'ai cru que le potier m'allait étrangler, car il s'est élancé vers moi d'un air furieux... Sans demander autre chose, j'ai monté l'escalier et me voilà..... Que faut-il faire?

— Descends les brocs d'eau... Ils sont dans leur droit, ils ont loué la salle... Seulement on ne me

reprendra plus à livrer un local sans savoir à
l'avance ce qu'on y consommera... Heureusement
le tableau d'Hugo van Goës compense cette dé-
convenue... Je serais curieux d'apprendre ce que
vont se dire les *Camarades des lames de plomb*...
Si je pouvais encore descendre l'escalier, ce serait
facile... J'enverrai la petite Gudule...

Florus reprit en s'adressant à la servante :

— Bière ou eau de puits, ma fille, tu dois remplir ton office à l'égard des habitants de l'Enfer.

— Excepté aujourd'hui, maître Florus, car après
m'en avoir demandé la clef ils ont fermé la porte
en me signifiant que mes services leur étaient
inutiles.

— Allons ! fit Florus, il est dit que ces potiers ne
me donneront pas même la satisfaction légitime de
les griser.

— Par exemple, ajouta Gudule, j'ai royalement
servi messire van der Goës et ses amis.

Tandis que Florus supputait la perte que lui
faisait subir la sobriété de ses hôtes, ceux-ci, se jugeant en sûreté après avoir enlevé la clef de la
porte placée au bas de l'escalier, se comptèrent du
regard, puis celui qui semblait leur chef se tourna
vers eux, et dit à voix basse :

— Par la grâce de Dieu et de Notre-Dame, nous
pouvons reprendre nos chaperons blancs.

III

LES CHAPERONS BLANCS

Tandis que Florus maugréait contre les hôtes de ses caves, Hugo van Goës et ses amis s'installaient dans le cabinet ouvert par Gudule. Une ample provision de cartons teintés, de vélin, de crayons, se trouvait sur la table ; tous les artistes de Gand étaient certains de trouver à toutes les heures, chez le maître tavernier, ce qui leur était indispensable pour achever un dessin ou ébaucher une peinture, que l'habile homme échangeait contre une quittance en règle.

— Vraiment, dit van der Goës, Florus est peut-être intelligent sans le savoir ; en nous abandonnant ce cabinet il nous rend un service mille fois plus grand qu'en nous ouvrant l'Enfer à deux battants. Les braves Flamands qui, pour ce soir, ont loué les salles voûtées de la taverne, se fussent trouvés plus ou moins gênés de la présence d'étrangers. La franche beuverie garde ses pudeurs, et qui sait si ces amateurs de cervoise eussent été jusqu'au bout de leurs tournois? Nous allons, sans aucun doute, assister à une lutte gigantesque de buveurs; l'un avalera dix pintes de bière, son voisin quinze, le troisième boira dans la coupe ou entonnoir d'un bourgmestre, et le dernier, soulevant un tonneau à bras tendus, l'absorbera sans broncher. L'ivresse s'emparera de tous : celle des uns sera gaie, celle des autres larmoiera comme une fontaine, et tandis que l'un de nous croquera les types curieux, les autres attendront qu'aux brocs succèdent les dés. J'ai justement à peindre des soldats se disputant la tunique du Sauveur...

— Quant à moi, ajouta Hemling, il me faut un bourreau, et pour peu qu'un tricheur soit dévoilé, qu'une lutte s'engage, je trouverai sur l'un des visages des joueurs l'expression de haine et de colère que mes modèles payés ne me donnent jamais.

— Que fais-tu, Gaspar Ofhuys? demanda Hugo à son camarade.

— Moi? j'écris une ode à madame la Vierge.

— En cet endroit?

— Et pourquoi non? demanda Gaspar; nous ne commettons aucun mal, ce me semble; chacun de nous travaille à sa manière : vous préparez des toiles pieuses, et je compose une hymne à

Marie... chacun de nous l'honore à sa manière...
Je ne suis pas meilleur que la foule, mon cœur a
ses faiblesses et mon esprit se peut égarer... Je
ne saurais répondre de ne pas commettre, à
une heure que je puis redouter sans la prévoir,
une de ces fautes que d'avance je répudie... Mais
enfin supposez ceci, qu'entraîné par les passions
j'oublie une heure ce que je me dois, ce que je
dois à Dieu... Que la mort me frappe brusquement, subitement .. je serais damné, n'est-ce
pas?... Eh bien! il me semble qu'au sein des
tourments éternels, juste châtiment de ma faute,
je continuerais à aimer Dieu...

— Alors, répondit Hugo, tu ne serais pas
damné; l'enfer, c'est l'absence de l'amour.

— Et voilà pourquoi j'écris une ode à madame
la Vierge.

— Tu me permettras de te faire observer que
tu manques de logique dans ta façon d'exprimer
tes idées; mais l'intention est bonne, elle suffit à
Notre-Dame comme à nous... Mes amis, le défilé
commence...

Hugo et ses camarades soulevèrent la draperie
recouvrant d'étroits carreaux, et ils virent descendre avec lenteur une longue file d'hommes qui
se rangeaient paisiblement le long des murs de la
grande cave. Lorsqu'ils se trouvèrent au complet,
ils renvoyèrent la curieuse Gudule et prononcè-

rent cette parole qui surprit si fort les jeunes artistes :

— Nous pouvons reprendre le chaperon blanc.

Les jeunes gens se regardèrent, et Hugo, se
penchant vers Hemling, murmura à son oreille :

— Nous n'avons rien à faire ici.

— Au contraire, fit Hemling.

— Des buveurs d'eau claire ne s'enivrent pas.

— C'est vrai, mais ils conspirent.

— Je commence à croire, fit Gaspar, que l'idée
de Hugo lui a été inspirée par la Providence.

— Silence, fit Hemling, on va parler.

Les hôtes de la cave du *Houblon d'or* étaien
environ cinquante; nous avons dit qu'ils semblaient graves, surtout les plus âgés; sur le visage
des jeunes gens on lisait une juvénile audace ét
une hâte impatiente d'apprendre ce qu'avaient
résolu les anciens.

L'homme qui semblait dominer l'assemblée était
le chef de la jurande des maîtres foulons. Ses cheveux blancs tombaient sur une houppelande de
drap de Frise, et sa longue barbe descendait jusqu'à sa ceinture de cuir, retenue par un fermail
d'argent. On l'appelait Rubbes, et son influence
était souveraine sur les hommes de sa corporation. A sa droite se tenaient ses fils Michel et
Hubert.

Quand les hommes eurent tiré de l'ample poche

de leurs habits le chaperon blanc dont ils couvrirent leur tête, Rubbes reprit d'une voix claire :

— Le maître de la corporation des batteurs de
fer.

— Me voici, répondit un homme d'une taille
athlétique, et dont le visage respirait une singu-
lière audace. Tous les ouvriers sont prêts à la lutte,
et les affiliés de Liége ne manqueront pas de se
joindre à nous.

— Combien d'adhérents?

— Cinq cents.

— Le maître de la corporation des teinturiers
de laines.

— Nous sommes deux cents, répondit l'homme
interpellé.

Tour à tour Rubbes appela de la sorte les chefs
de divers métiers ayant leurs règlements spéciaux,
nous dirons presque leurs fortunes et leurs lois
diverses ; puis, après s'être informé du nombre
d'ouvriers et d'apprentis dont chacun pouvait dis-
poser, il écrivait un chiffre rouge sur une page
blanche.

Les villes de Flandre présentaient à cette époque le tableau industriel le plus brillant et le plus
animé. On fabriquait dans presque toutes les cités
des étoffes de laine, des tapisseries, des velours,
des soieries. La plupart de ces manufactures devaient aux croisades des inventions nouvelles, des

3

modes étranges et le goût d'un luxe éclatant. Au
nombre des villes de Flandre les plus célèbres
par leur commerce, on citait Bruges, Gand, Cour-
trai, Ypres, Oudenarde, Louvain, Bruxelles, Malines, Anvers, Tournai, Lille, Cambrai, Douai,
Arras, Valenciennes. Une ambition salutaire s'é-
tait élevée entre toutes ces populations ; quelle
que fût l'activité de la main-d'œuvre, celle du
débit était si grande que les magasins ne se trouvaient jamais encombrés. La plupart des laines
employées venaient d'Angleterre ; le Nord four-
nissait le lin et les chanvres, dont la filature em-
ployait un grand nombre d'ouvriers. On recher-
chait fort les toiles et les dentelles de Flandre ; la
fabrication des armes et celle d'un grand nombre
d'ustensiles en fer ou en cuivre était en grande
activité. Chaque industrie avait ses chefs, ses
doyens ; elle formait une famille, et l'ensemble de
ces corporations représentait une puissance avec laquelle les souverains se trouvaient souvent obligés
de compter.

Aussi, dès que l'appel fait par Rubbes fut
terminé, Hugo, devenu subitement grave, murmura :

— Ces gens-là ne sont pas venus pour se griser
de cervoise, mais de haine.

— Amis, compagnons et frères, commença Rubbes, l'heure de la revanche va sonner pour vous ;

les maîtres des corporations et les chefs de métiers laveront la honte dont les accabla le duc Philippe... L'an 1467 permettra d'oublier la date de 1452...

— Oui, oui, nous effacerons l'insulte qui nous fut faite.

— Vous tous qui avez âge d'hommes, reprit Rubbes, vous fûtes témoin de ce qui se passa dans la ville de Gand sous le règne du duc dont il a plu à Dieu de rappeler l'âme... Vous et moi, nous avons combattu pour la liberté de nos priviléges, et si la fortune ne vint pas toujours en aide à notre courage, nul ne pourra jamais nous accuser de faiblesse... Ce n'est donc point pour vous dont les bras accoutumés aux outils du compagnon manœuvrèrent si bien l'arquebuse et les mortiers que je veux rappeler cette page de notre histoire, mais pour les jeunes gens qui se trouvent au milieu de nous, et qui ont le droit de s'informer pour quelle cause ils vont s'armer et se battre...

Les artistes se rapprochèrent d'un mouvement rapide.

— Nous cherchions une sottie, dit Hugo, une comédie joyeuse, et c'est le drame qui commence.

— Écoutons! écoutons! fit Gaspar.

— Quant à moi, ajouta Hemling, comme ce qui va se dire me semble intéressant au plus haut point, et qu'il nous peut être utile de connaître un jour les noms de ceux qui parlent si haut de leurs droits, et si irrévérencieusement de monseigneur Philippe de Bourgogne, dont Dieu ait l'âme, je vais exécuter une série de croquis dont l'utilité peut être fort grande... Je commence par l'espèce d'Hercule chef des batteurs de fer.

— Bien dit! fit Hugo; les crayons en main... Au surplus, voilà de beaux types, il en faut convenir! On finira bien par mettre un nom au bas de ces figures...

Tandis que les jeunes gens se préparaient à dessiner rapidement les têtes les plus remarquables des conspirateurs, le vieux Rubbes, debout au milieu de la grande salle voûtée, les bras croisés sur sa poitrine, semblait se recueillir et classer dans sa mémoire les faits qu'il allait rappeler.

Les hommes restèrent immobiles; mais les jeunes gens rétrécirent le cercle des assistants et s'avancèrent vers Rubbes afin de l'entendre mieux.

Le vieillard commença :

— Ce fut en 1451 que les Gantois élurent pour chef de leur conseil Daniel Cessandres, et députèrent Pierre Baudois, et maître Gilles Bouin et autres, afin de régler la valeur et l'application de leurs priviléges. Gand était ville libre et voulait garder ses immunités. Elle n'entendait point recevoir d'ordres d'un duc, et se voulait gouverner par elle-même. Son bourgmestre et ses échevins

suffisaient pour y maintenir l'ordre et y voir croî-
tre l'opulence, sans qu'il devînt nécessaire d'y
appeler le prince et ses officiers; et les choses se
trouvèrent organisées de la sorte et pour le bien
de tous, et tant que dura ce mode de gouvernement la ville resta florissante et les gens de Gand
furent heureux.

— C'est vrai, murmurèrent les voix des hommes
qui prêtaient une oreille attentive aux paroles de
Rubbes.

Celui-ci reprit :

— Le duc Philippe entra dans une telle fureur,
et menaça la ville de telles rancunes, que les hommes de Gand, résolus à soutenir leurs libertés et à
rendre hommage au duc, sans se laisser gouverner
par lui, se levèrent à la première menace qui leur
fut adressée, et adoptèrent pour signe distinctif
de leur ligue le chaperon blanc que nous repre-
nons aujourd'hui... Quatre mille hommes se mirent en campagne, et une rude guerre commença...

— Oui, murmura Hugo en se penchant vers
Gaspar; mais ce que le doyen ne dira pas sans
doute, c'est que l'armée des Gantois ne se borna
point à la révolte contre le bon duc. Elle envahit
les campagnes, maltraita les paysans, incendia les
fermes après les avoir pillées, et cette préten-
due révolte du droit contre la force est une des

plus odieuses et plus sanglantes pages de notre
histoire...

— Compterez-vous jamais sur l'équité des
hommes levés contre les lois et la justice? demanda Gaspar; cet émeutier parle en chef d'é-
meute, voilà tout.

L'hercule forgeron de Gand s'approcha de deux
pas en relevant les manches de son vêtement de
cuir, et serrant ses gros poings noircis par la li-
maille :

— Je faisais partie de l'ambassade qui fut en-
voyée de Gand à Bruxelles, le jour du *Grand Ven-
dredi*, afin de remontrer au duc que les gens de
Gand ne demandaient pas mieux que d'entrer en
accord avec lui... Vraiment la pompe du départ
était belle : les religieux de Saint-Bavon et de
Saint-Pierre marchaient les premiers sous la garde
de la croix; les notables de Gand suivaient, et je
m'étais joint au cortége, non pas dans le but de
demander grâce au duc, comme je craignais que
les moines et les prêtres le fissent, afin d'empêcher
le sang de couler davantage, mais pour rapporter
aux frères et amis des métiers tout ce qui serait
dit de paroles mémorables... Les religieux de Gand
demandèrent la paix, et les notables appuyèrent
leur prière; mais le duc répondit que les Gantois
acceptaient ou imploraient la paix l'épée au poing,
en grande assemblée et en armes, et que lui, Phi-

lippe, duc de Bourgogne et maître des Flandres, ne ferait réponse aux révoltés que le jour où ils se livreraient à sa merci... Le mot était dur, la chose plus terrible encore... Qui pouvait dire si le vouloir du duc se tournerait en miséricorde ?... Il ajouta, en regardant les notables et les religieux, qu'il aurait regard à non punir et grever les bons pour le péché des mauvais... Chacun comprit que les gens de Gand subiraient châtiment notoire, et comme l'ambassade n'avait pas mission de traiter pour notre armée elle revint dans la ville, et la lutte commença... une lutte sans trêve et sans pitié...

Un sourd murmure se fit entendre dans la salle.

— A cette heure, reprit Rubbes, les Gantois se riaient, ma foi ! des forces du duc Philippe. Ils s'emparaient des châteaux de ses meilleurs amis, prenaient le castel de Gavres, sur l'Escaut, appartenant au seigneur de Laval, un Breton qui en ce moment guerroyait sous son duc; puis celui de Schendelbeke, et quand ils avaient tué les gardiens, chassé les femmes et les enfants, avec quelle joie nous installions notre garnison dans les demeures seigneuriales! Le pays nous appartenait. Philippe levait des hommes, il appelait le ban et l'arrière-ban de ses vassaux; ce n'était pas trop de soulever toute la Bourgogne contre une ville de Flandre! Et vraiment nous tressaillions d'orgueil à la pensée qu'un si grand nombre de gentilshommes serait indispensable pour lutter contre des maîtres foulons et des batteurs de fer ou de cuivre. Charles, ce même Charles que la mort de Philippe vient de nous donner pour maître, jura par saint Georges de nous réduire à l'obéissance ; le duc de Clèves s'apprêta à secourir son oncle ; le comte de Saint-Pol, messire de Crouy, seigneur de Chimay, levèrent les gens de Huy et les Namurois ; le comte de Nassau, messire Philippe de Hornes groupèrent les Brabançons ; Louis de Gruthuse rassembla la noblesse des Flandres. Mais les gens de Gand, bien armés et embastionnés, se riaient grandement de l'armée du duc de Bourgogne. Ils étaient douze mille dans les plaines, sur les routes ; on les croyait ici, ils se trouvaient là ; on les guettait dans un village, et pendant ce temps ils prenaient et brûlaient une cité ; on voulait les combattre en rase campagne, tandis qu'ils se tenaient à l'abri dans l'enceinte des villes conquises et des forteresses livrées. Quelle guerre, amis et frères, quelle guerre ! Si grand était notre enthousiasme, et si complète notre confiance, que nulle armée ne semblait pouvoir nous vaincre... Et vraiment nous enlevions les villes comme loup des bois fait des brebis ; nous voulions ravir Oudenarde au duc, et nous en faisions le siége ; on se battait à Termonde, à Rupelmonde, et plus on se battait, plus grandissait la soif de bataille... et plus les rangs des Gantois se recrutaient de gens prêts à accourir pour la défense de nos priviléges.

Rubbes s'arrêta un moment, et promena autour de lui un regard demandant l'approbation de tous et la confirmation de ses paroles.

— C'est vrai ! dirent vingt voix ; nous étions à Oudenarde, à Rupelmonde.

Dans le cabinet des artistes, Hugo, qui venait de terminer le portrait de Rubbes, dit à ses compagnons :

— Ces gens oublient que chaque jour des groupes de paysans demi-nus, affamés, accouraient dans le camp du duc, après avoir erré dans la campagne dévastée et avoir failli s'ensevelir dans ses marais ; ils entouraient la tente de Philippe le Bon et se remettaient à la merci de leur prince, qui leur pardonnait libéralement et les renvoyait à « sauveté » selon qu'ils se rendaient.

Rubbes reprit avec un sourire railleur :

— Les Gantois effrayèrent le duc. Il savait bien que les lances de ses hommes d'armes se briseraient contre leurs bâtons, et pour ne point paraître céder devant la force il eut recours à un subterfuge. On répandit le bruit que le roi de France Charles VII, le *bien servi*, avait besoin dans sa propre armée du comte de Saint-Pol, suivant la bataille de Philippe de Bourgogne, et Charles envoya une ambassade

3.

vers le duc, afin d'arriver à un apaisement des partis.

Hemling laissa tomber son poing sur la table du cabinet avec une telle force, qu'Hugo van Goës trembla que ce bruit insolite eût été entendu des Chaperons blancs; mais ceux-ci prêtaient une oreille trop attentive au récit de leur doyen pour avoir distingué le craquement de la table de chêne.

— Reste calme! dit van Goës en saisissant le poignet de son ami.

— Eh! le moyen de l'être, quand j'entends effrontément altérer la vérité. Sans doute Charles VII intervint comme médiateur dans la lutte, mais il en avait été prié par les Gantois, effrayés de leur propre audace.

— Si le doyen des Chaperons blancs disait la vérité, il ne recruterait point de partisans pour la révolte qu'il fomente; le mensonge seul enfante les révolutions et les mouvements populaires...

— Je ne sais ce qui me retient de quitter ce cabinet, reprit Hemling, de sauter à la gorge de ce manant...

— Et de nous faire tous étrangler dans cette cave... Encore s'il ne s'agissait que de notre vie... Mais, si j'en crois mes pressentiments, nous apprendrons bientôt que l'homme pour qui nous

verserions tout notre sang avec joie va courir un
grand danger... Silence donc! ton interruption,
mon cher ami, nous a déjà fait perdre quelques
phrases de l'orateur, et toutes me semblent précieuses à recueillir...

Hemling baissa la tête, comme s'il avouait un
tort involontaire, et la voix de Rubbes parvint de
nouveau jusqu'aux artistes.

— Ce fut alors que ledit comte de Saint-Pol,
député chef d'ambassade, le procureur du roi, et
maître Guillaume de Poppincourt, rejoignirent le
duc au pays de Wos; celui-ci les reçut dans la
maison des champs où il se trouvait logé, les trai-
ta moult honorablement, puis, leur ayant fait telles
réponses que lui dicta son orgueil, les renvoya
vers nous à Gand... Le comte de Saint-Pol nous
connaissait trop bien pour se charger de répéter
pareils discours, et si le procureur du roi Charles VII
et M. de Poppincourt rapportèrent au duc nos
paroles indignées, par saint Bavon! le prince dut
entrer dans une farouche colère. Il faut bien
l'avouer, nos griefs furent exposés avec fureur,
avec rage... Nous demandions le libre usage de
nos priviléges, nous maudissions les meurtriers
de nos compagnons, de nos bourgeois pris et occis violemment... tués par l'épée et la corde, par
la main du bourreau ou par la main des soldats...
Non, notre orgueil ne plia point devant l'ambas-

sade, et durant plusieurs jours les messagers des princes entendirent nos plaintes injuriables et nos réclamations sans merci...

— Et que répondirent les ambassadeurs? demanda un jeune homme.

— Ils s'attendaient à des soumissions, et se trouvèrent en face d'hommes résolus à tout plutôt que de céder... Alors sans rien conclure, car on ne les avait nullement chargés de paroles de paix, ils regagnèrent le village de Wosmastre, sur la Dorme, où le duc les attendait. En les écoutant, il faillit mourir de rage, et déclara qu'il abattrait la tête du dernier des Gantois. Le lendemain, il chevauchait dans les Flandres avec son armée menée en grand ordre, il faut le dire. Peu après, Antoine de Bourgogne surprenait Morbecque et la mettait au pillage avant de l'incendier... Les Gantois s'étaient élancés au secours des gens attaqués, mais le Bâtard les repoussa dans la ville. Alors commença pour les défenseurs de nos droits une lutte inégale, acharnée, sanglante. Les Gantois voulaient mourir sur les murailles de leur ville : la faim commençait à se faire sentir ; le nombre des cadavres engendrait la peste.... Et cependant on se battait encore, on eût voulu se battre toujours... Décimés, affamés, nous recommencions des sorties ; sachant que nous n'avions rien de bon à attendre du duc, nous voulions ne lui abandonner

qu'une ville morte, remplie de cadavres... Mais les
femmes et les enfants amollirent le courage des
plus durs ; puis quelques fous pensaient que le duc
se montrerait miséricordieux si l'on ne poussait
point la guerre à outrance... Enfin on parla de se
rendre... Je tuai de ma main le premier qui prononça cette phrase imprudente... mais elle trouva
de l'écho... les mortiers et les bombardes du duc
pouvaient écraser la ville, un traître en ouvrit les
portes à Jean de Bos, capitaine de Philippe le
grand duc d'Occident, comme l'appelaient ses
flatteurs... et nous nous trouvâmes à la merci d'un
prince irrité... Il pouvait, par un pardon généreux,
conquérir l'amour qu'on lui refusait jusqu'à cette
heure, il ne le fit pas : l'orgueil domina son cœur,
et si la Bourgogne l'appelle le bon, la Flandre le
nomme le cruel...

Le rude forgeron, qui écoutait Rubbes les poings
crispés, dit d'une voix rauque en promenant un
regard flamboyant sur les hommes d'âge mûr qui
l'entouraient :

— Je crois entendre encore ce cri insultant de
Vive Bourgogne ! poussé par les soldats de Philippe.
Il me semble voir la foule des gentilshommes souriants et altiers attendant la soumission de ceux
que la faim seule avait pu vaincre... Quelle rage
quand nous furent apportées les lettres du prince
renfermant ses conditions ou plutôt énumérant

les degrés de notre peine !... C'était à repousser un pardon payé si cher...

— Et cependant recevoir le roi d'armes et avouer notre défaite ne fut rien ; ce qui ne s'effacera de la mémoire d'aucun Gantois, ce fut la journée du 31 juillet... Le duc était sous Gand, à une lieue de la ville, et moi qui, ayant été à la guerre, voulais boire au calice de la honte, afin d'avoir un jour plus de force pour me venger, je vois toujours depuis cette époque fatale le duc Philippe, armé de toutes pièces, droit et courroucé sur son cheval de bataille, et ce cheval navré, saignant, dont les plaies avaient été pansées à la hâte par un des mires du duc... Et tout près se trouvaient le comte de Charolais, le comte d'Étampes, Adolphe de Clèves, Jehan de Portugal, fils du duc de Coïmbre, le bâtard Antoine de Bourgogne, et tous les chevaliers de la Toison... Ils vivent encore, ceux qui virent notre humiliation et qui en triomphèrent dans leur cœur. Mais patience ! nous solderons ensemble toutes les dettes ! On prit les Gantois, des notables, des braves gens, qui versaient des pleurs de rage ; l'abbé de Saint-Bavon et le prieur des Chartreux les conduisirent aux pieds du duc..." Et c'était grande pitié et profonde injustice de voir ces savants échevins, ces doctes conseillers, en chemise, tête nue, déceints et déchaux, s'agenouiller dans la poussière, tandis que trois mille habitants de Gand, habillés de noir, se prosternaient, eux aussi, à la face des princes et de l'armée.

— Ce fut l'abbé de Saint-Bavon qui demanda grâce, reprit le forgeron ; ni un conseiller ni un Gantois n'aurait eu le courage de le faire... Dès lors on nous interdit de porter des chaperons blancs, on nous ravit nos droits et prérogatives, et, chose plus humiliante encore, on nous prit les bannières de nos jurandes, les insignes de nos corporations. En nous privant de nos droits, il fallait bien nous ravir nos emblèmes... Les bannières furent remises au roi d'armes de la Toison d'or, lequel en brisa les hampes en signe de mépris, et enfouit les draperies dans un sac ; tandis que nous courbions la tête en dévorant nos larmes, on criait la paix dans la ville, comme si une telle paix ne nous condamnait pas à mort!... Et le duc crut avoir bataille gagnée, par cette raison qu'il envoya la moitié de nos bannières décorer l'autel de Notre-Dame-de-Hault, et l'autre moitié devant Notre-Dame-de-Bourgogne. Vive Dieu! nous aimons et honorons madame la Vierge plus qu'en aucun pays du monde ; les sanctuaires miraculeux foisonnent dans les pays flamands ; chacun de nous jeûnerait au pain et à l'eau pendant sept années pour ajouter une perle au manteau d'une madone ; mais si nous pouvions à la place de nos bannières humiliées tendre les chapelles de drap d'or, nous le ferions avec enthousiasme.

— Laissons ces vieilles bannières dans les chapelles, dit Rubbes ; ce qui est donné est donné... Seulement ce que nous avons juré au duc Philippe, nous ne l'avons pas promis au comte de Charolais.

— C'est juste ! dirent vingt voix.

— Philippe ordonna de fermer à jamais les portes de Gand par lesquelles nos hommes saillirent, pour mettre le siége devant Oudenarde et devant Rupelmonde ; nous rouvrirons ces deux portes.

— Nous les rouvrirons et nous les garderons ! dirent les jeunes gens.

— Nous avions renoncé aux chaperons blancs, nous les porterons encore.

— Oui ! oui !

— On nous a enlevé les bannières que nous portions dans nos assemblées ; nos femmes et nos filles en ont brodé de nouvelles, qui flotteront au premier signal.

— Trois mille hommes ont fait amende honorable ; tout le peuple de Gand se lèvera ceint pour la lutte, armé jusqu'aux dents, et prêt à recommencer la bataille.

— Mais, dit un jeune homme, on nous a pris nos cuirasses et nos armes...

— Des armes, nous en trouverons ; quant à des

cuirasses, ce n'est pas en vain qu'on nous appelle les *Compagnons de la lame de plomb*. Ces lames de plomb, fixées sur des justaucorps de buffle, suffisent pour émousser les armes des soldats du prince assez naïf pour croire que les Gantois pardonneraient au fils les sévérités du père.

— La guerre! la guerre! répétèrent les hommes en se rapprochant.

— Oui, la guerre, dit Rubbes, la guerre, si le jeune duc refuse de nous rendre les priviléges dont nous sommes privés depuis la paix de Gavre!

— La guerre! répétèrent les jeunes gens en portant la main à leurs chaperons blancs.

Rubbes se pencha vers l'hercule et prononça quelques mots d'une voix si basse que les jeunes artistes ne les purent entendre. Sans aucun doute il s'agissait d'un nouveau rendez-vous, afin de prendre les dispositions nécessaires à la réussite du complot. Puis, quand les *Compagnons des lames de plomb* se furent serré les mains avec énergie, Rubbes prit sur la table la grosse clef de la porte, l'ouvrit et, précédant ses camarades, il monta l'escalier.

Hemling fit un mouvement pour sortir du réduit dans lequel il se sentait étouffer.

— Encore une minute de patience! lui dit Hugo.

— Ne faut-il pas suivre ces hommes, apprendre leurs noms?...

— A quoi bon? nous avons leurs images...

— Que ferons-nous donc? demanda Gaspar.

— Nous tâcherons de nous renseigner sur ce que nous ignorons encore; puis, s'il s'agit de donner notre vie pour notre maître, nous le ferons sans regret, n'est-ce pas, Hemling?

— Avec joie, répondit l'ardent jeune homme.

Et comme le dernier des Chaperons blancs venait de disparaître, Hugo franchit le seuil du cabinet et gravit à son tour l'escalier de pierre.

Dans la grande salle du rez-de-chaussée, les bourgeois de Gand buvaient avec une tranquillité placide en s'entretenant des affaires du pays, et maître Florus remplissait l'ouverture de sa porte de l'ampleur de son abdomen.

— Eh bien! demanda-t-il en souriant, êtes-vous satisfaits? sont-ils gais, ces buveurs d'eau?

— Si gais, maître Florus, que je parierais ma fortune contre cette prophétie que je te conseille de méditer : Ne continue pas à engraisser, maître Florus, tu ferais casser la corde quand le bourreau voudrait te pendre...

— Le bourreau, la corde?... Oh! mais vous n'avez pas la plaisanterie gaie, messires...

— Gaie comme les circonstances, maître tavernier...

— Que s'est-il donc passé?...

— Nous sommes descendus en enfer, et nous y

avons vu des démons. Bonsoir, maître Florus !...

— Eh! comment voulez-vous que je dorme tranquille désormais, maître Hugo van Goës, si vous
ne me dites pas...

— Je t'ai dit que tu serais pendu haut et court,
cela doit te suffire pour aujourd'hui... un peu plus
tard je t'apprendrai le reste...

Hugo et ses amis s'éloignèrent rapidement du
Houblon d'or, tandis que Florus tombait pesam-
ment sur un siége en répétant :

— Je mourrai pendu! pendu!

Et, l'émotion le prenant à la gorge, il avala un
broc d'eau, ce que voyant Gudule, elle se prit à
crier :

— Au secours! mon maître se meurt!

IV

LA REINE DE RHÉTORIQUE

Jacob Weyten, retiré sous une vaste tonnelle, s'abandonnait à une paresse à demi cexusée par la chaleur du jour. Assis sur un siége assez bas, les bras appuyés sur les côtés de son fauteuil de chêne, suivant d'un regard mi-clos et souriant de joie intime la silhouette gracieuse de sa fille, il savourait à cette heure la double satisfaction d'être l'un des bourgeois les plus riches de la ville, et d'avoir pour héritière Aléna dont toutes les mères citaient le nom comme celui d'un modèle à imiter.

La matinée d'Aléna s'était passée d'abord à l'église, car à cette époque de foi ardente les femmes trouvaient le temps d'assister aux offices avant de remplir leurs devoirs de maîtresses de maison. Ensuite, rentrant dans sa maison par la grande porte, Aléna se dirigea vers une cour assez vaste, sourit au groupe de pauvres gens qui l'at-

tendaient, l'espérance au cœur, puis accompagnée
de deux servantes elle fit sa distribution de pain
et de vêtements, ajoutant un sourire à chaque aumône, et sentant monter à ses yeux les douces
larmes qui vous payent du bien accompli. Certes,
autour d'elle se pressaient des infirmes dont les
membres contournés, desséchés, couverts de plaies,
faisaient mal à voir ; la misère revêtait souvent un
hideux aspect ; le frémissement des lèvres de la
jeune fille, l'effroi de son regard qui se détournait
malgré elle, trahissaient la révolte de la chair ;
mais un sentiment plus fort domptait cette première faiblesse, et vers ceux dont les maux l'effrayaient davantage elle se penchait avec une plus
grande compassion.

Quand elle eut noté les demandes de ses pauvres, recueilli leurs bénédictions, elle rentra émue
et souriante dans le vaste logis de son père, par-
tagea aux servantes l'ouvrage de la journée, ajouta
à l'ordre général qui se faisait remarquer dans le
logis un arrangement plein de grâce ; ensuite, une
corbeille au bras, des ciseaux à la main, elle s'en
alla faire sa moisson de roses dans le grand par-
terre. Pendant qu'elle passait le long des allées,
tous les oiseaux des volières la saluaient par leurs
cris et leurs battements d'ailes ; quelques pluviers
sautillaient à sa suite, tandis que de grands vols
de pigeons et de passereaux l'entouraient de leurs

cercles vivants. Aléna les chassait et riait en agitant des branches de roses ; ils revenaient em-
pressés, effleurant ses cheveux de l'aile, se posant
sur ses épaules et sur ses bras, confiants et joyeux,
attendant de ses mains prodigues le grain gardé
pour eux dans la corbeille et qu'elle disputait en
riant à leur appétit matinal.

Et pendant qu'Aléna passait ainsi entre les lis
en fleurs et les rosiers odorants, Jacob Weyten,
qui la suivait du regard, s'estimait un heureux
père.

Tandis qu'il s'enfonçait davantage dans l'engourdissement de son bonheur, Dode, la plus âgée
des servantes, qui avait vu grandir Aléna et gou-
vernait la maison du riche Weyten, parut dans le
jardin, précédant de quelques pas Hugo van Goës.

Lorsque Dode prononça le nom du jeune
homme, Jacob, qui le connaissait pour celui d'un
des jeunes maîtres de la peinture, se leva de son
fauteuil et fit quelques pas au-devant de l'artiste.

Celui-ci paraissait avoir chassé les lourdes
préoccupations de la veille ; sans aucun doute il
comptait assez sur son courage et sur la bravoure
de ses amis pour éloigner de Charles le Hardi les
mystérieux dangers qui le menaçaient. En ce moment, le jeune homme éprouvait une sorte de joie
à l'idée de remplir le message dont les rhéteurs et
les artistes de Gand l'avaient chargé. Sans savoir

pourquoi, il se sentait grandement ému à l'idée de dire à la plus sage et à la plus belle fille de Gand :

— Pendant une journée, vous serez la reine de la fête, et votre couronne, pour être moins riche que celle de notre maître, n'en sera pas moins précieuse.

Hugo habitait Gand depuis trop peu de temps, et ses voyages durant la vie de Philippe le Bon avaient été trop rapides, pour lui avoir permis d'entendre parler de Jacob Weyten au double point de vue de sa fortune et de sa fille. En voyant s'avancer vers lui l'opulent bourgeois, dont le visage fortement coloré respirait une rare bonhomie, van Goës sentit se dissiper le peu d'embarras qui lui restait, et prit place sur un banc placé en face du digne Gantois.

Celui-ci tendit la main au visiteur.

— Votre visite me rend fier, lui dit-il; vous n'êtes point un inconnu pour moi, et dans ma modeste galerie j'ai placé celle de vos toiles que j'ai le bonheur de posséder, à côté d'une madone de Jean de Bruges et d'une Madeleine de son frère.

— C'est grandement faire estime de mon peu de mérite, répondit Hugo ; mais l'avenir tiendra, je l'espère, ce que l'on attend de moi...

— Quand j'étais jeune, reprit Jacob, je me sentais dévoré par deux passions : celle du com-

merce, alchimie merveilleuse qui change en or
tous les objets de trafic, et celle des tableaux.
J'ai connu les deux van Eyck et Margaret, leur
angélique sœur; tous leurs élèves furent mes
amis, et chaque retour d'un navire, remplissant
ma caisse de ducats, ajoutait une toile à ma galerie. Depuis, j'aime toujours les arts; mais Dieu
m'a fait don d'une fille, j'amasse sa dot, et je la
veux si magnifique que l'enfant puisse choisir tel
époux qui lui conviendra... Voilà pourquoi j'a-
chète moins de tableaux; mais Aléna souhaite une
Sainte Famille pour son oratoire, et si vous consentez à la peindre pour elle...

— Maître Weyten, répondit Hugo avec un
sourire, le peintre que vous daignez apprécier
vient ce matin chez vous en qualité d'ambassadeur.

— D'ambassadeur! répéta Jacob en souriant; et
puis-je savoir qui vous envoie?...

— Certes, vous le saurez. Le duc Charles, ré-
gnant depuis la mort de son père Philippe, fera
dans quelques jours son entrée solennelle dans la
ville. Nous essayons de donner à cette fête la
pompe désirable; toutes les chambres de rhétorique des Flandres sont convoquées, ce qui nous
promet plus de cent magnifiques cortéges... Chaque ville élira son empereur, son prince, son trouveur, ses dignitaires; je viens vous demander

d'avoir pour agréable que votre fille Aléna, sous le costume et les attributs de la *reine de rhétorique*, récite au duc le compliment de bienvenue, et représente la poésie dans ce qu'elle a de plus touchant et de plus élevé.

Jacob resta un moment sans répondre ; l'orgueil lui emplissait le cœur ; la joie inattendue qui lui arrivait ne lui permettait pas de formuler un acquiescement ou d'opposer un refus à la prière de Hugo van Goës. Jamais dans les rêves les plus beaux, caressés par ce père pour une fille adorée, Jacob n'avait rien vu de pareil à la vision que l'artiste venait de faire passer devant lui.

— Un tel honneur... balbutia-t-il ; Aléna désignée par le suffrage de tous comme la plus belle, la plus sage des filles de Gand... Cette récompense donnée à ma vie... cette consécration de ses douces vertus... Ah ! tenez, messire van Goës, si jamais vous avez vu un homme heureux, regardez-moi : je pleure et je ris tout ensemble...

Puis, se levant d'un mouvement brusque, Jacob appela de sa grave voix :

— Aléna ! Aléna !

Presque au même instant un grand vol de pigeons et de passereaux enveloppa Weyten, et sa blonde fille, s'élançant à travers les allées du jardin, accourut les cheveux un peu dénoués, le visage tout rose et les bras chargés de fleurs.

4

En voyant un étranger, la surprise d'Aléna fut si grande et elle se sentit tellement intimidée de son léger désordre, que, ses bras laissant échapper à la fois les roses et la corbeille de graines, elle resta devant son père le front baissé, confuse de sa gaucherie charmante, et regardant sans la voir la jonchée de fleurs montant jusqu'à ses genoux, et la bande de pigeons agitant leurs ailes et se disputant la provende à ses pieds.

D'après ce que ses amis lui avaient dit d'Aléna, Hugo s'attendait à voir une jeune fille à l'expression grave et un peu altière.

Cette grâce enfantine, cette rougeur, ce trouble, le touchèrent mille fois plus que ne l'eût fait une apparition plus majestueuse. Il sut gré à cette fille charmante de son tendre amour pour les malheureux. Il se souvint des pauvres qu'elle nourrissait, en regardant ces oiseaux familiers, et quand son regard contempla le visage pur et candide d'Aléna, il le trouva beau comme les visions de saintes qui hantaient son sommeil, et dont il retrouvait plus tard les traits sous son pinceau.

— Vraiment, dit Jacob en riant, pour une future reine, Aléna manque un peu de majesté ce matin.

Le bourgeois prit la main de sa fille, et lui indiquant l'artiste :

— Messire van Goës... dont la *Vierge* te semble

si belle!... Les chambres de rhétorique de Gand
l'ont chargé de te demander pour reine.

— Moi! répondit Aléna avec une sorte d'effroi.

— Oui, toi, répondit Jacob en pressant doucement les mains de sa fille... Libre d'accepter ou
de refuser, tu repousserais cet honneur, j'en suis
certain... Mais, pour moi, tu ceindras cette couronne de poésie, de beauté et d'honneur... Et
quand je te verrai richement accoutrée, marchant
sous un dais de cental, admirée de tous, le vrai
seigneur de Gand ne sera pas le duc de Bourgogne, mais le bourgeois Weyten qui pourra mourir après en te bénissant d'avoir donné une telle
fête à sa vie...

— Oh! père, père! dit Aléna en baissant son
front ingénu, ma tendresse ne vous suffit-elle pas?...
Avez-vous besoin d'y joindre un sentiment de
vanité?... Certes, messire van Goës, je suis grandement honorée d'une telle demande, mais je n'ai
nullement mérité cette distinction... Qu'ai-je fait
pour obtenir ces suffrages?... En quoi ma conduite
a-t-elle pu attirer le regard?...

— C'est à votre père de vous le dire, fit Hugo
van Goës; vous secourez les pauvres en trouvant
fort naturel de répandre sur eux les largesses de
maître Weyten... Vous êtes pieuse pour suivre
l'exemple de votre mère... Vous imitez la femme
forte de l'Évangile en dirigeant une lourde maison...

Tout cela vous paraît fort simple... Vous prati-
quez la vertu comme vous respirez ; donner, prier,
consoler, c'est remplir une des conditions de votre
être... Mais un grand nombre de jeunes filles de
votre âge dépenseraient en parures ce que vous
transformez en charité, beaucoup dédaigneraient
les soins sérieux de l'intérieur pour des divertissements sans cesse renouvelés...Vous vous cachez
pour accomplir le bien ; mais vos vertus vous ont
trahie, les pauvres vous ont dénoncée à l'admiration, au respect de tous... L'honneur si mérité
que l'on vous rend vous effraie, mais votre père
vous supplie, et vous l'accepterez...

Aléna avait écouté le visage baissé les paroles
de van Goës ; elle tourna vers Jacob un regard
dans lequel la prière s'unissait à la détresse ; des
larmes roulaient dans ses yeux.

— Père, dit-elle, père...

— Au nom de ta tendresse pour moi, obéis, répondit Jacob Weyten.

Le front d'Aléna se courba davantage, mais elle
dit à Hugo d'une voix faible :

— Remerciez vos amis, messire ; j'accomplirai
leur souhait par respect pour mon père.

Sans doute cet acquiescement coûtait beaucoup
à la charmante créature, car elle se jeta dans les
·bras de Jacob, l'embrassa avec une tendresse mêlée
de chagrin, puis, se baissant vivement, elle releva

ses roses, et suivie d'un tourbillon d'ailes, escortée par une nuée d'oiseaux, elle disparut derrière les grands arbres du jardin.

— Un ange! dit Jacob, un ange!

— La compagnie viendra prendre demoiselle Aléna à votre logis, le matin de l'entrée du duc dans sa bonne ville.

— Hugo van Goës, s'écria Jacob Weyten, je serai bien heureux le jour où vous me demanderez un service!

— Merci, répondit Hugo, je prends des arrhes.

Et relevant un petit bouton de rose oublié par Aléna, il le passa à son pourpoint, serra une dernière fois les mains de Jacob Weyten, et regagna son atelier.

Hemling et Gaspar Ofhuys l'attendaient.

Tous deux voulaient prendre une décision au sujet des révélations qui les troublaient depuis la veille.

Ils ne mettaient point en doute le sourd mouvement de révolte agitant les Flandres, mais ils ne croyaient point à l'importance de cette révolte, dont rien jusqu'à ce moment n'avait donné le soupçon.

Ils la considéraient comme une échauffourée partielle et le fait de quelques hommes qui, aigris par la lutte soutenue en 1452, ne pouvaient pardonner à Charles de Bourgogne que le grand duc

4.

d'Occident son père eût fait condamner deux
des portes de leur ville, et y fût entré par une
large brèche, en comblant les fossés et en abattant
les murailles, tandis que les bannières humiliées
des gens de métier formaient devant lui un trophée
de victoire.

— Si nous racontions aux magistrats ce qui
vient de se passer? demanda Hemling.

— Ce serait au moins prématuré ; quelle
preuve pouvons-nous produire?

— Les croquis faits par nous.

— Cette hâte aurait, je crois, de graves incon-
vénients : d'abord nous ne possédons pas le portrait de tous les conspirateurs, et l'arrestation de
quelques-uns d'entre eux aurait pour premier
effet de rendre plus dangereuse une manifestation
qui peut avorter dans son germe. Mieux vaut attendre les événements, opposer à un mouvement de mutinerie une contre-révolution, nous
armer et armer secrètement nos amis, et comme
nous connaissons toute la cour du prince Charles,
nous ferons si bien qu'il ne courra aucun danger ;
en gardant cette prudence nous pouvons conjurer
un conflit ; d'ailleurs l'ignorance dans laquelle
nous sommes de la façon dont éclatera la révolte
ne nous permet pas d'agir d'une façon plus active.

— Au moins pourrons-nous retourner tous les
soirs à notre poste d'observation.

— Ce serait inutile ; Florus est sous l'empire d'une terreur assez salutaire pour nous apprendre si les Chaperons blancs ont de nouveaux rendez-vous dans sa maison.

— La conclusion de ceci, dit Hemling, c'est que nous nous constituons les chevaliers-gardes du prince.

— Demain je fais répéter mon mystère, dit Gaspar.

— J'achève mon décor, ajouta Hemling ; toi, Hugo, songe à rendre l'entrée de notre chambre de rhétorique aussi majestueuse que possible ; tu as vu notre future reine ?

— Je l'ai vue, répondit Hugo.

— Comme tu dis cela! Les artistes de Gand auraient-ils exagéré ses mérites ou sa beauté ?

— Loin de là, répondit Hugo avec feu; il est impossible de réunir plus de grâce chaste à une dignité plus grande; Aléna Weyten ne semble pas appartenir à ce monde, et la beauté de son harmonieux visage est la moindre de ses perfections.

— Tant mieux ! dit Hemling ; en ce point comme en beaucoup d'autres, je l'espère, nous l'emporterons sur les autres villes des Flandres.

Gaspar et Hemling se levèrent.

— Tu verras maître Florus?

— Ce soir même, et c'est lui qui surveillera les Chaperons blancs.

Lorsqu'il se trouva seul, Hugo van Goës tomba
dans une profonde rêverie ; il en sortit quand le
souvenir de la responsabilité qui pesait sur lui
traversa subitement sa mémoire. Alors il se leva ;
la brusquerie de son mouvement ayant fait tomber le bouton de rose ramassé dans le jardin de
Jacob Weyten, il le releva avec une sorte de tendresse, le plaça dans une coupe d'argent ciselé,
puis il commença les courses multiples et les travaux de tout genre qui le devaient occuper jusqu'au jour de l'entrée solennelle de monseigneur
Charles, duc de Bourgogne.

V

VIVE BOURGOGNE !

Jamais à aucune époque la grande, la riche, la magnifique ville de Gand n'avait paru si réellement joyeuse. Dès le matin du jour fixé pour l'entrée du prince, les maisons se pavoisaient, des tentures précieuses étaient disposées le long des rues jonchées de feuillage. Un souffle d'allégresse passait sur la cité ; il semblait qu'elle eût hâte de faire oublier ses anciennes révoltes et de répondre à la bonne grâce du nouveau duc qui, en la désignant comme la première cité dans laquelle il voulait faire son entrée, paraissait la prendre en complaisance et amitié spéciales. Une pacification générale des Flandres suivrait sans nul doute ce début de voyage dans un pays trop fréquemment soulevé. Charles se croyait d'ailleurs mieux aimé et servi par les Gantois que par toute autre population ; si les Gantois l'accueillaient avec grande affection et profond respect, il ne doutait point que

les autres villes ne suivissent cet exemple. Du
reste, afin de donner à son entrée un caractère plus
intime, le duc de Bourgogne avait décidé que la
princesse Marie, ravissante enfant léguée à sa
tendresse par Isabelle de Bourbon, sa seconde
femme, l'accompagnerait dans son voyage. La
présence de cette frêle et mignonne créature ne
pouvait manquer de charmer et d'attendrir le peuple gantois, le plus muable de tous après celui de
Liége.

Un magnifique soleil brillait le matin du 28 juin
1467 ; sous des torrents de chaude lumière, les
costumes des femmes, les riches vêtements des
gentilshommes, les armures des soldats prenaient
des tonalités superbes. Les croix d'or des clochers
étincelaient, les bannières des paroisses, celles
des grands seigneurs se balançaient mollement à
la porte des temples et des nobles demeures. La
foule encombrait les rues et débordait sur les
toits. On entendait dans toutes les bouches l'éloge
du jeune prince, éloge désintéressé que plus tard
consacra l'histoire.

— Gageons, disait une femme, que le gentil duc
commencera sa visite dans la ville par se rendre
dans l'église Saint-Pierre ; s'il a le caractère un
peu « chaud, actif et dépit », il a toujours tenu
Dieu en grande « crémeur et révérence ».

— J'ai préparé un don magnifique pour la jolie

petite princesse, disait un hardi garçon de seize
ans, deux émerillons habiles à la chasse et doux
comme des colombes; le duc, dont le meilleur
passe-temps est de chasser à l'émerillon, sera tellement ravi de mon cadeau qu'il m'admettra, je l'espère, au nombre de ses fauconniers.

— Sans doute ce présent lui sera agréable, répondit à l'adolescent un jeune homme d'allure
grave, mais il tiendra en plus haute estime l'of-
frande de mon poëme *Maguelone et Fidélis;* si
ami qu'il soit des nobles chasses, le duc est encore
plus docte, et quand il souhaite se reposer de ses
grandes batailles il se fait lire *Lancelot et Gau-
vain... Maguelone et Fidélis* lui plaira mille fois
davantage que les anciens poëmes.

Tandis que l'on causait par groupes, une grande
animation d'un genre divers régnait dans les rues
de la ville que devait traverser le cortége ducal.
Les travailleurs achevaient les arcs de triomphe
sous lesquels devait passer le souverain. Il y avait
loin de ces portes de feuillage ornées de pacifiques emblèmes à la brèche par laquelle Philippe
pénétra dans la ville vaincue. Mais qui se souvenait de ces faits lointains? En regardant cette foule
empressée, en écoutant les conversations des
groupes, en remarquant la sérénité empreinte sur
les visages, on demeurait convaincu que les dis-
sentiments soulevés par le duc Philippe étaient à

jamais effacés, et que le fils n'hériterait point des haines dont le père avait longtemps gardé souvenir et rancune.

Dans la foule, dans les groupes, circulaient, couraient et riaient Hugo van Goës, Hemling, Gaspar Ofhuys et leurs amis.

Les préparatifs de la fête achevés, ils avaient à cœur de s'enquérir de la situation des esprits. Quelle ne fut pas la joyeuse surprise de Hugo, en voyant le colossal forgeron dont il avait esquissé le portrait dans la cave de Florus occupé à soutenir l'échafaudage d'un arc de triomphe, et riant d'un rire sourd tout en venant en aide aux ouvriers. Ailleurs Hemling montra à ses amis un des conspirateurs en train de fixer une guirlande de roses. Tous les Chaperons blancs qui leur avaient paru si dangereux dans les caves du Tavernier semblaient en plein soleil partager la bonne volonté et l'allégresse générale.

C'était à croire que l'épisode des Chaperons blancs, les serments de colère, les souvenirs de haine légués par le duc Philippe, étaient un rêve, un cauchemar, une hallucination, ou qu'un groupe de gens inoffensifs, prévenus par Florus que leur *beuverie* amicale aurait des témoins, avaient voulu mystifier les curieux.

Dans tous les carrefours se dressaient des échafauds richement décorés, et sur lesquels on devait,

au moment de l'entrée du prince, représenter des
sotties, des mystères, des mimiques, ou jouer
d'instruments divers. Des jongleurs et des jon-
gleuses étaient accourus de Bohême afin d'ajouter
le charme de l'étrange aux splendeurs patrioti-
ques et sur l'un des échafauds, une fille d'Égypte,
enfermée dans une cage remplie de lions, d'ours
et de tigres, devait au moment de l'entrée du duc
multiplier avec les fauves ses dangereux exercices
de dompteuse. On entendait dans certaines parties
de la ville le son léger des cordes d'instruments
mis d'accord par les musiciens, ou le murmure des
voix qui devaient entonner des chœurs à la louange
du jeune souverain.

Jamais prince ne parut attendu avec une impatience plus grande, jamais souverain n'entendit saluer son règne de tels vœux de bonheur et
de prospérité.

Tout à coup éclatèrent à la fois le son des cloches, les bruits des bombardes, les fanfares des
buccines, le roulement cadencé des pas rapides
d'un grand nombre de chevaux; puis tous ces
bruits furent dominés par une double exclamation :

— Vive monseigneur le duc !
— Vive mademoiselle Marie !

Le cortége du prince venait de franchir les
portes de la ville.

ö

Il y eut à ce moment une explosion de cris enthousiastes, de « noëls » frénétiques.

On eût dit que la Flandre renaissait à la vue de son jeune maître et que l'avénement de Charles de Bourgogne présageait une ère nouvelle pour les Gantois.

Hemling, Hugo et Gaspar dont les regards interrogeaient les visages, fouillaient les masses et demandaient à chaque rue le secret du mouvement de ses habitants, de leur joie, de leur attitude, ne découvrirent que des figures bienveillantes, épanouies ; et au centre des hommes faisant merveilleux accueil au fils de Philippe le Bon ils reconnurent le forgeron colossal entrevu dans les caves de Florus, et trois ou quatre des jeunes gens qui avaient coiffé le chaperon blanc des révoltés.

— Si l'on conspire, murmura Gaspar à l'oreille de van Goës, la révolution est loin d'éclater.

— Je me défie presque de cet excès de manifestations joyeuses, répondit Hugo.

— Si l'on aimait peu le duc Philippe, objecta Hemling, on adorait le jeune prince.

— Philippe le Bon se connaissait en hommes, reprit Hugo, et il avait coutume de dire ce mot profond : « Les Gantois chérissent toujours le fils de leur duc et haïssent le duc lui-même. »

— Vous voyez bien ! Charles est le fils de Philippe.

— Oui, mais Charles est duc à son tour.

— Et vous en concluez, Hugo ?

— Veillons, mes amis, répondit l'artiste en serrant la main d'Hemling et de Gaspar.

— Hugo, fit Hemling dont les grands yeux si doux d'ordinaire étincelèrent de courage, ma vie appartient à monseigneur le duc de Bourgogne, parce que tout jeune Charles le Hardi sauva l'honneur de mon père prêt à sombrer dans une malencontreuse affaire commerciale. Certes, je chéris mon art, et vous savez que, pour essayer d'en poursuivre le progrès, je me sèvre des plaisirs habituels de la jeunesse ; eh bien ! il est une chose qui chez moi passerait encore avant l'art...

— Laquelle ? demanda Hugo.

— La reconnaissance, fit Hemling.

— Eh bien ! dit Hugo, en ce moment, si je garde encore une crainte au fond de mon cœur, c'est moins pour le prince qui est un vaillant homme, et dont la main manie l'épée d'une façon formidable, que pour la ravissante enfant qui se tient à ses côtés. Est-elle jolie, cette mignonne de six ans dont les grands yeux sourient à tous, et qui envoie des baisers à la foule en la remerciant de ses acclamations ! Si l'heure du danger sonne, Hemling, chargez-vous de défendre le prince, moi je protégerai la princesse Marie.

Tandis que causaient les trois amis mêlés à

l'éblouissant cortége de Charles de Bourgogne, le prince tournait autour de lui des regards surpris et charmés. L'allégresse générale se reflétait sur son mâle visage, il respirait amplement au milieu de cette atmosphère de joie. Ses yeux ne rencontraient que des physionomies bienveillantes, les mots qui parvenaient à ses oreilles lui souhaitaient un règne long et glorieux ; au-dessus de son front se balançaient des guirlandes de fleurs ou se dressaient des arcs de feuillage ; de la bouche des chanteurs, il entendait sortir son nom mêlé à de flatteuses louanges ; du haut des échafauds, des enfants, gentiment habillés en façons d'anges, faisaient pleuvoir des roses sur la blanche haquenée de la princesse Marie. La mignonne enfant, toute ruisselante de pierreries qui devaient fatiguer son corps frêle et charmant, oubliait souvent la dignité qui tant lui fut recommandée, et, battant des mains devant les enfantelets aux ailes d'argent et d'or, elle suppliait qu'on lui permît pour un moment de monter avec eux dans le paradis dont on voyait la représentation dans un pieux et magnifique mystère.

Le spectacle des jongleresses pénétrant dans les cages des bêtes fauves, les obligeant à mille exercices périlleux, les chevauchant sans crainte et plaçant leurs bras nus entre leurs mâchoires énormes, effraya la douce enfant, mais elle n'eut pas le temps de s'abandonner à son épouvante ; le cortége se trouvait à la porte de l'abbaye de Saint-Pierre, et le prince y pénétra avec son cortége et sa noblesse.

Après qu'il eut prêté son serment et prié dévotement devant l'autel, le duc quitta l'abbaye et se rendit au palais, en attendant l'heure du festin auquel il avait promis d'assister, ainsi que la petite princesse. Mais Charles de Bourgogne n'eut point le temps de s'abandonner au repos : les fenêtres donnant sur les balcons furent ouvertes, et le prince, s'accoudant sur les courtines de velours recouvrant les pierres sculptées, contempla l'une des merveilles de cette notable journée, c'est-à-dire les entrées successives des diverses *chambres de rhétorique* des grandes villes et seigneuries de Flandre, lesquelles, répondant à l'appel des poëtes et des artistes de Gand, avaient tenu à honneur d'étaler un grand goût et une haute magnificence dans les chars décorés par chacune d'elles.

D'abord s'avança la chambre de la *Guirlande de Marie*, venant de Bruxelles ; elle ne comptait pas moins de trois cents personnages, plus de quarante hommes à cheval, tous habillés de velours et soie rouge cramoisie, avec de longues casaques à la polonaise, bordées de parements d'argent ; leur tête était couverte de sortes de casques rouges en façon antique ; les pourpoints, bottines et pluma-

ges étaient d'un blanc de neige avec des ceintures
de tocque d'argent, fort curieusement tissées de
quatre couleurs : jaune, rouge, bleu et blanc.

A la suite des piétons et des cavaliers venaient
soixante-dix chariots de forme antique, couverts
de drap écarlate brodé de blanc ; tous ceux qui
y avaient pris place se drapaient également dans
des manteaux rouges, et la disposition des personnages dans lesdits chariots représentait plusieurs belles figures donnant à entendre « comment on s'assemble par amitié pour se départir
amiablement ».

De grandes acclamations saluèrent le défilé de
Bruxelles, et le prince parut ravi de la belle mine
et de l'élégance de ce cortége.

Vint après la *chambre* de Malines, laquelle fit
son entrée avec trois cent vingt hommes à cheval,
habillés de robes de fine étamine incarnat brodées
de parements d'or, de chaperons rouges, de pourpoints, de chausses et de plumages de couleur
jaune avec des cordons d'or et des bottines noires.
Ceux-ci avaient sept chariots de plaisance faits à
l'antique et fort bien enrichis de personnages.

Suivaient seize autres beaux chariots de forme
carrée, garnis de drap rouge ; chaque chariot
s'ornait de huit beaux blasons, et en plus se
voyaient ceux de la confrérie, dont les membres se
trouvaient à l'intérieur du char ; chacun tenait une

torche à la main, et en arrière venaient des chars remplis de pots à feu formant clarté si belle que toute la ville semblait éclairée par des feux de joie.

Les autres chambres de plus de onze villes défilèrent de la sorte sous les yeux du prince, étalant la splendeur de leurs costumes, les magnificences de leur bannières, et représentant des choses doctes ou risibles, selon qu'elles étaient elles-mêmes graves ou badines.

Certes, à voir semblable appareil, on pouvait espérer que pendant plus de huit jours ce ne seraient dans la ville de Gand que feux de joie, comédies et farces, banquets et concerts, jusqu'à ce que les prix fussent départis suivant le programme de la chambre de rhétorique de Gand.

Celle-ci fut de toutes la plus ingénieusement composée et accoutrée de la façon la plus significative. Chacun des personnages défilant à pied représentait, en son costume et attribut, un des savants hommes de l'antiquité. Ainsi Homérus aveugle, tenant en main sa lyre, ses longs cheveux blancs épandus sur sa tunique sombre, marchait en s'appuyant sur l'épaule d'un adolescent que son bâton blanc, son chapeau de paille, faisaient reconnaître pour un jeune pasteur. A ses côtés, et tenant à la main une branche de laurier d'or, s'avançait Virgile, en pleine dignité et

grâce, et derrière ces deux rois de la poésie antique venaient Apollonius portant sur son épaule
une toison dorée, allusion à son poëme de *Médée*,
Térence et Plaute agitant des masques de comédie ; groupés fraternellement, Sophocle et Euri-
pide, ceints de bandelettes blanches et tenant
dans leurs mains les manuscrits d'œuvres immor-
telles, précédaient Dante qui semblait garder les
épouvantes de l'enfer. Pétrarque, rayonnant de
jeunesse et le front ombragé de lauriers, per-
sonnifiait la muse légère des *canzones* et du
sonnet. Chacun des troubadours et trouvères, dont
le nom avait acquis quelque honneur, était salué
par des battements de mains et des applaudissements. On ne pouvait assez louer l'exactitude des
costumes, l'ordre magnifique de ce cortége, et
l'on eût dit que l'enthousiasme avait atteint son
dernier degré quand on vit apparaître, à la suite
de cette cour merveilleuse, la *reine de rhétorique*
elle-même, dont l'éclat vint soudainement effacer
tout ce que l'on avait pu voir de plaisant, de curieux et de magnifique.

Sous un dais de brocart d'argent, soutenu par
quatre hommes vêtus de samit d'azur passementé
de fils de perles, s'avançait une jeune fille également habillée de brocart blanc. Une couronne
de lis en diamants ceignait son front pur et mêlait
son incomparable éclat aux ondes frissonnantes

de ses cheveux d'or tombant plus bas que sa taille
déliée, comme un manteau fluide tissé des rayons
même du soleil. Un sceptre des pierreries diverses reposait entre ses mains : saphirs, éme-
raudes et rubis confondaient leur éclat dans ce
joyau d'un prix inappréciable; la variété des pierreries signifiait les richesses diverses des genres
littéraires, tandis que la blancheur idéale de ses
vêtements, les lis mêlés à ses cheveux représentaient la pureté qui doit être le fond de toutes les
belles œuvres. La reine de rhétorique s'avançait sans
hâte, la démarche simple, le front levé comme il
convient à une reine, les yeux baissés comme il
sied à une vierge. Vraiment, à la voir si belle, si
pure, si digne d'admiration, couronnée bien mieux
par ses vertus que par sa beauté, il était impossible de ne point se sentir à la fois surpris et
touché par cette candeur d'enfant et cette beauté
d'ange.

Derrière elle marchaient des pages dont les attributs rappelaient la *ballade*, le *chant royal*, le
sonnet, l'*élégie* et toutes menues poésies élégantes
et mignardes. Puis, mêlé dans la foule, mais res-
tant le plus près possible de la reine de rhétorique, Jacob Weylen, tremblant de joie, essuyait de
temps à autre une larme de paternel orgueil.

Au moment où Aléna passait devant le balcon,
elle abaissa, avec un geste d'une grâce infinie,

5.

son sceptre de pierreries multicolores devant la fille de Charles le Téméraire.

La princesse Marie rougit de contentement. Aléna lui paraissait si belle, si majestueuse, que la mignonne princesse, tournant vers son père ses yeux brillants de désirs, s'écria :

— Oh ! je vous en supplie, monseigneur, permettez que la reine de rhétorique monte sur le balcon : je la trouve tant belle et si douce à voir !

— Ainsi sera fait ! répondit le duc.

Puis, se tournant vers Hugo van Goës qui, sur un signe, quitta le groupe d'artistes et de gentilshommes au milieu desquels il se trouvait pour rejoindre son maître :

— Hugo, lui demanda-t-il, connaissez-vous la jolie fille qui porte le sceptre de la poésie ?

— Elle se nomme Aléna Weyten, prince.

— Allez la quérir et l'amenez ici ; ma fille Marie la prend tout de suite en amitié.

Hugo, quittant rapidement le balcon, rejoignit le cortège.

Un moment après, Aléna s'avançait dans la salle du palais, où de loin la suivait son père, dont le cœur menaçait d'éclater de joie.

— Approchez, reine de poésie, lui dit courtoisement Charles de Bourgogne ; ma fille désire vous mieux voir et s'entretenir avec vous.

Aléna s'approcha et voulut plier le genou. Marie s'élança dans ses bras.

— Comme vous êtes belle et comme je vous aime! lui dit-elle... Au milieu de tant de spectacles et de cortéges, je n'ai rien trouvé de plus beau que les anges chantant des motets en belle langue latine, et vous... Si vous le voulez, nous serons grandes amies... Mon père vous invitera à rester à la cour si je le désire. Ne le voulez-vous pas?...

— Vous chérissez tendrement votre père, princesse?

— Oh! s'écria l'enfant, comment ne l'aimerais-je pas? Tout ce que je souhaite, il me le donne généreusement... Et puis mon père est le prince le plus brave du monde... On l'appelle *le Hardi* dans les batailles, et ceux qui l'approchent le surnomment déjà *le Bon* comme mon aïeul... S'il le voulait, il serait empereur de Germanie, mais il préfère rester le grand duc d'Occident... Et combien il est compatissant et aumônier! il vide sa cassette entre les mains des pauvres! Mon père, oh! blanche reine de poésie, je donnerais sans regret ma vie pour lui...

— Moi, dit Aléna, j'ai pour père un honnête homme qui a fait sa fortune dans de longs voyages, et dont la vie peut servir de modèle aux prud'hommes de la ville. Quand les gens de Gand se sont révoltés contre leur seigneur et maître le

dùc Philippe, mon père défendit si vaillamment
votre aïeul, qu'il faillit se faire démembrer main-
tes fois dans de sanglantes mêlées. Sans doute
son opulence ne lui permet point d'acheter des
bourgs et des villes, mais elle lui suffit pour semer
l'aumône dans les logis pauvres, dans les caves
glaciales des Gantois... Vous ornerez toujours vos
cheveux blonds d'une couronne ducale, et vous
épouserez un des plus grands princes du monde,
mais·jamais la noble fille d'Isabelle de Bourbon
ne chérira plus tendrement son père qu'Aléna ne
respecte et n'adore Jacob Weyten, le bourgeois
de Gand...

Un sanglot s'éleva derrière la *reine de rhétorique ;*
c'était Jacob qui cédait enfin à la violence de son
attendrissement.

Hugo van Goës se précipita vers le vieillard.

— Je vous en prie, lui dit celui-ci, laissez-moi
pleurer, je me sens si heureux !...Comprenez-vous?
cette enfant bénie refuse de demeurer près de
Marie de Bourgogne afin de rester avec son vieux
père...

— En êtes-vous surpris, maître Jacob?

— Non, non, sans doute! c'est un ange ! un ange
du ciel !...

— Oui, murmura Hugo en prenant les mains
de Weyten, vous avez raison, c'est un ange !

La princesse Marie avait écouté avec grande

attention ce que lui avait répondu Aléna. Un travail de sérieux raisonnement s'opérait dans sa jeune tête.

— Je comprends, dit-elle ; la protection de mon père ne pourrait remplacer l'amour du vôtre.

— Cela est vrai, princesse.

— C'est bien! oui, c'est bien à vous, et si je m'en afflige, je ne saurais vous en blâmer... Mais au moins, durant le séjour de mon père à Gand, reine de rhétorique, ne quittez point la princesse Marie.

— Oh! cela, je vous le promets.

Pour la seconde fois Marie de Bourgogne se jeta dans les bras de la jeune fille.

— Eh bien! demanda Charles le Hardi, la reine de poésie t'a-t-elle octroyé le don que tu demandais?

— Non point, père aimé, mais leçon de sagesse que je n'oublierai mie... Et elle m'a promis de ne me point quitter que nous ne prenions congé de la ville.

— Alors, mignonne, regarde défiler les serments de la ville; ceux de Bruxelles ne sont pas plus beaux.

Tandis qu'achevaient de se déployer dans la ville les magnificences variées des cortéges, tandis que les armes brillaient au soleil, que les guirlandes de fleurs embaumaient l'air et que les

feuillages écrasés sous les pieds de la multitude
répandaient un parfum plus fort et plus âpre;
tandis que sonnaient les fanfares, que les cloches
se balançaient dans les campaniles, qu'on achevait de représenter sur les échafauds les mystères, farces, pantomimes et sotties, une scène
d'un genre complétement religieux se passait à
l'église de Saint-Bavon et dans les rues avoisi-
nantes.

Loin d'apporter obstacle à cette manifestation
religieuse, l'entrée du duc à Gand semblait lui
donner une solénnité nouvelle, et les merveilles
accumulées pour l'entrée du prince servaient à
doubler la fête célébrée à Gand, depuis l'an 633,
en l'honneur du bienheureux saint Liévin.

Depuis cette époque, on n'avait jamais manqué
de prendre dans l'église de Saint-Bavon la châsse
contenant les reliques du bienheureux Liévin, et
de la porter processionnellement à Holtheim, petit
pays situé à trois lieues de Gand, et dans lequel
Liévin reçut la couronne du martyre.

La châsse devait passer toute la nuit dans ce
bourg, et le lendemain seulement on la rapportait
à l'église de Saint-Bavon avec la même dévotion
et la même pompe.

Pendant les premières années, les plus grands
personnages de la ville se firent un devoir d'accompagner les saintes reliques; mais lentement le

èle diminua, les bourgeois seuls formèrent le
cortége du vénérable martyr, et, il faut l'avouer,
le jour de l'entrée du duc de Bourgogne dans la
ville de Gand, les gens de petit métier se rappelèrent seuls qu'ils devaient accomplir ce pieux pèlerinage.

Si Hemling, qui en ce moment recueillait les
éloges du prince, Hugo qui s'entretenait d'Aléna
avec Jacob Weyten, et Gaspar Ofhuys qui rimait
une hymne nouvelle, eussent vu s'éloigner de l'é-
glise consacrée à saint Bavon la procession chargée
d'escorter les reliques à Holtheim et eussent regardé défiler en grand silence et recueillement
les mêmes hommes qu'ils avaient vus deux semaines auparavant dans les caves de Florus, ils se
fussent, sans nul doute, une fois de plus, repentis
de leurs soupçons, ou bien ils auraient cru que
les Chaperons blancs avaient renié leurs dangereux desseins, car le groupe principal, serré autour
de la châsse de saint Liévin, se composait exclu-
sivement des hommes qui se glorifiaient, durant
certain soir, de conserver au cœur une haine féroce contre le duc de Bourgogne.

Leurs visages étaient graves, leurs lèvres serrées
ne répondaient point aux prières liturgiques, et
chaque fois que se croisaient leurs regards, il en
jaillissait un éclair sombre.

Mais les prêtres chantaient, l'encens fumait, la

châsse de saint Liévin étincelait au soleil, et dans
la ville se terminait la fête profane, mettant doublement en joie le cœur du duc Charles et l'âme
innocente de sa fille. Une heure après, le festin
commençait, et jamais souverain ne put se croire
adoré par son peuple comme le fils de Philippe
le Bon, à l'heure où la ville s'illuminait d'une façon
féerique, à l'heure où un immense cri d'amour,
s'élevant du sein d'une population enthousiaste,
répétait :

— Vive Bourgogne !

VI

LA CUEILLOTTE

A peine les reliques de saint Liévin se trou-
vaient-elles pieusement en sûreté sous la garde
des prêtres de Holtheim et des moines ayant suivi
la procession, que la majeure partie des hommes
de métier ayant accompagné le cortége se dirigea
vers une taverne en renom dans le pays. Une chaleur étouffante excusait d'amples libations : la bière
coula des cruches dans les gobelets, et tandis que
les buveurs choquaient les pots et les coupes, ils
échangeaient hâtivement et à voix basse des mots,
toujours les mêmes, et qui amenaient sur leurs
lèvres un étrange et mauvais sourire.

Pendant que l'on buvait à la taverne, le peuple
de Gand, qui, mû par un sentiment de piété sincère, avait suivi la procession, se groupait dans
les champs, sous l'abri de tentes improvisées, se
couchait à l'ombre des grands arbres, ou s'asseyait le long des fossés en énumérant les mer-

veilleux souvenirs que laisserait une journée.
semblable.

La plupart des pèlerins, brisés de fatigue, n'é-
taient pas loin de s'abandonner aux douceurs du
sommeil, quand les buveurs de la taverne, après
s'être longtemps consultés, quittèrent la salle basse
et rejoignirent dans la prairie où ils campaient les
petits marchands et les gens de métier.

Leur allure était bien différente de celle qu'ils
gardaient pendant le trajet; à leur contenance
pieuse et modeste succédait une animation singu-
lière. Et cependant on comprenait vite que ce
n'était point l'ivresse qui donnait à leurs yeux cet
éclat métallique, à leur voix ce ton âpre et dur, à
tout leur être un orgueil sans borne, à leur visage
l'expression d'une implacable volonté.

Pas plus que dans les caves de Florus où leurs
lèvres s'étaient trempées dans l'eau fraîche servie
par Gudule, ils n'avaient permis aux fumées de la
bière de troubler leur cerveau. Pour travailler à
l'œuvre terrible que, depuis sept ans, ils élabo-
raient dans l'ombre, ils avaient besoin de toute
leur énergie, de toute leur présence d'esprit.

Le colossal forgeron marchait en tête d'un
groupe formé d'une dizaine d'individus.

Il guida ses amis sous une tente occupée par
des gens de métiers divers, et, s'asseyant parmi
eux, il resta un moment sans rien dire.

— Ne souhaite-t-on pas la bienvenue, au moins ? demanda un raboteur de planches en regardant Bertol avec un beau sourire.

— Ça dépend, répondit le forgeron ; avant de parler, j'examine pour savoir si je m'adresse à des enfants ou si je parle à des hommes : à des hommes, je dirais des paroles graves ; je raconterais des fabliaux à des enfants...

— Tonnerre ! fit le raboteur de planches, que faut-il donc pour te prouver qu'on est un homme ?

— Je te l'apprendrai tout à l'heure... Or çà, vous tous, vous vous grisez de bière, de vin et de cervoise, en souvenir de la solennelle entrée de monseigneur de Bourgogne... Vous avez battu les mains devant son cortége, vous avez semé des fleurs sous les pieds de la haquenée de mademoiselle Marie ; et vous souriez béatement, vous congratulant dans votre faiblesse et vous absolvant l'un l'autre de votre lâcheté !

— Notre lâcheté ! fit le raboteur de planches ; est-ce parce que tu atteins la taille de saint Christophe que tu te permets pareille insolence ?... Nous lâches ! et qu'avons-nous fait de plus que toi ? Toi, Bertol, je t'ai vu suspendre des guirlandes aux arcs de triomphe... Toi, Rubbes, tu rougissais tes mains à force d'applaudir sur le passage de la princesse. . Douot criait *Noël !* et *Vive Bourgogne !* à enrouer sa voix de coq...

Nous avons fait comme tout le monde. Et puis, après?

— Après? reprit le forgeron; en effet, c'est tout... On a creusé de nouveau la douve qu'il fallut combler pour le duc Philippe, on a rebâti la muraille abattue pour lui permettre d'entrer dans Gand comme dans une ville conquise... Les braves qui sont morts pour la défense de vos libertés pourrissent dans les fossés des routes et engraissent les champs où l'on se battit pour le salut de la Flandre et le bonheur des Gantois... Vous avez hérité des morts; vous ne sentez plus sur votre joue la flétrissure du vasselage! Jeunes gens, vous acclamez le fils maudit par vos pères! Et les pères ne se souviennent plus que nos échevins, nos bourgmestres, nos bourgeois sont allés pieds nus le long des routes flamandes, en chemise et la corde au cou comme des criminels, déchauds et tête nue comme des mendiants...

La moitié des gens qui buvaient sous la tente fit entendre un sourd murmure.

— Nous étions vaincus, murmura l'un d'eux.

— Vaincus! répéta le forgeron; qui dit cela ment par la gorge!... Nous étions douze mille, eux cent mille; nous avions des bâtons, eux des lances et des glaives; quand ils se battaient sous l'armure, nous découvrions notre poitrine, et contre le rempart de nos corps ils lançaient les boulets de leurs bombardes et de leurs pierriers...

— C'est la guerre! répéta le raboteur; Liéven a raison, nous avons été vaincus.

— Écrasés, massacrés, puis pressurés, soit! jamais je n'avouerai que l'on nous eût repoussés à armes égales.

— Le résultat n'est-il pas le même? demanda Douot.

— Non! car la soif d'une revanche nous reste.

— Revanche impossible!

— Pourquoi? demanda le forgeron.

— Tu l'as dit toi-même, nous sommes avilis, humiliés...

— On se relève!

— Nous n'avons plus d'armes! fit le raboteur de planches.

— Il est des forgerons pour en fabriquer, et les bâtons poussent aux chênes.

— Nos pères avaient des haubergeons de fer, et nous avons fait le serment de n'en plus prendre.

— Il est d'autres métaux que le fer, camarades.

— Enfin, pour marcher il faut des chefs, pour guider une armée des drapeaux vénérés, pour mettre au cœur l'espoir de la victoire, la volonté de mourir pour une cause sacrée.

— La cause n'a pas changé, dit le forgeron, et, si

vous le voulez, demain même je vous aurai rendu
ce qui vous manque pour venger sur Charles les
injures de Philippe.

— Vous voulez le tuer ? s'écria le raboteur.

— Dieu nous en garde ! fit Bertol ; je demande
seulement à racheter les humiliations du passé.

— Le pouvons-nous? demandèrent les hommes
d'une voix troublée.

— Nous le pouvons, répondirent les amis du forgeron, nous le pouvons, j'en jure sur ma vie!... Le
prince Charles, sûr de notre respect et de notre
soumission, a dédaigné d'amener des soldats, il
n'a qu'une garde de parade... l'accueil que nous
lui avons fait l'entretient dans une sécurité trom-
peuse... Que nous nous levions en masse, et surpris, sans force, déconcerté par notre audace,
vaincu d'avance par le sentiment de sa faiblesse,
il cédera à toutes nos exigences et nous rendra
le droit de porter le haubergeon comme nos pères,
et de reprendre les bannières de nos métiers.

— Tu crois cela, Bertol? fit le raboteur.

— J'en suis sûr.

— Nos bannières sont loin ! fit Liéven.

— Nos filles en ont brodé d'autres...

— Vous songez donc à cette heure depuis
longtemps?

— Depuis le jour de l'entrée de Philippe, répondit le forgeron. Allons, retrouvez au cœur la

vaillance d'autrefois : une heure de courage et nous sommes tous sauvés! Nous avons du fer et nous avons du plomb, les bannières nous attendent... que demain, au moment où rentrera la procession de saint Liévin, nous allions en marche et en armes demander au jeune duc la restitution de nos priviléges, elle se fera sur l'heure, sans lutte, sans bataille... et si par hasard il tentait de résister, nous prendrions pour otage sa fille Marie...

Les paroles de Bertol, sa brutale assurance, les encouragements de ceux qui l'accompagnaient vainquirent les scrupules des hommes de la tente ; à leur tour, se mêlant aux groupes de pèlerins assemblés à Holtheim, ils parlèrent de révolte et reprirent le chaperon blanc ; puis, se précipitant vers les grands arbres ombrageant la campagne, ils en abattirent les branches et s'armèrent de lourds bâtons. Ce ne fut pas tout ; les conspirateurs des caves de Florus s'étaient munis d'un grand nombre d'épaisses lames de plomb, à l'aide desquelles furent fabriqués durant la nuit des haubergeons présentant assez de résistance pour rendre la lutte moins dangeureuse.

Toute la populace éparse dans la campagne connut en moins d'une heure la résolution des ouvriers et des apprentis ; des hommes sages tentèrent vainement de représenter aux amis de Rubbes qu'ils commettaient grand crime et cou-

raient imminent danger en engageant tant de
gens paisibles dans un complot pouvant amener la
mort de beaucoup et la ruine de la ville. Mais
point ne furent entendus ces sages conseils, et
peu s'en fallut que les prud'hommes qui voulaient épargner une grande faute aux Gantois ne
fussent maltraités et même occis, dans la crainte
qu'ils allassent répéter ce qui venait de se passer
et rendissent impossible l'exécution du complot. Ils
s'engagèrent par serment à ne rien révéler, et
tout tremblants des menaces qui leur avaient été
faites, ils résolurent de ne point rentrer à Gand le
lendemain, afin d'éviter de se trouver au milieu de
la lutte qui se pouvait engager, et de rester pru-
demment à Holtheim, demandant miséricorde à
Dieu pour les aveuglés et les méchants.

Mais, hors ces quelques hommes sages, la masse
des pèlerins de saint Liévin accepta avec enthousiasme de marcher sous les ordres de Rubbes et
de Bertol; durant la nuit, les femmes assemblèrent
tous les morceaux d'étoffe qu'il fut possible de
trouver et confectionnèrent des chaperons blancs.
On passa le reste du temps à prendre des résolutions sommaires, à s'entendre sur les demandes que
l'on adresserait au duc, à chercher un moyen qui
parût presque naturel et tout à fait improvisé afin
de ne point paraître avoir traîtreusement agi en accueillant si chaleureusement le duc de Bourgogne.

Les tonneaux de bière se vidèrent à la liberté des Flandres, aux héros populaires chargés de rendre à la ville de Gand son ancien prestige. Les jeunes gens improvisèrent des chants pleins d'ardeur prédisant une magnifique victoire; puis, le matin se levant, apprentis, ouvriers, pèlerins ayant échangé leurs derniers mots d'ordre, régularisé l'émeute et tout préparé pour ce hardi coup de main, cachèrent de nouveau leur chaperons blancs et leurs haubergeons de lames de plomb, et, entendant sonner les cloches de Holtheim, ils quittèrent les champs, les tavernes, les terres et les fourrés, et coururent se ranger à côté de l'église au moment où les prêtres, soulevant la châsse de saint Liévin, se disposaient à reprendre la route de Gand. Pendant le commencement du trajet, les meneurs de la conspiration parurent seulement occupés de la récitation des prières et du chant des psaumes; mais à mesure qu'ils approchaient de la ville, leur visage s'enfiévrait, leur taille se redressait terrible, et au lieu de s'appuyer paisiblement sur leurs bâtons, ils les brandissaient de temps à autre d'une façon menaçante.

A l'heure matinale où la procession de saint Liévin rentrait dans la ville, les habitants dormaient pour la plupart, lassés d'une journée de fête, les oreilles brisées par les sons des instruments de cuivre et les détonations des mortiers, les yeux brûlés par les illuminations des maisons et les embrasements des tonneaux de poix brûlant dans les carrefours, las d'admirer, de voir, d'entendre, ivres de cris, d'enthousiasme, de spectacle, de brandevin, de bière et de genièvre.

Dans plus d'une taverne, on entendait cependant encore des chœurs de buveurs que n'avait point terrassés la cervoise.

Des femmes et des enfants envahissaient l'église de Saint-Bavon, afin d'assister au retour de la procession de saint Liévin et d'entendre la première messe.

De loin les Gantois qui aperçurent les premiers la châsse de monseigneur saint Liévin annoncèrent cette nouvelle; les fenêtres se peuplèrent de curieux, et tandis que les horloges sonnaien l'heure du travail, les cloches annonçaient l'office.

Comme la procession défilait sur la place du Marché, les hommes qui portaient la châsse du bienheureux martyr sur leurs épaules heurtèrent rudement un petit bâtiment de bois appelé la *Cueillotte.*

Ce bâtiment était habité par les employés du fisc, chargés de percevoir « les gabelles sur le bled afin de payer au duc de Bourgogne les dettes contractées par la ville quand, après deux années de guerre, elle fit la paix avec son souverain ».

Les gens des gabelles, sortant brusquement de la *Cueillotte*, interpellèrent les porteurs de la châsse de saint Liévin, et leur signifièrent de prendre le milieu de la place du Marché.

— Depuis quand monseigneur saint Liévin cède-t-il la place aux gens du fisc? demanda insolemment Rubbes en quittant les rangs de la procession. Faut-il tordre le corps de notre patron par respect pour la maison des gabelles? Saint Liévin veut passer, il passera.

Les employés malmenés, échauffés par la colère, tentèrent de repousser les porteurs; ceux-ci poussèrent un cri d'alarme; au même moment toutes les têtes se couvrirent de chaperons blancs ou de lambeaux d'étoffe de cette couleur; les bâtons se levèrent; les premières victimes furent les collecteurs que l'on assomma sur la place avec les débris de la *Cueillotte*, qui fut rapidement démolie et dont les débris se convertirent en armes dans la main des forcenés.

Pendant ce temps, les prêtres, se jetant au milieu de la multitude, tentèrent de la rappeler à son devoir, mais ce fut inutile, l'élan était donné : apprentis et ouvriers se répandaient par la ville en criant aux armes; les meneurs entraînaient les nouveaux conspirateurs dans des maisons servant depuis longtemps d'entrepôt aux armes forgées

en secret. On ajusta à la hâte sur les épaules et
les manches des pourpoints des lames de plomb
assez flexibles pour ne point gêner les mouvements des combattants; et tandis que le populaire continuait à mener grand désordre sur les
places, on vit surgir des maisons basses des quartiers marchands des hommes à figure menaçante,
brandissant qui les outils de son métier, qui des
haches, des barres de fer et des bâtons.

— Prévenons le prince, disaient-ils; le prince
sait que nous l'aimions quand il était comte de
Charolais; s'il nous rend nos priviléges, nous lui
serons dévoués jusqu'à la mort.

Mais tandis que les émeutiers juraient respect
et amour à Charles le Hardi, la population tout
entière saluait de frénétiques applaudissements
l'apparition des nouvelles bannières des corporations, brodées en grand mystère et flottant au soleil
sur la place du marché. La vue de ces bannières
pleurées depuis la paix de Gavre entraîna dans le
mouvement révolutionnaire ceux des habitants
qui hésitaient encore. En un moment, toute la ville
fut sous les armes; de chaque rue, de chaque faubourg, débouchèrent des soldats improvisés; si par
hasard on apercevait un homme ne portant ni
armes ni chaperon blanc, on le malmenait de telle
sorte et on le menaçait si fort que, dans la crainte
d'être mis à mort, il s'enrôlait dans la troupe des

révoltés, lesquels, sous prétexte d'exposer au prince de justes et respectueuses demandes, se disposaient à donner l'assaut à son palais.

Ils n'en eurent point le temps.

Dès que les premiers bruits de révolte se firent entendre, Hugo van Goës et ses amis, qui dans leur sollicitude pour le duc avaient refusé de prendre un repos dont ils avaient grand besoin, prévinrent le groupe de jeunes gens, littérateurs, artistes, qui s'étaient juré de former la garde sacrée de ce Charles qui de son temps fut appelé le Hardi, et que l'histoire surnomma le Téméraire.

Les émeutiers achevaient à peine de démolir la *Cueillotte* quand le groupe fidèle envahit les appartements du prince.

Celui-ci, subitement réveillé par les cris de la foule, se trouva debout au moment où Hugo, Hemling et Gaspar pénétraient dans son appartement.

— Que se passe-t-il? demanda vivement le duc; les cris de joie se changent-ils en vociférations d'hommes ivres?

— Oui, prince, répondit Hugo van Goës, mais vos soldats sont fidèles et nous sommes hardis.

— Croyez-vous donc, demanda le duc, que l'on oserait s'attaquer à moi?

— Prince, répondit Hugo, le duc Philippe a vaincu ces mêmes hommes.

6.

— Ah! s'écria Charles, faudrait-il donc recommencer la guerre avec mon peuple? Hier il m'acclamait, et ce matin...

— Monseigneur! dit un capitaine des archers en entrant précipitamment, le peuple s'arme, crie, se mutine ; on se bat, on se tue, la *Cueillotte* est démolie, et sur la place du Marché le clergé captif au milieu d'un groupe de furieux n'a plus même la possibilité de reconduire à Saint-Bavon la châsse du martyr, patron de la ville... Les bannières des métiers flottent au vent, les émeutiers couverts de haubergeons de plomb et munis d'armes de toutes sortes vous demandent à grands cris et répètent qu'ils se retireront si vous leur faites justice.

— Justice! répéta le duc ; en quoi leur ai-je nui? Je pleure encore mon noble père, j'accours à Gand dans des intentions pacifiques, paternelles et clémentes pour ce peuple muable, toujours prêt à la révolte, et dont la parole n'a pas plus de poids qu'une plume au vent... Ah! ils me demandent! Eh bien! par saint Georges! je leur ferai voir que mon épée ne redoute pas leurs bâtons, et que ce n'est pas en vain qu'on m'appelle le Hardi !

Charles prit son épée, épée de parade plutôt que de combat, et après avoir ceint son front d'un casque léger il allait s'élancer hors de la cham-

bre, quand Hugo van Goës et ses compagnons se
précipitèrent vers lui.

— Ne sortez pas, prince ! ne sortez pas ! s'é-
crièrent-ils. Nous ne vous quitterons d'un instant,
et, s'il le faut, nous vous ferons un bouclier de nos
poitrines. Vous êtes notre maître, notre duc, et
ce n'est pas en vain que nous avons juré fidélité !

— Je sais, Hugo, je sais, Hemling, mon féal,
que je puis compter sur vous ; mais il ne sera pas
dit que je laisserai égorger mes archers et mas-
sacrer mes serviteurs sans prendre part à la bataille ! Vive Dieu ! nous verrons s'ils oseront assassiner leur souverain !

Puis se tournant vers l'ancien grand bailli de la
ville :

— Un cheval, Gruthuse ; je veux aller au milieu
de ces révoltés apprendre ce qu'ils veulent et
leur montrer qui je suis.

— Ne le faites pas, monseigneur, pour l'amour
du ciel ! répondit le bailli d'une voix épouvantée...
Ces misérables, ivres de colère, ne connaissent ni
les lois du respect ni même celles de l'humanité...
Pour Dieu, prince, contenez un moment votre
juste indignation, il y va de votre vie et de la
nôtre... Avant une heure, nous pouvons tous être
massacrés... Usons de froideur et de sage conseil ;
avec ce peuple léger, vaniteux, inflammable,
vous ferez ce que vous voudrez avec des paroles

de conciliation... Du temps du duc votre père, vous avez vu ces gens autrement furieux et malintentionnés... Envoyez-leur quelqu'un qui les interroge en votre nom et leur promette que vous écouterez leurs plaintes.

— Non ! fit Charles ; ils croiraient que je les redoute !

— Vous voulez mourir, prince, dit Hugo van Goës, marchons...

En ce moment, la porte de la chambre s'ouvrit, et la princesse Marie, vêtue de sa longue robe de nuit traînante, ses cheveux blonds dénoués flottant sur les épaules, ses bras nus et frais sortant de larges manches, accourut en larmes se jeter dans les bras de son père :

— J'ai peur ! dit-elle, père, j'ai grand'peur ! Plus pour vous que pour moi encore... On crie des choses terribles dans la rue, sous mes fenêtres... Ces hommes vont-ils donc venir nous égorger ?...

— Non, mignonne, non, ma chérie ; votre père est là, et vous ne devez rien craindre si son épée vous couvre...

— Mais vous vouliez sortir, père ! Oh ! restez ! restez ! je vous en conjure. Aléna, priez aussi monseigneur de ne pas m'abandonner...

— Non, dit Aléna, monseigneur le duc, qui ne craint rien pour lui, redoutera la fureur de ces mécréants pour sa fille... Vous êtes son plus cher trésor, noble fille d'Isabelle !...

— Chère petite reine, dit le duc en relevant Aléna qui, agenouillée sur le sol, serrait la princesse Marie sur sa poitrine, vous n'avez pas quitté ma fille ?

— Je pouvais le faire durant les fêtes, monseigneur ; je ne le dois plus à l'heure du danger.

— Ceux que vous aimez sont inquiets, peut-être ?

— Non, monseigneur, mon père garde une des portes du palais avec un groupe de bourgeois de Gand.

— Père, père, vous ne sortirez pas ! demanda l'enfant en joignant ses petites mains.

— Non, répondit le prince, je suivrai le conseil de ce gentilhomme et je céderai à vos prières... Allez, Gruthuse, informez-vous de ce que veulent ces gens, et promettez en mon nom ce qui sera raisonnable.

Le bailli se rendit sur la place.

C'était un homme prudent, tenu en grande estime par le peuple, et dont la parole exerçait d'ordinaire une grande influence.

— Que signifie ceci, mes bons amis ? demanda-t-il en pénétrant au milieu de groupes tumultueux environnant la châsse de saint Liévin ; vous avez un nouveau prince plein de prudence, de générosité, enclin à la justice envers les petits, débonnaire à l'égard des malheureux... Vous l'avez reçu hier en grande joie et avec solennité, et ce matin, mutinés, l'arme au poing, vous mêlez son nom à des menaces ! Cela n'est ni honorable ni équitable. Conduisez-vous avec plus de dignité et de sagesse... Que chacun rentre en sa maison et que la paix se rétablisse dans la ville.

Rubbes s'avança vers le grand bailli.

— Seigneur de Gruthuse, répondit-il, nous n'avons nulle mauvaise volonté contre le prince ni contre ses fidèles serviteurs... Il est en sûreté parmi nous, et s'il en était banni, nous serions prêts à mourir pour lui... Nous en voulons seulement à ces mauvais larrons qui nous dérobent, nous, et aussi monseigneur, qui l'endorment par des mensonges, qui sucent notre sang et se raillent de notre pauvreté !... C'est une vraie pitié ! Il faut que le duc en fasse raison ou les châtie... Nous avons abattu la *Cueillotte*, nous ne voulons point qu'on la relève... Sinon, de brebis nous deviendrions des loups enragés !

La foule approuva bruyamment les paroles de son orateur. Gruthuse essaya de faire comprendre au peuple que sa conduite était irrévérencieuse et condamnable, qu'il était honteux et anti-chrétien de laisser de la sorte la châsse du saint martyr au milieu des débris de la maison des gabelles ;

les révoltés ne semblèrent nullement tenir compte
des remontrances du gentilhomme, et ils répétèrent avec plus de force :

— Le duc! nous voulons parler au duc!

Le comte répondit qu'il allait rapporter au prince
ce qu'il venait d'entendre.

Pendant que cette scène se passait sur la place
du marché, Charles de Bourgogne, prenant sa fille
dans ses bras, la calmait doucement, tendrement,
lui répétait qu'il ne courait aucun danger, et la
priait à son tour de se montrer courageuse comme
le doit être une princesse.

Puis s'adressant à Aléna, toute pâle, mais vaillante et mille fois plus charmante encore que la
veille, à cette heure où un généreux courage brillait dans ses yeux :

— Gardez mon enfant, lui dit-il; j'étais loin de
penser hier, quand la blanche reine de rhétorique
passait au milieu de sa pompe glorieuse, qu'elle
aurait à remplir ici une mission de protection et
de consolation... Marie, ajouta le prince, je désire
que vous rentriez dans votre appartement avec
Aléna... J'irai vous y rejoindre bientôt...

La mignonne enfant n'osa désobéir; elle jeta
ses deux bras autour du cou du prince, laissa une
dernière larme sur sa joue, puis elle disparut avec
Aléna derrière la tenture qu'un page venait de
laisser retomber.

Une minute après, le comte de Gruthuse rentrait.

— Eh bien! demanda Charles, les mutins sont-ils rentrés dans le devoir?

— Ils vous demandent à grands cris, monseigneur, et, tout en affirmant leur respect et leur dévouement pour votre personne, ils réclament insolemment la suppression des gabelles.

En entendant ces mots, les regards du duc de Bourgogne brillèrent d'indignation; il mordit ses lèvres jusqu'au sang, et la pensée de commencer son règne en cédant aux volontés d'une bande d'émeutiers le fit entrer dans une colère d'autant plus grande qu'elle était plus légitime.

— J'ai eu tort de vous écouter, Gruthuse, et de céder aux larmes de ma fille! A cheval, cette fois, et en avant!

Le prince descendit, sauta sur son cheval qu'il éperonna, et avant même que ses archers et ses serviteurs les plus dévoués l'eussent rejoint, il courut vers la place du Marché.

— Par saint Georges! répétait-il, ils veulent me voir, ils me verront!

Hugo et ses amis rejoignirent le prince avant qu'il arrivât sur la place où se tenaient les meneurs de la révolte. Elle présentait un coup d'œil étrange et terrifiant.

A genoux sur le pavé, les prêtres priaient à voix

haute, suppliant le Seigneur d'empêcher l'effusion du sang et de changer le cœur des misérables prêts à l'assassinat comme au sacrilége.

Sur les décombres de la *Cueillotte* étaient étendus, dans le sauvage désordre d'une mort terrible, les receveurs des gabelles, premières et innocentes victimes des fureurs d'une foule aveugle.

La châsse de saint Liévin, posée sur le sol, faisait briller au soleil l'or et les pierreries dont elle était formée. Les enfants de chœur, effarés, se pressaient autour du porte-croix. De larges plaques de sang marquaient les aubes des prêtres qui relevaient les blessés et recueillaient les aveux des agonisants. Enfin les révoltés, l'œil arrogant, l'arme à l'épaule, la menace aux lèvres, surveillaient les abords de la place, en se demandant s'ils verraient déboucher les archers du prince ou si le duc se rendrait à une prière intimée comme un ordre. Ce fut le colossal forgeron qui, le premier, aperçut Charles de Bourgogne.

— Nous le tenons! fit-il, nous le tenons!

L'expression violente de son visage commentait assez son exclamation.

Charles le Hardi s'avançait avec lenteur au milieu d'une foule compacte. Il lui était très-difficile de se frayer un chemin au milieu d'une place encombrée de malveillants et de curieux. Plus d'un émeutier se faisait du reste un méchant plaisir

7

d'entraver la voie, et l'un des marchands de la
ville se jeta d'une façon si imprévue contre le poi-
trail du cheval de Charles le Hardi, que celui-ci,
furieux, arracha le bâton du bourgeois et lui en
asséna un coup sur les épaules. Aux cris perçants
du marchand répondirent les hurlements d'une
foule furieuse, et si le prince ne s'était trouvé à
cette heure entouré par ses défenseurs Hugo,
Hemling et Gaspar, commandant à toute la jeunesse gantoise, il eût peut-être été massacré par
cette même foule qui, une heure auparavant, affirmait au comte de Gruthuse que le prince ne devait
rien redouter au milieu de son peuple.

Les artistes se groupèrent autour de Charles de
Bourgogne et, la dague au poing, formèrent une
masse si redoutable que, grâce à eux, il fut possible au prince de gagner la maison dont le balcon,
formant une vaste saillie, servait d'ordinaire de
tribune aux comtes de Flandre quand ils haran-
guaient le peuple.

Charles se trouvait en ce moment sous le coup
d'une irritation terrible. Cependant, si grande
était sa volonté d'empêcher l'effusion du sang,
qu'il refréna les tumultueux mouvements de son
cœur, et parut sur le balcon calme et digne, comme
s'il se fût trouvé au milieu d'une réunion de braves gens chargés de soutenir les intérêts du pays.

Dans la salle précédant la tribune se tenaient

Hugo, ses amis, le comte de Gruthuse, les gentilshommes dévoués au duc. Mais il avait si expres-
sément interdit que l'on amenât des archers, qu'il
ne se trouvait pas un soldat de son armée.

Une nouvelle difficulté s'offrait au duc. Pendant
sa jeunesse, il avait plus souvent habité le duché
de Bourgogne que la Flandre, et il s'expliquait en
flamand avec une certaine difficulté.

Il ne pouvait cependant parler une autre langue
à la foule pressée sur la place du Marché! Et certes, il fallut à cette heure au prince Charles un
grand empire sur lui-même pour ne pas s'emporter contre les émeutiers, au lieu de leur adresser
des paroles conciliantes. Les bannières factieuses
flottaient sous ses yeux, et la châsse de saint Liévin
gisait sur le sol, à côté des cadavres à peine re-
froidis et des prêtres murmurant des prières.

— Mes enfants, dit le prince, Dieu vous garde!
Je suis votre duc, votre légitime seigneur! Je
viens vous visiter, vous réjouir par ma présence...
Je veux vous faire vivre en paix et en prospérité,
et je vous prie de vous comporter doucement...
Tout ce que je pourrai faire pour vous, mon honneur sauf, je le ferai et vous accorderai ce qui me
sera possible!

Tandis qu'il prononçait ces mots d'une voix
paisible, Charles serrait à la briser la rampe du
balcon.

— Soyez le bienvenu ! cria le peuple.

— Nous sommes vos enfants, nous vous remer-
cions, ajoutèrent plusieurs voix.

— Monseigneur, fit le comte de Gruthuse, vous
avez suffisamment prouvé votre magnanimité, permettez-moi d'ajouter en votre nom et avec détail
toutes vos bonnes intentions à l'égard de ces gens.

— Ainsi faites ! répondit Charles.

Le comte s'avança et prononça un discours sage
et courtois, invitant à l'espérance et à la concorde.
Il énuméra les bienfaits que le prince voulait
répandre sur son fidèle peuple de Gand, et il pouvait croire la partie doublement gagnée par la magnanimité du prince et la sagesse de son propre
discours, quand Rubbes, quittant brusquement sa
place, s'élança dans la maison occupée par le duc,
se fraya un passage à l'aide de son bâton et d'un
long poignard, puis bondissant sur le balcon aux
côtés mêmes du prince, et lui jetant pour ainsi dire
au visage sa haine et ses paroles, il leva son poing
que recouvrait un gantelet de fer, le laissa brutalement retomber sur la balustrade, puis se tournant
vers Charles :

— Vous demandez ce que les Gantois veulent
de vous : je vais vous le dire... Lors de la paix de
Grave, si l'on peut appeler paix l'humiliation de
tout un parti, sa déchéance et sa ruine, votre père
nous enleva le libre gouvernement de notre ville,

mos échevins, notre bourgmestre, gens qui étaient
môtres et qui nous aimaient... Il nous priva du droit
de porter les bannières de nos corporations. Nous
étions hommes, et il nous fit serfs... Puis, afin de
solder les frais de la guerre, nous dûmes subir
l'impôt de la gabelle sur le blé, et voir élever la
maison de la *Cueillotte* que nous venons de dé-
truire... Nous vous demandons d'abolir cet impôt,
d'effacer les derniers souvenirs de cette guerre en
nous laissant nos bannières, en nous permettant
de porter les haubergeons de fer que l'on brisa
sous nos yeux, en nous laissant libres sous votre
autorité de comte de Flandre.

— Est-ce tout? demanda Charles le Hardi qui
contenait avec peine son irritation.

Rubbes ne se méprit point à l'intonation qui
trahissait chez le duc une sourde colère.

— Monseigneur, dit l'émeutier en regardant le
prince en face, je vous ai fait connaître ce que
veulent ces hommes ; c'est à vous d'y pourvoir.

Le prince ne répondit pas un mot, et le forgeron,
quittant le balcon, descendit l'escalier sur un signe
du duc qui venait d'interdire de châtier son audace.

— Les mutins! les rebelles! murmura le prince,
oser me dire de pareilles choses! M'intimer des
ordres! à moi! à moi!

Puis se tournant vers le comte :

— Gruthuse, dit-il, point ne veux me départir de

mon calme en face de pareilles gens ; je craindrais
d'éclater. Croient-ils me faire peur par leurs vou-
loirs plus tyranniques que ne le fut jamais l'autorité de mon père ? Par saint Georges !

— Monseigneur, dit le comte, laissons les révoltés méditer les paroles que vous leur avez dites,
et regagnons votre hôtel.

— Oui, dit le prince, mais il ne s'agit pas seulement de moi dans cette occasion, du respect dû au
souverain ; j'entends que l'on rende à Dieu, notre
maître à tous, la révérence qui lui est due.

Et paraissant au balcon pour la seconde fois,
Charles ajouta d'une voix forte :

— Et maintenant, bourgeois, retirez-vous paisiblement en vos logis après avoir reconduit la châsse
du glorieux saint Liévin jusqu'à l'église de Saint-
Bavon.

Quelques-uns des hommes debout près des bran-
cards essayèrent de soulever la chaîne, mais leurs
voisins s'y opposèrent d'une manière formelle, et
pendant plus d'un quart d'heure on entendit autour
des restes du martyr d'ignobles plaisanteries, des
défis insolants :

— Saint Liévin partira !

— Saint Liévin ne partira pas !

Et les bâtons de tournoyer, les coups de pleuvoir.

Les prêtres impuissants priaient à genoux en
essayant de protéger le reliquaire. On criait, on

hurlait autour des clercs et sous les bannières, et l'on trouvait dans cette lutte sacrilége un moyen nouveau d'insulter le duc de Bourgogne.

— Partons ! dit celui-ci à Gruthuse, partons !

Le prince sauta sur son cheval, et accompagné d'une sourde clameur il traversa la place du Marché, tandis que les mutins agitaient en signe de triomphe les bannières des corporations.

Toute la journée se passa à tenir conseil de part et d'autres.

Les hommes sages de la ville obtinrent enfin que la liberté fût laissée aux prêtres de rentrer la châsse de saint Liévin, prétexte de l'émeute. Puis ces mêmes bourgeois, traversant les divers quartiers de Gand, représentèrent aux *Chaperons blancs* quels troubles et quels maux ils attiraient sur la ville. Mais leur tentative de conciliation resta sans résultat ; les misérables à la tête desquels se trouvait Rubbes persistèrent à rester sur pied. Les taverniers du voisinage les approvisionnèrent de cervoise et de vin ; on chassa l'obscurité à l'aide de «poêles à feu», et durant toute la nuit on entendit hurler l'émeute jusque dans les rues avoisinant le palais de monseigneur de Bourgogne, autour duquel ses amis et ses gentilshommes faisaient bonne et vaillante garde.

VII

UNE NUIT D'ANGOISSES

Loin de calmer les émeutiers, les sages paroles
du duc de Bourgogne avaient eu pour résultat de
doubler leur audace. Si le prince, cédant à la violence naturelle de son caractère et adoptant l'avis
de la plupart des gentilshommes, avait fait cerner
la place du Marché et livré les Chaperons blancs à
ses archers, la peur aurait eu sans doute raison
des fauteurs de désordre ; la mort de quelques-uns,
l'arrestation d'un grand nombre eussent répandu
dans les masses une salutaire terreur. Le souvenir des répressions de Philippe et des humiliations
qui les suivirent se fût représenté à la mémoire des
moins déraisonnables. Mais Charles entendit les
réclamations insolentes de Rubbes et le laissa
quitter tranquillement la salle ; il retrouva debout
les soixante-dix bannières de métiers ; on démolit
la maison de la gabelle sur la place publique, et il

interdit à ses hommes d'armes de porter la main sur un seul révolté.

A partir de cette heure, les émeutiers se crurent tout possible. Du reste, dans cette révolte des Gantois succédant à tant d'autres révoltes, il faut séparer en deux camps bien distincts ceux qui réclament, crient et se battent.

Les uns, et généralement ce sont les meneurs, ne voient dans le bouleversement de l'ordre que l'occasion de tirer un parti intéressé d'une situation violente. Succès d'orgueil, bénéfice en numéraire ou vengeance secrète, tout révolutionnaire est mû par l'un ou l'autre de ces sentiments. Dans sa hâte de réussir, il réchauffe les esprits des tièdes, enflamme la colère de ceux qu'il sait être secrètement de son parti, met en avant l'intérêt général, le bien des pauvres, l'allégement de la misère, la suppression d'impôts onéreux. Il fait vibrer aux oreilles d'une jeunesse enthousiaste les mots de grandeur et de liberté. S'emparant tour à tour, puis à la fois, de toutes les passions qu'il fait vibrer avec une brutale éloquence, il finit par rallier un groupe d'hommes dont chacun à son tour se fait l'apôtre des idées révolutionnaires. Beaucoup restent de bonne foi, quelques-uns se regardent à l'avance comme des martyrs de leur œuvre et se posent en illuminés. Mais en arrière des enthousiastes, des entraînés, se pressent les

7.

hommes dont le désordre est l'élément et qui trouvent dans toute situation violente une occasion de
bénéfice illicite. Dans tout mouvement d'émeutiers,
on est sûr de rencontrer beaucoup de pillards.
Rubbes avait compté, pour réussir dans son plan,
moins encore sur les maîtres, ouvriers et apprentis
des corporations humiliées par la suppression de
leurs bannières, que sur une bande de coquins
fieffés, malandrins de la pire espèce, pour qui la
présence à Gand du prince Charles et des brillants
seigneurs composant sa suite pouvait devenir une
source de fortune inespérée.

Dans son désir de faire honneur à la ville qu'il
visitait, le duc Charles avait déployé, le jour de
son entrée, une pompe inouïe. Son costume ruis-
selait de pierreries, l'aigrette de son chaperon était
d'un prix inestimable, et au milieu des feux de
centaines de diamants brillait comme une étoile ce
diamant merveilleux que l'on a depuis nommé le
Sancy. Son collier de l'ordre de la Toison d'or
était formé de pierres admirables, uniques ; ses
armes eussent rendu jaloux un prince musulman,
et afin d'imiter le plus possible leur seigneur et
maître, les grands de la cour et les princes formant le cortége du grand duc d'Occident étalaient
également sur les robes et pourpoints des pierreries et des perles d'une immense valeur. Quant à
la mignonne princesse Marie, les diamants dont on

avait brodé son lourd surcot n'étaient point par-
venus à rendre moins charmante sa grâce d'enfant
naïve mêlée à une précoce dignité.

Or, tandis que Rubbes et les Chaperons blancs,
groupés sur la place du Marché, près des bannières
autour desquelles ils montaient la garde, s'entretenaient orgueilleusement de leurs succès et de
leurs espérances, une bande de mécréants, retirée
dans un des faubourgs de Gand, supputait la valeur
des pierreries du duc de Bourgogne, de sa fille et
de ses amis.

Depuis l'entrée du prince dans la ville, ils gardaient pour but unique la volonté de s'emparer de
ces trésors.

La plupart de ces gens avaient fait partie des
troupes indisciplinées, pillardes et incendiaires qui,
sous le duc Philippe, dépouillaient les manoirs du
baron de Laval et de tant d'autres, en enlevaient
les objets de prix, puis les livraient aux flammes.

Dérober le trésor du duc de Bourgogne était
pour eux une occasion unique. Ce crime se con-
fondrait avec celui de la révolte, et comme ils
avaient l'intention de fuir avec leur butin, la faute
retomberait sur les émeutiers qui, surpris les armes à la main, porteraient seuls le poids d'une
double condamnation.

Les pierreries tiennent si peu de place que chacun des hommes lancés dans cette entreprise pour-

rait aisément emporter une fortune dans le creux de sa main, passer en Allemagne ou en France et vivre tranquillement du profit d'une telle expédition.

Celui qui le premier eut la pensée de s'emparer du trésor du duc de Bourgogne aurait bien souhaité accaparer seul le bénéfice de l'entreprise ; mais les complices devenaient indispensables, et plus on discutait la manière de la mener à bonne fin, plus on reconnaissait qu'un groupe d'hommes déterminés suffirait à peine, et qu'il fallait y adjoindre une centaine de mécréants chargés de se battre contre les gens de la maison du duc, qui ne manqueraient pas de défendre vaillamment la fortune de leur maître.

Jacques, ancien pillard d'églises et de châteaux du temps de la première révolte des Gantois, et dont les épaules portaient la trace des coups de fouet reçus de la main du bourreau, prit la direction de ce second complot, enrégimenta des hommes, leur assigna leurs positions respectives, et se chargea, avec l'un de ses amis, de pénétrer dans le palais. Il ne doutait point que les serviteurs du prince fussent extrêmement las des fatigues et des angoisses de la journée, et il pensa qu'il serait facile de les réduire au silence par l'ivresse.

Jacques se rendit donc chez Florus qui, dans sa haine du bruit et la terreur de se voir mêlé à quelque dangereuse affaire, aurait bien voulu fermer sa taverne; mais les Chaperons blancs lui avaient enjoint, sous les plus terribles menaces, de donner à boire toute la nuit aux glorieux défenseurs des libertés gantoises, et le gros Florus, assis ou plutôt vautré dans une chaise de bois, au fond de sa taverne, suait à grosses gouttes en voyant la marche des événements, et en se demandant ce qu'il adviendrait de sa taverne, de Florisel, sa jolie enfant, de la maison remplie de tableaux dus aux jeunes artistes de Flandre, et de sa propre personne que l'on exposait d'une notable façon.

— J'alimente la révolte! murmurait-il; il n'y a pas à dire, je verse de l'huile sur le feu en abreuvant les émeutiers; ma cervoise enflamme criminellement leur cerveau... Je serai compromis... on me dénoncera, et le bourreau, les juges... le bourreau surtout... Dieu sait si j'offre une ample surface à la torture!...

Quand ces pensées devenaient trop cruelles, Florus se soulevait en chancelant, et se dirigeait vers la porte de sortie dans le fallacieux espoir de s'enfuir, mais un groupe de nouveaux buveurs le repoussait à l'intérieur de la taverne. Des lames brillantes et de terribles bâtons menaçaient son abdomen et son crâne, et il renonçait, pour une fois encore, à l'espérance d'échapper aux libérateurs de la ville de Gand qui se grisaient d'enthou-

siasme aux dépens de leur liberté future, et de cervoise aux dépens de Florus.

Enfin le malheureux eut vers le milieu de la
nuit une lueur d'espérance. On ne peut pas crier
sans cesse : « Vive la liberté ! Vivent les corporations ! » La voix finit par s'enrouer, et il n'est
pas davantage possible de vider des brocs sans
trêve ; l'ivresse vient à bout de dompter les plus
forts.

Un moment arriva où les consommateurs de
Florus roulèrent sous les bancs et où les bruits de
la rue se calmèrent un peu. Les flammes projetées
par les tonnes de poix et les poêles à feu dimi-
nuaient d'intensité, le vide se fit dans certains
quartiers ; les moins ardents des émeutiers rentrèrent chez eux, comprenant bien qu'on ne se
battrait pas durant la nuit et pensant du reste que
la journée du lendemain suffirait pour les manifestations politiques.

Florus résolut de risquer une suprême tentative ; il se souleva avec lenteur, et profitant du moment où les derniers ivrognes entamaient une
querelle il se glissa le long de la muraille et se
trouva sur le seuil ; ses regards interrogèrent la
rue, elle paraissait presque déserte. Le tavernier
poussa un soupir de satisfaction et s'éloigna de
toute la vitesse de ses grosses et courtes jambes ;
il allait atteindre l'angle de la rue, quand il se

trouva en face de Jacques et d'une bande de quinze malandrins qui le suivaient.

— Voilà notre homme! s'écria Jacques.

Il s'empara d'un des bras du tavernier, tandis que Guildon saisissait l'autre, et, lui faisant opérer une rapide volte-face, on l'obligea à reprendre le chemin de sa maison.

— Que voulez-vous de moi? demanda lamentablement Florus; vous avez donc résolu de me compromettre?... Je suis un homme paisible, moi; d'ailleurs je suis trop gras pour me battre...

— C'est vrai! dit Jacques, les taverniers roulent.

— Où me menez-vous, par saint Bavon?

— Chez toi!

— Je n'ai pas de bière!

— Tant pis! fit Jacques, les gens de monseigneur ont soif.

— Les gens de monseigneur de Bourgogne! s'écria Florus.

— Cela te surprend que des hommes d'armes soient altérés?

— Non pas! non pas! au contraire; mais qu'y puis-je?

— Tu peux prouver ton amour et ton dévouement au prince en abreuvant les arbalétriers. Ami Florus, tu l'as dit, tu es un homme paisible; rien qu'à te voir on le comprend... Si tu crains d'avoir

été compromis par les malandrins qui mettent ta
cave à sec depuis ce matin, rachète ta faute en
offrant ta meilleure bière aux arbalétriers du
prince... Nous te donnons un conseil d'amis, et
nous venons te proposer de t'aider à rouler les
tonnes.

— Jacques, répondit Florus, voici la première
sage parole que j'entends sortir de votre bouche...
Venez ; il doit rester dans un caveau ma cervoise
la meilleure, celle que boivent les riches bourgeois de Gand les jours de liesse. En un tour de
main, vous les aurez roulés dans la rue et vous
les conduirez au palais.

— Non, Florus, vous aurez l'honneur de les escorter vous-même ; en digne hôtelier, vous verserez la bière que vous aurez tirée, et les soldats
choqueront leurs gobelets au cri de : « Vive Bourgogne ! »

— Oui, vive Bourgogne ! répéta Florus.

— Pas si haut, malheureux ! Les Gantois qui
tiennent pour la révolution t'accuseraient de sé-
dition et te feraient payer cher ton patriotisme.

Les choses se passèrent comme l'indiquait Jacques ; on tira les tonnes du caveau, et les bandits,
les roulant à travers les rues les moins encom-
brées, parvinrent sans grandes difficultés jusqu'au
palais de Charles de Bourgogne. Si par hasard ils
rencontraient une bande de révoltés, ils affir-

maient destiner leur cervoise aux défenseurs de
Gand. Au moment où les archers du prince se
trouvèrent en vue, Jacques dit à Florus :

— Garde le mérite de ta générosité, informe les
veilleurs de tes offres.

L'aspect de Florus éloignait si bien toute idée
de conspiration, les soldats étaient si las de la fatigue de la journée et des alertes de la nuit, que
l'idée de boire un gobelet de bière, et la pensée
qu'un groupe de Gantois se joignait à eux pour la
défense du prince, les réjouit doublement.

On perça les tonnes, des cruches furent rem-
plies, et les malandrins de Jacques versèrent
d'amples rasades, tout en déplorant les événements
de la journée. On but au rétablissement de l'ordre ; l'amour que les hommes d'armes portaient au
duc de Bourgogne les poussa à multiplier les libations en son honneur, et plus les archers mon-
traient d'enthousiasme, plus les gens de Jacques
remplissaient les gobelets et vidaient les brocs.

Pendant que ceci se passait autour de l'hôtel,
le duc Charles, qui n'avait pu se résoudre à chercher le sommeil, marchait à grands pas dans sa
chambre. De temps à autre un messager entrait,
donnant les nouvelles de ce qui se passait dans la
ville.

— Les misérables ! fit Charles en apprenant
que les chefs de la révolte veillaient auprès de

leurs bannières, ils veulent m'imposer leur loi, mais je ne céderai jamais, jamais ! Si je réussis à me contenir durant cette journée, je sens que je ne le pourrai pas demain. Demain j'abandonnerai cette ville tant de fois révoltée à la justice des magistrats et à l'épée de mes braves...

— Prince, dit le comte de Gruthuse, je comprends que vous ne fuyiez pas devant une multitude révoltée, mais il est des trésors que vous devriez mettre en sûreté. Votre fille...

— Me séparer de Marie !

— J'ignore jusqu'où ira l'audace de ces misérables, dit le bailli ; si vous possédez ce qui leur impose encore, le courage et la majesté du rang, leur nombre défie celui de vos soldats, et quand nous nous ferions tuer en luttant pour vous défendre, il n'est pas sûr que nous arriverions à vous sauver. Vous possédez ici des pierreries pour une somme considérable et bien capable de tenter la cupidité... puis qui sait si dans l'âme d'un misérable ne peut germer cette idée de s'emparer de la jeune princesse et de la garder comme otage, jusqu'à ce que l'on ait obtenu de vous les concessions que l'on demande?

— Que l'on m'impose, Gruthuse.

— Soit ! Les événements trompent votre attente, ayez le courage de les dominer.

— Pensez-vous que ces Gantois oseraient pénétrer ici comme des larrons ?

— Ceux-là sont capables de tout qui se servirent hier de la châsse de saint Liévin, d'une façon sacrilége, pour en faire le signal de la révolte.

Charles de Bourgogne marcha dans la chambre à pas précipités.

La justesse des réflexions du comte de Gruthuse ne pouvait manquer de le frapper ; d'un autre côté, la pensée de se séparer de sa fille dans une circonstance semblable lui causait une mortelle inquiétude. Tant de pertes douloureuses s'étaient accumulées dans sa vie qu'il s'effrayait à l'idée d'une séparation même passagère.

Charles le Hardi, dont le courage resta toujours au-dessus du danger, et dont l'aventureuse témérité fut le seul défaut, possédait une âme capable des sentiments les plus tendres. A ses colères succédaient des élans de tendresse, de repentir, qui lui auraient fait pardonner des fautes autrement graves que les siennes. Tous les historiens qui pénétrèrent dans l'intimité de sa vie, et en particulier Philippe de Comines, ne tarissent pas sur les qualités de sensibilité de ce jeune homme fougueux qui n'eût point reculé devant une armée et que l'on désarmait par une larme. Sa douleur, lors de la mort du duc Philippe, fut telle qu'elle émut profondément ses serviteurs. Depuis qu'il

avait perdu son père, sa femme, la princesse Marie
restait l'objet unique de ses affections. Il devait à
son amour de protéger la jeune et charmante
créature, mais il ne pouvait la croire mieux en
sûreté en aucun lieu que près de lui.

Et cependant l'émeute veillait ; quelques heures
encore, et le duc devrait envoyer une réponse
aux insolentes demandes qui lui avaient été
adressées par la foule en armes, et traduites par
les arrogantes paroles de Rubbes.

— Prince, dit Hugo en s'avançant vers le duc,
le temps se passe, les mécréants complotent ; ils
connaissent la valeur de vos pierreries, permettez
qu'Hemling et ses amis les mettent en sûreté.
Vos hommes les accompagneront ; ils se coifferont,
s'il le faut, du chaperon blanc pour ne point être
inquiétés, et nous respirerons plus à l'aise quand
l'appât de ces trésors ne constituera pas pour vous
un nouveau danger.

— Soit ! dit le duc ; entendez-vous avec mes
gentilshommes de chambre, Hemling ; merci, mon
ami et féal, vous ne servez pas un ingrat.

— Prince, répondit Hemling en mettant un
genou en terre, vous avez gardé l'honneur de
mon père, ma destinée est de vous donner ma
vie... Ou je sauverai les pierreries de la maison
de Bourgogne ou je périrai en les défendant.

— Ce n'est pas assez, prince, ajouta Hugo,

laissez fuir la princesse sous la garde d'amis dévoués. Tant que nous aurons à trembler pour cette précieuse vie, nous agirons avec moins de liberté ! Il est une jeune fille de Gand qui se chargera de porter la princesse à travers la ville ; le respect dont on entoure sa famille ne permettra ni de la suspecter ni de l'arrêter. Son père, le bourgeois Weyten, la conduira dans sa maison, et dès l'aube la princesse sera loin de la ville...

— Ne la quitte pas, Hugo ! ne la quitte pas, et je consens à ce sacrifice.

— Je jure, prince, de ne l'abandonner qu'après l'avoir remise dans vos bras.

— Alors, agis suivant ta bravoure et ta prudence.

Le prince continua à marcher rapidement dans la salle. Chaque nouvelle concession accordée à l'émeute faisait monter le rouge de la honte à son énergique visage. On devinait à l'expression de son regard qu'il ferait payer encore plus cher aux Gantois le déchirement de son cœur que les froissements de son orgueil.

Pendant ce temps, Hugo se faisait annoncer chez Aléna.

La jeune fille, assise dans un fauteuil, tenait sur ses genoux la princesse endormie. Toutes deux étaient habillées de blanc, et la grâce de ce groupe si pur et si beau arrêta un moment le jeune artiste sur le seuil.

— Les instants sont comptés, dit-il à la fille de
Jacob. Charles de Bourgogne veut mettre en
sûreté sa fille... J'ai répondu de votre vaillance ;
sous ma garde et celle de votre père, vous tra-
verserez toutes deux les quartiers les moins
bruyants de la ville, et vous gagnerez votre maison... Demain, à la première heure, nous trouverons
le moyen de fuir la cité où se passeront peut-
être des événements terribles... Je ne vous cache
point que vous allez courir de grands dangers...

— Ne serez-vous point là? demanda Aléna avec
un regard tranquille.

Une joie orgueilleuse remplit le cœur du jeune
homme.

Aléna souleva la princesse Marie et l'éveilla par
un baiser.

— Ma mignonne, lui dit-elle, monseigneur votre
père désire que vous quittiez Gand cette nuit, à
l'heure même ; ne lui voulez-vous point obéir?

— Certes, répondit l'enfant ; est-il prêt déjà?

— Il ne vous accompagnera point ; mais, comptant sur votre courage et sur votre confiance en
nous, il espère que vous fuirez sous notre garde...

— Les Gantois veulent nous tuer? demanda
Marie.

— Ils se révoltent, du moins.

— Et mon père reste?

– Oui, chère princesse.

— Alors pourquoi partirais-je ? Si l'on nous prend la vie, que ce soit à la même heure.

— Mais je ne veux pas que tu meures ! dit Charles le Hardi en entrant et en pressant avec violence sa fille sur sa poitrine. Obéis, Marie ; il s'agit de mon repos... Je te rejoindrai demain, au plus tard dans deux jours... Aléna Weyten, que tu as prise en grande amitié, va te conduire dans son logis... Demain les Gantois, rentrés dans le devoir, crieront encore : *Vive Bourgogne!*

De grosses larmes roulèrent dans les yeux de l'enfant, mais son jeune cœur ne se laissa pas abattre ; elle prit un air résolu, rendu plus touchant par la douleur qu'elle s'efforçait de surmonter, et se rapprochant du duc :

— Père, lui dit-elle, bénissez-moi.

Les deux mains du prince se posèrent sur son front :

— Que Dieu te garde, Marie !

Aléna, pendant ces minutes suprêmes, s'enveloppait d'une mante sombre ; elle souleva la princesse dans ses bras, ramena sur elle les plis de son vêtement noir, et, suivant Hugo van Goës, elle gagna la porte de la chambre.

Mais à peine se trouvait-elle sur le seuil qu'elle recula pleine de terreur : un groupe d'hommes portant le chaperon blanc des révoltés se trouvait dans le couloir.

— Perdues! perdues! fit Aléna en serrant Marie dans ses bras.

— Ne craignez rien, répondit Hemling, nous sommes les amis, les serviteurs du duc de Bourgogne; nous sauvons ses pierreries comme vous sauvez sa fille!

— Je suis là! ajouta van Goës.

Au même instant, Jacob Weyten vint se placer à côté de sa fille.

La petite troupe commença à descendre l'escalier. Il y régnait une lumière indécise, les pas s'étouffaient sur les tapis couvrant les marches; on ne jugeait d'ailleurs ni nécessaire ni même prudent de mettre tous les serviteurs et tous les hommes de la garde du duc dans la confidence de ce qui se passait. Ils auraient pu croire la situation plus désespérée, céder à une panique, et se répandre en armes dans la ville. Pour s'accomplir en sûreté, la fuite de la princesse devait avoir lieu dans le plus grand mystère.

Hemling marchait le premier, suivi par des hommes portant dans des cassettes et des sacs de cuir les pierreries du prince.

Ensuite venaient Aléna, tenant Marie dans ses bras, Hugo van Goës et Jacob. Deux ou trois serviteurs, la tête entourée d'une draperie blanche, escortaient les deux groupes.

Tout à coup une douzaine d'hommes, également

coiffés de chaperons blancs, parurent au bas de l'escalier dont ils enjambèrent plutôt qu'ils ne gravirent les marches.

— Est-ce fait, Jacques ? demanda une voix rude.

Hemling porta la main à la garde de son épée, Hugo et Jacob prirent leur poignard.

Ils ne devinaient pas encore ce qui se passait, mais ils commençaient à redouter quelque chose de terrible.

Celui qui avait demandé : « Est-ce fait, Jacques ? » entra brutalement au milieu du groupe formé par les serviteurs portant les sacs et les cassettes, et d'une main brutale il s'efforça de les leur arracher.

— Part égale ! dirent ses amis, part égale !

Mais au même moment la haute taille de Jacques se dressa dans le vestibule.

— Herbin, Bavau, Souquenille ! appela-t-il.

La même pensée traversa l'esprit de ces misérables.

— Trahison ! dirent-ils, trahison !

En une seconde, une scène terrible se passa dans la pénombre de l'escalier ; les premiers Chaperons blancs, comprenant que les porteurs de cassettes n'appartenaient pas à leur bande, gravirent derrière eux l'escalier afin de leur couper la retraite, tandis qu'appelant Jacques et les siens à leur aide

8

ils empêchaient la fuite des amis et des serviteurs
du prince.

Aléna serra plus fort l'enfant sur sa poitrine.

— Courage ! dit-elle, courage !

Hemling, Hugo et leurs amis se précipitèrent en
avant, tandis que, faisant volte-face, les serviteurs
bien armés se battaient contre les Chaperons blancs
fermant la sortie de l'escalier conduisant à l'appartement du duc. On ne criait pas, on n'appelait
pas à l'aide. Ni les voleurs ni les amis du prince
ne voulaient attirer l'attention : les uns parce qu'ils
redoutaient de voir paraître les archers, les autres
parce qu'ils trouvaient inutile de répandre l'alarme
avant le moment où il leur serait devenu impossible de se défendre.

Hugo van Goës, appuyé contre la rampe, frappait sans repos d'une arme à lame épaisse, fortement emmanchée ; les bandits, peu accoutumés à
la bataille, lançaient des coups portant moins et
faisant moins de victimes.

Cependant Jacob Weyten fut atteint au bras
gauche, mais il abattit d'un coup de pommeau celui
qui l'avait blessé. Hemling luttait avec acharne-
ment, cinq Chaperons blancs gisaient sur les marches de l'escalier faisant face à la porte d'entrée ;
de l'autre côté, et presque au niveau du palier, la
bataille prenait un autre aspect. Un des brigands
cessa de frapper les soldats du prince chargés d'es-

corter les pierreries, il venait de remarquer Aléna chargée d'un fardeau qu'elle paraissait cacher sous sa mante ; le misérable écarta violemment le vêtement de la jeune fille, et il reconnut la princesse Marie.

— L'otage ! dit-il, l'otage !

Et, avec un mouvement plein de brutale férocité, il s'efforça d'arracher l'enfant des bras d'Aléna.

Mais celle-ci, rassemblant ses forces, pressa plus fort la princesse sur son cœur, tandis qu'enlevant une lourde épingle de sa coiffure elle essayait de s'en faire une arme.

— A moi, Bourgogne ! à moi, van Goës ! cria la fille de Jacob Weyten.

Le jeune homme se retourna en arrachant son épée d'une poitrine qu'il venait de trouer, et il se trouva si rapidement devant les jeunes filles qu'il s'était chargé de défendre, que la main du misérable qui tenait déjà la blonde chevelure de la princesse tomba sous le tranchant du glaive. A partir de cette minute, sa colère ne connut plus de bornes ; il se battait avec rage, avec furie ; s'apercevant que Jacob faiblissait, il se jeta derrière lui d'un geste rapide et le couvrit de son épée fulgurante, jusqu'au moment où le dernier des Chaperons blancs, le misérable Jacques, tomba sur les marches, la tête fendue jusqu'aux mâchoires.

Hemling et quatre domestiques du duc restaient sains et saufs.

— Les pierreries sont-elles là ? demanda vivement le peintre.

— Oui, messire.

— Partons, ajouta Hemling ; cet incident ne doit pas nous empêcher de remplir notre mission.

Au moment où les jeunes gens descendaient dans la rue, les hommes de garde s'éveillèrent d'un lourd sommeil, Hemling se fit reconnaître et passa. Les Chaperons blancs qu'ils portaient empêchèrent qu'on s'enquît de ce qu'ils voulaient faire, et une heure plus tard ils se trouvaient hors de la ville.

Tandis que l'on mettait en sûreté les pierreries du prince, Hugo van Goës, ayant fait condamner la porte placée en face de l'escalier, prit une des lampes garnissant l'escalier, reconnut parmi les blessés deux serviteurs du duc qu'il souleva et adossa contre la muraille, puis, soutenant Aléna défaillante, il remonta avec elle et Jacob Weyten l'escalier conduisant aux appartements du duc de Bourgogne. La lutte s'était passée si rapidement et d'une façon tellement silencieuse que celui-ci n'avait rien entendu.

Aléna se précipita dans la chambre du prince, et plaçant Marie entre les bras de son père :

— Dieu l'a sauvée, dit-elle.

— Dieu et toi, murmura l'enfant.

— Que vient-il de se passer, par saint Georges? demanda le prince de Bourgogne... Votre robe est couverte de sang, Aléna, vous êtes blessée... le front de votre père est traversé d'une entaille... Hugo, parlez, parlez!

— Prince, repondit le jeune homme, au moment où nous venions d'atteindre l'escalier, une bande de Chaperons blancs nous a enveloppés... Ils en voulaient à la fois à vos pierreries et à votre fille... Plusieurs sont morts, on peut interroger les autres... La princesse, qui s'est montrée brave comme son noble père, est sauvée ; nous n'avons plus qu'à rendre grâce à Dieu.

Les soldats de la salles d'armes furent appelés, on transporta les mécréants dans une pièce située sous l'escalier, et le duc lui-même les interrogea. Jacques, qui respirait encore, avoua le complot formé pour s'emparer des diamants, et raconta en peu de mots comment Florus s'était trouvé mêlé au complot. Le malheureux, plus mort que vif, fut confronté avec le misérable.

— Par mon baptême, disait-il, je suis innocent! J'ai vidé ma cave au nom du prince! J'ai cru faire acte de patriotisme; grâce, monseigneur!... J'ai une fille que j'adore... Je suis un paisible ta-

8.

vernier estimé de tous, j'en appelle à messires van Goës et Hemling, mes clients.

Ceux-ci répondirent de l'honnêteté des intentions de Florus, et le malheureux en fut quitte pour la peur; mais elle bouleversa tellement ses idées et l'économie générale de sa santé florissante, que jamais il ne retrouva les couleurs rubicondes de ses joues; son visage devint blafard et ses cheveux blanchirent dans une nuit.

Charles voulut que son médecin pansât immédiatement Jacob Weyten et van Goës. L'artiste, loin de se plaindre, semblait heureux d'avoir prouvé au duc un dévouement dont celui-ci n'avait jamais douté. Aléna entoura de bandelettes de toile le front de son père, puis, revenant vers la princesse Marie, elle l'endormit de nouveau dans ses bras.

— Van Goës, dit le duc à l'artiste, je quitterai Gand dans deux jours.

— Et vous résisterez aux demandes insolentes qui vous sont faites?

— J'y céderai, au contraire... On a voulu me voler cette nuit, on m'assassinerait demain... Mais soyez tranquille, Hugo, les bannières que je vais rendre aux Gantois me seront par eux rapportées à Bruxelles.

Le reste de la nuit se passa dans une anxiété cruelle; les serviteurs firent disparaître les traces de la lutte nocturne, et dès le matin le comte de Gruthuse fut chargé de choisir dans la ville quelques bourgeois notables chargés par le peuple de plaider ses intérêts devant le conseil de Bourgogne. Les délibérations furent longues. L'orgueil du prince se cabrait à chaque concession arrachée à son orgueil; mais il se trouvait dans les mains des Gantois avec une mince troupe de parade, tandis que le peuple, le dos couvert de ses haubergeons de plomb, embâtonné comme au temps du duc Philippe, veillait sur la place autour des insolentes bannières des métiers et se massait de nouveau grouillant et formidable dans toutes les rues de la ville.

Le troisième jour, le duc revêtit de sa signature les demandes qui lui avaient été si durement présentées sur la place du Marché. Il promit de châtier les gouverneurs de Gand accusés de dureté par les mutins; la *Cueillotte* fut abolie; les Gantois restèrent autorisés à élire leurs magistrats, à rouvrir leurs portes condamnées après les affaires d'Oudenarde, à rétablir leurs barrières, à rentrer dans leurs châtellenies, à garder leurs soixante-douze bannières, à porter des chaperons blancs, en un mot, à jouir de nouveau des priviléges abolis par la paix de Gavre.

VIII

LES ADIEUX

La journée du lendemain se leva sombre et morne. De gros nuages couvraient le ciel, et les meneurs de la veille paraissaient presque effrayés de leur victoire. L'épisode de Jacques les terrifia. Les ouvriers et les apprentis de Gand, avides de libertés et de priviléges, n'avaient pas songé qu'en enrôlant tous ceux qui consentaient à se battre ils raccolaient forcément des malandrins et des filous. Les compagnons de Jacques s'étaient introduits clandestinement dans la maison du duc, en profitant de l'ivresse et de la somnolence des gardes; ils y venaient pour voler les pierreries, ainsi qu'il résultait de leurs propres aveux, et, fait autrement grave, afin de s'emparer, en qualité d'otage, de la jeune princesse Marie. Ces méfaits avaient été commis pendant les négociations et ces hardis voleurs portaient le chaperon blanc des gens de métier.

La honte du crime retombait donc sur la population tout entière. Elle essaya de se laver d'une accusation de complicité en demandant le châtiment des coupables. La mort avait fait justice d'une grande partie, les autres agonisaient. Le prince eut la charité de leur envoyer son chapelain. Il se trouvait trop heureux de tenir sa fille dans ses bras pour tirer une suprême vengeance de ceux qui avaient tenté de lui ravir son bien le plus précieux. Peut-être entrait-il aussi beaucoup de dédain dans son apparente indulgence. En refusant de punir les voleurs, il semblait regarder les scènes de la nuit comme la conséquence directe des trois jours de révolte dont sa mémoire de prince ne pouvait perdre le souvenir.

Il signa le traité insolent préparé par les Gantois, et il se disposa à quitter une ville dans laquelle il ne devait jamais revenir, et que sa fille elle-même garda en aversion pendant le reste de sa courte vie.

Charles de Bourgogne, en ayant fini avec les révoltés, ordonna de presser son départ ; il lui semblait que la mutinerie de Gand était le signal d'un soulèvement général des Flandres.

Auprès de lui se trouvaient à la dernière heure non-seulement les gentilshommes de sa cour, mais encore les artistes de Bruges qui le précédèrent à Gand, afin de donner à son entrée une solennité

artistique. Hemling avait revêtu son costume de
voyage, Gaspard Ofhuys se tenait à ses côtés. Hugo
van Goës restait un peu à l'écart, suivant des
yeux la princesse Marie dont les bras caressants
se nouaient autour du cou de la ravissante fille
qui l'avait sauvée.

— Ne me quittez pas, lui disait-elle, je vous dois
la vie et veux payer ma dette... O reine de rhétorique, me verrez-vous pleurer sans essuyer mes
yeux?... Vous vous seriez fait tuer cette nuit pour
moi : avez-vous déjà cessé de m'aimer?

— Je vous en supplie, princesse mignonne, ne
dites point de si cruelles paroles... laissez-moi
remplir un devoir sacré... Si la Providence
m'épargna, mon père fut atteint... Un voyage dans
l'état où il se trouve pourrait avoir des suites mortelles... Comprenez, en mettant la main sur votre
cœur, combien je dois chérir mon père...

— Oui, je comprends ! répondit Marie en essuyant ses larmes ; promettez-moi seulement de
venir à la cour de mon père, quand messire Jacob
sera guéri...

— Je vous en prie à mon tour, ajouta le duc avec
courtoisie ; sans doute ma fille est entourée de
dames preudes et nobles, mais aucune ne lui est
aussi chère que vous... Je vous dois ma fille, je ne
m'acquitterai jamais !

Le duc se trouvait en ce moment avoir à portée

de sa main un coffret rempli de bijoux d'un prix inestimable. Il choisit un collier de perles et dit à la petite princesse :

— Marie, agrafe ce collier au cou de ton amie ; les raisons qu'elle nous oppose sont celles d'une fille dévouée ; si je regrette qu'elle ne nous accompagne point, je ne perds pas l'espérance de la revoir.

Puis s'approchant de Jacob Weyten :

— Vous avez été blessé à mon service, lui dit-il, et je ne l'oublierai point... Guérissez-vous en grande hâte et ramenez-moi ma blanche reine de rhétorique.

Le blessé baisa respectueusement la main du prince.

D'un dernier regard, le duc de Bourgogne parut passer la revue de ses amis.

Les chevaux piaffaient devant le palais, l'heure du départ était sonnée.

Un seul homme, parmi les amis et les compagnons du prince, ne semblait pas comprendre qu'il fallait s'éloigner de Gand. Hugo, appuyé contre une croisée, gardait son regard fixé sur la fille de Jacob ; l'admiration unie à une tendresse profonde se mêlait dans l'expression de son visage ; on devinait qu'il tentait de graver en lui cet angélique visage afin de le retrouver à jamais dans son souvenir.

— Hugo, lui dit le prince, nous partons.

L'artiste parut se réveiller d'un songe.

— Prince, dit-il d'une voix tremblante, octroyez-moi congé...

— Vous me quittez? demanda le duc. Ai-je donc contristé mon peintre et mon ami?... Après votre conduite de la nuit précédente, je me croyais doublement engagé envers vous, et je vous pensais mieux lié à moi...

— Prince, si vous saviez... commença Hugo.

— Puis-je quelque chose pour vous?

— Non, rien en ce moment, monseigneur, hors m'accorder ce que je vous demande.

— Prenez garde, Hugo van Goës! je suis jaloux de mes amis... Il me semble que vous me devez tous les chefs-d'œuvre que votre habile main doit produire... Me voici tout inquiet à la pensée de voir que vous allez travailler à Gand pour un grand monastère ou une sainte église...

— Prince, répondit Hugo d'une voix tremblante, je ne veux faire à Gand qu'une seule œuvre.

— Laquelle?

— Le portrait de cette enfant.

Le regard de van Goës désigna la reine de rhétorique.

— Je comprends, répondit le prince.

— Et vous me pardonnez?

— Bien mieux, je vous approuve.

— Une telle bonté!...

— Oh! je mets une restriction à mon approbation, et une condition à mon congé !...

— Faites-les-moi donc connaître, prince.

— C'est que plus tard vous ramènerez Aléna à ma cour de Bruxelles.

— Oh! vous êtes le meilleur des maîtres! dit van Goës en pliant le genou.

— Hemling, et vous, Ofhuys, dites pour un temps adieu à Hugo van Goës, il reste à Gand pour chose d'importance, et il nous rejoindra à Bruxelles.

— D'ici là, fit Hemling, je tâcherai de peindre de bonnes toiles, et de donner, si l'occasion se présente, de vaillants coups d'épée.

— Et toi? demanda Hugo à Gaspar.

— Moi... répondit Ofhuys, j'aurai peut-être changé de maître.

— Que veux-tu dire? demanda Hugo; songerais-tu à quitter la Flandre?

— Non, répondit doucement Gaspar ; où que je sois, d'ailleurs, tu sauras me trouver.

Les jeunes gens s'étreignirent chaleureusement les mains; une dernière fois le duc Charles rappela à van Goës la promesse de le venir rejoindre à Bruxelles, puis les seigneurs descendirent l'escalier sur le tapis duquel se voyaient encore les traces du sang répandu par les malandrins de Jacques.

9

Le duc monta lestement à cheval.

Aux fenêtres de toutes les maisons il aperçut, comme le jour de son entrée, des têtes curieuses ; dans les rues il fendit une foule nombreuse de gens de toutes sortes, et sur la grande place, qu'il traversa, il entendit crier : « Vive Bourgogne ! » par des gens de métier agitant leurs bannières reconquises. Mais l'accent des Gantois s'imprégnait d'une sorte de raillerie, et leurs acclamations semblaient autant d'insultes à Charles le Téméraire.

Après être entré en triomphateur dans la ville, il la quittait en vaincu.

Le peuple agitait en l'air des chaperons blancs, et les souhaits de bonheur répétés au prince lui paraissaient une sanglante ironie.

— Messieurs les Gantois, fit-il en se haussant sur ses étriers au moment de franchir la porte de la ville s'ouvrant du côté de Bruxelles, nous nous reverrons !

Et les gentilshommes agitèrent leurs glaives en manière d'adieu ou de menace et répétèrent :

— Sans adieu, messieurs les Gantois !

Jacob Weyten, Aléna et Hugo demeurèrent sur le seuil du palais jusqu'à ce qu'eût disparu l'escorte du prince. Le vieillard, qui s'était fait un devoir de dissimuler la violence de ses souffrances, tomba subitement dans une faiblesse si grande

qu'il fallut se procurer une litière pour le transporter dans sa maison.

Aléna le soignait sans bruit, frottant ses tempes
et la paume de ses mains avec des liqueurs aro-
matiques. Elle laissa Hugo van Goës s'occuper
du transport du blessé, et quand les hommes
chargés de soutenir la litière sur leurs épaules se
furent mis en marche, Aléna s'appuya sur le bras
qu'Hugo lui tendait, et prit avec lui le chemin de
sa maison.

Il y régnait une profonde angoisse. Les domestiques n'ignoraient point les faits graves qui venaient de se passer dans la ville, et, ne voyant
pas reparaître leurs maîtres, ils se demandaient
si quelque malheur n'était pas arrivé à Jacob
Weyten et à sa fille.

Dans leur trouble, les serviteurs avaient négligé
les fleurs du jardin et les oiseaux dont Aléna prenait un soin affectueux. Les plantes penchaient
leur tête vers le sol, et les pigeons, les passereaux
volaient par grandes bandes inquiètes, battant de
l'aile, les plumes hérissées, ne trouvant plus que
des cris de famine au lieu de leurs roucoule-
ments et de leurs chansons.

A l'aspect du maître, les domestiques poussèrent une clameur lamentable.

Hugo leur recommanda le silence, envoya l'un
d'eux chercher le mire, aida les autres à transpor-

ter Jacob sur son lit, lava sa blessure d'eau aromatisée, voila les clartés vives de la fenêtre, puis il approcha des lèvres de Jacob un breuvage fortifiant.

Debout au pied du lit, Aléna regardait Hugo, et semblait prendre une consolation intime dans les soins que l'artiste prodiguait au vieillard. On eût dit que pour un moment la jeune fille cédait ses droits à van Goës, et qu'en lui permettant de remplir ainsi une mission de bonté et de dévouement elle le payait des preuves d'affection et de courage qu'il lui avait déjà prodiguées.

En arrivant près du blessé et après une rapide inspection, le mire déclara que l'état de Jacob ne présentait aucun danger. Aléna pouvait demeurer certaine qu'avant trois semaines la blessure serait fermée, et que Jacob Weyten ne trouverait plus dans la cicatrice qui lui partagerait le front qu'un souvenir glorieux de son courage et de sa fidélité.

En entendant ces consolantes paroles, Hugo devint pâle de joie, et Aléna, tombant à genoux, appuya ses lèvres sur la main de son père.

Van Goës ne pouvait plus être utile, il comprit qu'il devait s'éloigner : son cœur battait à rompre, ses yeux se voilaient ; le sommeil réparateur qui venait de s'emparer de Jacob ne lui permit point de lui dire adieu ; ce fut seulement à Aléna qu'il exprima le vœu sincère de voir le vieillard promptement rétabli.

— Priez pour lui, dit Aléna d'une voix douce.

— Croyez-le, je n'y manquerai point, Aléna ; que la bénédiction du ciel reste sur cette maison !

Et, n'ayant pas le courage d'en dire plus, Hugo van Goës quitta la chambre du malade.

Comme il traversait le jardin, un des passereaux familiers vint à passer sur son épaule en battant de l'aile. Hugo le caressa doucement et le laissa s'envoler à regret.

Le lendemain, à la première heure, il se rendit à l'église de Saint-Bavon. Il avait promis à Aléna de prier, il pria... Demanda-t-il seulement la bénédiction et la joie pour les êtres chers habitant la maison du fleuve ? Supplia-t-il le Seigneur de répandre sur lui-même une part de ces grâces et de ces joies dont il implorait l'effusion ? Ce fut le secret de son âme épanchée dans le sein du Seigneur, le confident divin, l'ami des heures d'épreuve.

Comme il quittait la chapelle, il aperçut, se dégageant de la pénombre, Aléna voilée de blanc et dont le visage disparaissait sous les plis d'une ample faille.

— Allons, pensa Hugo, nous avons ensemble parlé à Dieu, et il daignera nous exaucer à la même heure.

Van Goës pensa qu'il demanderait à la jeune fille des nouvelles de son père, aussitôt qu'elle aurait franchi le seuil de l'église ; mais en ce moment les longues files de pauvres attendant près de la maison de Dieu la charité des fidèles quittèrent leurs places en voyant paraître Aléna et la suivirent le long des rues, en psalmodiant à mi-voix.

Les malheureux allaient chercher leur aumône accoutumée.

Chaque jour les humbles clients accompagnaient de la sorte Aléna, lui faisant cortége de la cathédrale à sa propre demeure. Van Goës marchait le dernier, comme songeur ; avait-il donc, lui aussi, une aumône à implorer de la belle et chaste fille que l'on appelait la perle de Gand ?

Lorsque Aléna fut rentrée dans l'habitation, la porte en resta toute grande ouverte ; les mendiants rangés dans la cour attendaient le retour de la jeune fille un moment disparue. Quand elle revint, trois servantes l'accompagnaient : l'une portait une corbeille remplie de pains, l'autre un panier renfermant des habits et des coupons d'étoffe, la dernière une bourse pesante.

Aléna passa devant chaque femme, lui tendit un pain blanc, mit dans sa main une pièce d'argent, et ajouta souvent le don d'un vêtement. Elle ne paraissait point toucher avec répugnance ces mains rudes et noires ; elle ne se reculait point d'une façon dédaigneuse quand les haillons froissaient sa robe de laine blanche ; elle passait souriante, une sainte pitié dans les yeux, une encourageante parole aux lèvres.

Pendant ce temps, Hugo la contemplait, le regard humide, la main tendue.

— Faites-moi l'aumône, Aléna, murmura-t-il, faites-moi l'aumône !

Puis tout à coup, tremblant d'être aperçu par la fille de Jacob, il quitta le seuil de sa maison en répétant :

— Soyez bénie, jeune fille, soyez bénie !

IX

ABIGAÏL

Jacob Weyten n'était pas assez gravement blessé pour se condamner à garder le lit; sa grande vigueur et l'énergie de sa volonté empêchèrent la fièvre redoutée par le mire, et, six jours après le départ du prince Charles le Hardi, Jacob, affaibli par la perte du sang et pâli par la souffrance, se tenait à demi couché dans un vaste fauteuil mollement rembourré à l'aide des coussins enlevés à divers siéges. Le digne bourgeois semblait jouir du repos plein de charmes qui succède à la maladie. Une ombre douce emplissait la vaste chambre, le faible parfum des fleurs placées dans de grands vases flottait au sein d'une atmosphère attiédie; la lumière se tamisait mollement en passant à travers des vitraux. La haute fenêtre, décorée par les plus habiles verriers de Gand, représentait la Vierge Marie assise sur un trône, entourée d'anges et d'esprits bienheureux jouant de la viole, du rebec, d'un grand nombre d'instruments inconnus dont le peintre avait rêvé la forme fantastique.

Le rayon lumineux, passant à travers les nuages d'or du paradis idéal reproduit sur la verrière, tombait en grande nappe sur une jeune fille vêtue de blanc, assise devant un petit orgue portatif posé sur un socle délicatement sculpté. L'orgue lui-même était une véritable merveille : il représentait une église avec ses tours et son portail, et le facteur, qui l'avait créé sur le meilleur des modèles, y avait placé un double rang de tuyaux, un clavier de douze touches, quatre registres et un soufflet. C'était à cette époque le dernier mot du perfectionnement.

Aléna, assise devant cet orgue, faisait jouer le soufflet de la main gauche, tandis que sa main droite, effleurant les touches, en tirait des accords doux et purs, accompagnant une voix d'une sonorité ravissante. Placée ainsi près de cette fenêtre dont les clartés l'enveloppaient, Aléna semblait un nouvel ange exécutant sa partie dans un concert céleste. De loin, l'illusion était complète. La jeune fille chantait une hymne pieuse, car à cette époque la musique paraissait encore réservée aux pompes de l'Église. Sa voix fraîche et pleine s'élevait et flottait dans l'air; la douceur des paroles latines semblait doublement harmonieuse sur ses lèvres. Légèrement renversée en arrière, ses longs cheveux blonds inondant sa robe comme un manteau, elle paraissait moins appartenir à la terre que descendre d'une région céleste.

Jacob, plongé dans un demi-sommeil, s'abandonnait au charme de cette harmonie, et jamais artiste ne composa un tableau plus ravissant que l'intérieur de la riche et grande salle du vieux bourgeois de Gand. Cette pénombre estompant le fond, les clartés tombant de la verrière, les notes vives, des bouquets de fleurs tranchant sur les boiseries sombres, les parfums délicats des plantes, les sons voilés de l'orgue, la silhouette d'Aléna noyée dans une magnifique lumière, tout concourait à la perfection de l'ensemble et à la grâce des détails.

Hugo van Goës, que les domestiques n'avaient point annoncé, tant le jeune homme se trouvait mêlé depuis quelques jours aux événements qui venaient de bouleverser l'existence paisible de cette famille, parvint au pied du fauteuil de Weyten sans que celui-ci l'entendît venir.

L'artiste pressa la main du blessé d'une façon expressive, comme pour le supplier de ne point enlever Aléna à son inspiration, et debout, appuyé contre le dossier du siége de Jacob, Hugo s'abandonna au charme de cette voix ravissante. Tandis qu'il l'écoutait, il ne s'appartenait plus ; son esprit allait rejoindre dans les divins espaces l'esprit de la jeune fille qui planait si loin de la terre. Les battements de son cœur l'étouffaient, son regard se voilait, et tandis qu'une sorte de langueur s'emparait de lui, on eût dit que de fortes ailes soulevaient son âme et qu'une flamme divine descendait pour doubler et purifier son génie.

La voix d'Aléna cessa de s'élever dans l'air; elle redescendit lente et douce, se perdant au sein des accords de l'orgue effleuré par sa main légère, puis la jeune fille se leva, et quittant son instrument elle s'approcha de son père.

Alors seulement elle reconnut Hugo van Goës.

Une vive rougeur couvrit ses joues.

— Mon père, dit-elle doucement, c'est une trahison; si j'avais su que messire van Goës fût présent...

— M'auriez-vous donc privé du plaisir de vous entendre?

— Peut-être, messire, aurais-je redouté, non pas vos critiques, car je vous sais bienveillant, mais votre jugement qui ne saurait être banal.

— Aléna, dit Jacob Weyten, maître van Goës n'est-il point désormais notre ami?

Aléna ne répondit pas, et, prenant un délicat travail de broderie, elle vint s'asseoir près de la croisée.

— Parlez-moi de vous, dit le blessé au jeune homme; rien ne m'intéresse plus, moi bourgeois,

qui fis ma fortune en trafiquant, que de suivre dans
la vie d'un homme les premières tentatives de sa
vocation et d'assister à ses progrès. Je me demande toujours avec une grande curiosité quels
furent ses commencements, ses luttes ; quelle phase
marqua ses premiers succès. J'aime à savoir non
point les procédés de son art, mais pour ainsi dire
ceux de son esprit. Racontez-moi donc comment
vous êtes devenu peintre, qui vous poussa vers
l'art, quels amis vous entourèrent, quel maître vous
guida...

— Mon maître fut Jean van Eyck, répondit Hugo ;
tout ce que j'ai appris du grand art me vient de ses
leçons, et dès que je fus entré dans son atelier je
me jurai, non pas de devenir l'égal de mon vénéré maître, mais du moins de faire honneur à son
école. La vie était facile et cependant rigide dans
cet intérieur. Les élèves semblaient les fils de la
maison ; une règle pour ainsi dire cénobitique ré-
glait l'emploi de nos journées. Nulle place n'y était
réservée pour le plaisir. Élèves et maître assis-
taient ensemble aux offices divins, et quand nous
entrions dans le vaste atelier, c'était presque avec
recueillement. Comment n'en eût-il pas été de la
sorte ? Nous représentions sans cesse sur nos toiles
les plus magnifiques pages de l'histoire sacrée.
Lorsque nous n'avions point assez présent à l'esprit le texte du livre saint que devait illustrer notre

pinceau, Margaret van Eyck prenait la Bible ou l'Évangile et lisait de sa voix harmonieuse le chapitre destiné à nous rappeler les faits historiques ; ensuite, sans orgueil, sans enflure, avec une simplicité qui n'excluait pas l'éloquence, Margaret commentait le passage, rappelait le souvenir de lectures antérieures, éclairait d'un mot le côté resté obscur, citait un Père de l'Église, ajoutait à la profonde science des saints son opinion personnelle, découvrait dans les textes une grandeur, une poésie cachées, et illuminait de la sorte les pages sublimes qu'elle nous citait ou nous traduisait. Margaret faisait simplement toutes choses ; sa science restait sans pédantisme ; nous l'admirions peut-être trop pour songer à la trouver belle. Elle nous parut toujours venir du ciel et devoir y retourner...

— Vous avez conservé un bien vif souvenir de Margaret van Eyck, dit Aléna en laissant un moment sa main inactive.

— Oui, je l'avoue, mais ce souvenir est empreint d'un sentiment religieux qui fait que Margaret m'apparaît bien plus souvent sous des voiles de religieuse que dans ses habits mondains.

— Pourquoi s'enferma-t-elle dans un cloître ?

— Margaret chérissait deux choses passionnément : l'art et ses frères. L'art était pour elle une façon de prier. Ses invocations se traduisaient dans des figures de saints et d'anges. Dépourvue d'orgueil, elle ne signait presque jamais ses œuvres, et cependant la plupart des toiles de Jean et d'Hubert renferment des figures peintes par cette angélique créature qui fut une grande artiste avant de devenir une sainte... Je suis certain que l'influence de Margaret domina toute la vie de ses frères. Ce fut elle qui voulut affranchir les figures de bienheureux des restes de convention byzantine. Jusqu'à cette heure, un fond d'or alourdissait les tableaux et enlevait aux visages une partie de leur vitalité. Margaret rêva la première des paysages merveilleux, que la nature ne présente peut-être jamais, mais dont l'aspect transporte dans un autre monde. Ses vierges erraient dans des jardins qui sont les jardins mêmes du paradis. Des perspectives étonnantes s'ouvraient, soit à travers de vastes arcades, soit par une large fenêtre. Sans doute Margaret et ses frères ne représentaient point la nature telle qu'elle se présente à nos regards, robuste et plantureuse. Elle peignait des arbres grêles, des fleurs épanouies sur une tige élancée, des montagnes baignées dans l'azur, des tapis de verdure émaillés de bouquets d'une fraîcheur vivante. Non, ce n'était pas la nature vraie, mais une nature idéale, un cadre harmonieux merveilleusement approprié aux figures d'anges, de vierges et de saints qui traversaient ces paysages élyséens. J'ai essayé d'apprendre à l'école de mes

maîtres la simplicité du geste, la dignité de l'attitude, la grandeur et la profondeur de l'expression.
Que d'heures j'ai passées devant les chefs-d'œuvre
sortis de leur pinceau, puisant dans cette contem-
plation, dans cette étude, une leçon plus haute que
toutes les leçons de ceux qui dissertent sur l'art !
Quand Jean van Eyck perfectionna la peinture à
l'huile, dont le secret se perpétuait sans amener
de résultat, je fus un des premiers à m'enthousias-
mer pour les progrès que pouvait faire la peinture,
grâce au procédé qui permettait un travail plus
rapide et promettait de donner aux ombres une
vigueur que les peintures à l'œuf et à l'eau rendaient impossible. La mort de mes maîtres me
causa une si grande douleur que pendant plusieurs
mois le courage me manqua pour toucher à mes
pinceaux. Ce fut Margaret qui me rendit l'énergie. Avant de s'enfermer dans le couvent où s'est
éteinte sa jeune vie, elle me fit appeler, m'interrogea avec une bonté fraternelle, me réprimanda
de ma défaillance, et me fit promettre de perpé-
tuer à mon tour les enseignements de ses frères.
Elle fit davantage, et me remit deux choses qui,
depuis, ont protégé ma vie : une lettre pour le duc
Philippe le Bon, puis un reliquaire qui avait appartenu à Hubert, l'aîné de la famille.

« Le prince m'accueillit avec cette grâce cordiale
qui le faisait adorer des artistes ; le comte de Cha-

rolais me prit en subite amitié, et je me remis à travailler pour mes nobles protecteurs avec un zèle bientôt doublé par le succès.

« Ce fut pendant cette phase de labeur et de jeunesse que je me liai avec deux jeunes hommes : Hemling et Gaspar Ofhuys ; Hemling, qui joint l'audace d'un soldat à l'ardeur d'un grand et fécond artiste ; Gaspar, que je m'étonne toujours de trouver au milieu de nous, et qui ne tardera pas, sans doute, à quitter la cour pour s'ensevelir dans un monastère.

— Et, demanda Jacob, vous n'avez jamais souffert de la solitude ?

— Je l'avouerai, dit Hugo plus lentement, l'atelier dans lequel je travaille m'a paru vide plus d'une fois ; j'aurais voulu y voir passer une forme svelte comme celle de Margaret ; dans certaines heures, quand l'étude ne me donnait pas le mot d'une énigme cherchée, j'évoquais la pure jeune fille qui, assise dans l'atelier, penchée sur quelque docte manuscrit, le lisait et le commentait pour nous... Mais ces regrets et ces rêves duraient peu, le travail reprenait sa puissance victorieuse, et je me consolais en songeant que Dieu seul peut faire sonner l'heure de notre félicité.

La voix de l'artiste faiblit un peu, et il resta un moment silencieux.

— Maître van Goës, demanda Jacob Weyten,

quand je fis bâtir ma maison, je voulus qu'on lais-
sât dans cette salle un immense panneau vide. Je
me réservais plus tard de le faire couvrir de peintures. Ne pensez-vous point qu'une scène biblique,
se déroulant dans ce large espace, serait d'un magnifique effet?

— Certes, répondit Hugo avec chaleur.

— Si je ne me suis point hâté de mettre ce projet à exécution, reprit Jacob Weyten, c'est que je
ne trouvais point alors à Gand l'artiste capable
de traduire toute ma pensée. Depuis que je vous
écoute, depuis que des circonstances imprévues
nous ont rapprochés, je suis possédé de l'idée que
seul vous réaliserez la toile que je rêve.

— Avez-vous donc à l'avance choisi votre sujet?

— Oui, répondit Jacob, et c'est une difficulté
peut-être.

— Pourquoi?

— Chaque artiste aime à rêver ses personnages
et son drame.

— Vous n'avez pu souhaiter voir représenter
ici une scène vulgaire; tout dans cette maison dé-
cèle un goût éclairé.

— Jugez-en donc, maître Hugo; je veux que ce
panneau réunisse toutes les beautés d'un paysage
d'Orient, toutes les richesses d'un plantureux pays;
le cadre doit être magnifique, afin de mieux faire
ressortir les figures principales.

— Et quelles seront ces figures? demanda van
Goës.

— Abigaïl et David... Abigaïl représente pour
moi le type de la femme dans ce qu'elle a de plus
charmant. Abigaïl, c'est la prudence, l'esprit de
paix et de concorde, la générosité, la grâce. Son
époux, avare et brutal, refuse des vivres à David
et à ses serviteurs. Le jeune berger de Bethléem
jure de s'en venger ; le désastre et la ruine vont
fondre sur la demeure de Nabal... Abigaïl n'a-
dresse aucun reproche à son mari ; elle prend
seule une résolution dont elle attend le succès et
le salut. Elle puise dans les greniers, dans les jardins, dans son épargne ; elle accumule les présents
qu'elle veut offrir au vainqueur irrité, puis elle
part, paisible, certaine d'avance du succès. Dès
qu'elle aperçoit David, elle se prosterne, lui parle
avec douceur, demande grâce pour Nabal, et à
force de charme et d'éloquence elle sauve l'époux
imprudent, la maison menacée...

— Oh! vous avez raison! s'écria Hugo van
Goës ; voilà le sujet d'un magnifique tableau...
Au fond, des montagnes ; de chaque côté, de grands
arbres répandant une ombre puissante, et dont les
hautes branches couvriraient une partie de ce panneau. Au premier plan, Abigaïl prosternée, humble, douce, priant du regard et de la voix David
dont la colère s'apaise par degrés... En arrière,

les serviteurs d'Abigaïl déposant sur le sol les présents de leur maîtresse. Au dernier plan, les compagnons de celui que le prophète avait fait roi, et dont l'âme s'inclinait déjà vers Abigaïl, avec une puissance dont il n'était pas maître.

— C'est cela!... c'est cela! fit Jacob... et si vous daigniez...

— Quoi donc? demanda van Goës d'une voix tremblante.

— Exécuter cette fresque pour moi, je vous donnerais...

— Jacob Weyten, si je consens à ce que vous souhaitez, j'y mets pour condition de fixer moi-même le prix de mon travail.

— Soit! répondit Jacob; ma convalescence se prolongera sans doute. Si vous vouliez me satisfaire d'une façon complète, vous commenceriez bien vite ce travail... je vous suivrais du regard avec tant de joie que je guérirais plus vite... Pour étudier de beaux arbres, il vous suffira d'ouvrir la fenêtre... Et quant à Abigaïl...

— Messire Jacob, il y aurait un moyen de rendre ce tableau mille fois plus précieux encore à vos yeux.

— Lequel?

— Ce serait de donner à Abigaïl les traits de votre bien-aimée fille.

— Moi ! s'écria Aléna en se levant.

— Et pourquoi non ? demanda Jacob ; j'approuve
fort l'idée de Hugo van Goës... vraiment oui, tu
réalises, pour l'artiste comme pour le père, la
douceur, la grâce... Je t'en prie, ne me refuse pas...
songe donc quelle sera ma joie de te voir à toute
heure dans cette grande salle où je passe presque
toutes mes heures !...

— Oh ! s'il ne s'agissait que de vous !

— Qu'est-ce donc qui t'effraie ?

— Il faut poser... dit Aléna.

— C'est vrai, répondit Hugo, il faut poser, c'est-
à-dire ajouter un long voile à votre costume et
rester ainsi, comme vous êtes, aux genoux de votre
père, le regardant avec cette expression de prière
qui rendra d'une façon complète celle de mon
Abigaïl... Rassurez-vous, du reste : je peins vite,
j'ai la main sûre... si vous consentez à ce que
souhaite maître Weyten, je ne vous imposerai point
un long ennui...

— Père, répondit Aléna d'une voix douce, depuis deux grandes semaines, vos idées ont bien
changé à mon égard. J'ai été habituée par vous à
vivre dans l'obscurité et le silence, allant de votre
maison à l'église, ne connaissant guère que vous
et mes pauvres... depuis, vous avez exigé que je
parusse au cortége des chambres de rhétorique...

j'ai cédé à regret à votre désir, j'avais raison de
trembler; la princesse Marie me prit à gré, je
restai près d'elle, vous avez failli être tué par les
Chaperons blancs venus pour enlever les pierreries
du prince...

— Mais Hugo van Goës m'a défendu, et j'en
serai quitte pour une balafre... D'ailleurs il me
semble que cette fois je garde pour moi, pour moi
seul, la beauté de ma fille.

— Oh! si vous vouliez... dit Aléna dont les yeux
se remplirent de pleurs.

— Je renoncerais à mon projet ?

— Oui, père.

— C'est bien! fit Jacob; relève-toi, Aléna;
maître van Goës, ne songeons plus à Abigaïl...

L'artiste s'inclina sans parler.

La jeune fille regarda son père, lut sur son visage l'expression du regret et de la souffrance,
et prenant ses deux mains elle les couvrit de
baisers.

— Messire van Goës, dit-elle, apportez demain votre palette et vos pinceaux, ébauchez le
panneau, et qu'il soit fait suivant le désir de mon
père; je mourrais de remords si une douleur lui
venait de moi.

Jacob tendit les bras à sa fille, la pressa tendrement sur son cœur, et Hugo, prétextant les prépa-

ratifs du travail du lendemain, prit congé d'Aléna et de son père avec une hâte que ni Jacob ni sa fille ne purent s'expliquer.

Il n'est pas sûr qu'Hugo van Goës la définît bien lui-même.

X

BONHEUR TROUVÉ

Le lendemain, Hugo se mit à l'œuvre. Jamais le grand artiste ne travailla avec autant d'ardeur. La composition indiquée par Jacob Weyten s'esquissa d'inspiration, sans hésitation, sans retouches. La main suivait l'impulsion de la pensée. Tandis qu'il posait à grands traits ses personnages et les groupait dans des attitudes variées, van Goës s'entretenait avec Jacob, tantôt de la cour du prince Philippe le Bon au milieu de laquelle son talent avait grandi, tantôt de la famille des van Eyck au sein de laquelle se développa son génie. Aléna surtout ramenait souvent l'entretien sur cette Margaret dont le souvenir vivait dans la mémoire d'Hugo, comme si dans son chemin il avait rencontré un ange visible. Parfois la voix d'Aléna s'imprégnait d'une grande douceur en prononçant le nom de l'angélique créature qui aida sans nul doute ses frères à peindre leur composi-

tion du *Triomphe de l'Agneau*. D'autres fois on eût
dit qu'elle éprouvait une sorte de tristesse en écoutant Hugo rappeler les heures de joie recueillies
passées dans cet atelier, d'où sortaient des œuvres
complétement belles parce qu'elles jaillissaient
d'un génie épuré par la foi. Van Goës paraissait
prendre un plaisir infini à faire et refaire sans
cesse l'idéal portrait de Margaret, et comme Aléna le
lui fit observer un jour avec une sorte de vivacité,
Hugo répondit :

— Je trouve que vous lui ressemblez.

Souvent, soit pour reposer l'artiste de son labeur, soit afin de doubler son inspiration, Aléna
s'asseyait devant son petit orgue, et sa voix pure,
s'élevant dans la haute salle, faisait oublier pour
un moment à Hugo van Goës qu'il se trouvait encore sur la terre des souffrances, de la lutte et des
larmes.

Tandis qu'il écoutait cet accent pur chantant les
éternelles louanges, il se croyait transporté dans
un monde à part ; ces vagues d'harmonie l'empor-
taient dans leur mouvement cadencé ; pour lui
s'ouvraient des espaces bleus lentement peuplés
par des visions séraphiques. A perte de vue se dé-
roulaient les paysages idéals formant les lointains
de ses tableaux ; il s'abandonnait à une rêverie
sans nom dont il sortait en essuyant les larmes
roulant sur ses joues ; ou bien, saisi d'une singu-

lière ardeur, il peignait avec une fougue emportée
et réalisait des prodiges sous la double inspiration dont il se sentait saisi.

Il était difficile d'entendre une voix plus vibrante que celle de la fille de Jacob Weyten. Son
timbre était chaud, vivant; elle s'emparait de l'âme
tout entière; personne, jusqu'à cette heure, n'a-
vait résisté au charme de cet accent harmonieux;
mais Aléna permettait à bien peu d'amis de jouir
de son remarquable talent. La modestie de la
jeune fille s'effrayait des louanges. Elle ne chantait guère que pour Dieu, dans des couvents dont
elle vénérait les religieuses, pour son père, puis
pour elle-même.

Aléna ne comprenait pas que l'on recherchât les
applaudissements de la foule; elle se trouvait plus
heureuse du suffrage d'un ou de deux amis de son
père, qu'elle ne l'eût été en soulevant l'enthousiasme d'une foule. Du reste, la nature même de
son talent était intime. Elle ne trouvait d'inspiration que dans son cœur; le plus souvent, tandis
que sa petite main errait sur le clavier, elle improvisait des airs d'une simplicité charmante que l'on
eût voulu retenir, comme on souhaiterait garder
en soi l'écho d'une parole éloquente ou la suavité
d'un parfum trop vite envolé.

Plus d'une fois, soit excès de fatigue, soit que son
esprit se trouvât envahi par une pensée doulou-

10

reuse, Hugo arriva chez Weyten pâle et fatigué
d'avance. Il lui semblait que son travail de la journée resterait stérile, qu'il ne saurait ni dessiner
ni peindre. Il restait debout devant son immense
composition, sans savoir s'il devait continuer le
paysage ou commencer une figure. Il doutait de
son œuvre, de son talent; il voyait l'avenir sombre; rien ne lui souriait plus. Jacob s'apercevait
vite de ces dispositions. Il ne fut pas longtemps
avant de comprendre par quel charme on parve-
nait à les vaincre.

— Aléna, disait-il, chante un peu; maître Hugo
ne fera rien de bon sans cela...

Et docilement Aléna se plaçait à l'orgue et chantait; à mesure que sa voix répétait un motet ou
improvisait un air empreint de recueillement et de
mélancolie, Hugo sentait se dissiper sa tristesse
et le courage lui revenir, son pinceau volait sur la
grande fresque, et quand il tombait épuisé sur son
escabeau, Jacob se frottait les mains en murmurant :

— J'aurai de vous une plus belle œuvre que le
duc de Bourgogne n'en possèdera jamais.

— Elle me coûte cher! répondit un jour van
Goës.

— Me croyez-vous avare? demanda le bourgeois de Gand.

— Non, répondit Hugo en secouant la tête,
mais Dieu seul sait ce qu'elle vaut !

— Soyez tranquille, dit Jacob, je paierai.

Hugo secoua la tête, rangea sa palette et quittant la salle il erra dans le jardin..

Les fleurs dont il était rempli le jour où pour
la première fois il pénétra dans la demeure de Jacob Weyten étaient depuis longtemps fanées.
Aléna n'y aurait pu faire sa moisson de roses ; les
chaleurs de l'été brûlaient les plantes, et les arbres
semblaient atteints d'une sorte de langueur. La
terre se fendillait par places, les oiseaux se réfugiaient dans les branches, une sorte de tristesse
remplissait ces lieux qu'il avait trouvés si pleins de
séve et de vie. Hugo se dit que son cœur ressemblait à ce jardin dont les fleurs étaient mortes,
tuées par les ardeurs du soleil et par l'intense chaleur de la terre. Il ne songea point que la pluie
rendrait aux feuilles leurs verdeurs lustrées, que
d'autres fleurs non moins attrayantes succéde-
raient à celles du printemps ; la tristesse lui envahit l'âme et il s'abandonna à une sorte de déses-
pérance. Il resta seul longtemps dans un bosquet
si touffu qu'il conservait un reste de fraîcheur ;
ses pensées n'avaient point de but déterminé, elles
flottaient sur son âme comme des brouillards.

Que voulait-il ? Qu'allait-il faire ? Sa fresque
avançait avec une rapidité dont il s'effrayait au

lieu de s'en applaudir. Peut-être, s'il eût ouvert
son cœur à Jacob, celui-ci aurait-il d'un mot dé-
truit une secrète espérance : il préférait se taire
encore, se taire toujours... Parfois il lui semblait
que le vieillard le traitait avec une affection paternelle, et que le regard d'Aléna se reposait sur
lui avec une amicale douceur. Mais ne prenait-il
pas son désir pour un commencement de réalité ?
La bienveillance d'Aléna lui valait seule quelques
sourires ; son obéissance filiale la portait seule à
chanter dès qu'elle voyait Hugo triste et sans inspiration. La jeune fille comme le père tenait à posséder un chef-d'œuvre. Dût-il en mourir, Hugo
van Goës devait au bourgeois de Gand et à sa fille
une toile inimitable. Un moment vint où le jeune
homme accusa le vieillard de dureté, sa fille de
coquetterie. Ne voyaient-ils, ne comprenaient-ils
rien ? Allait-il leur donner le sang de son cœur, le
meilleur de son être pour recevoir en échange
quelques pièces d'or ? A cette pensée, le cœur de
van Goës bondit dans sa poitrine, il se leva, et
murmura d'une voix sourde :

— Je n'achèverai pas ce travail, non, je ne
l'achèverai pas... Je quitterai Gand demain, je rejoindrai le prince à Bruxelles où m'attendent Hemling et Gaspar... Celui-là seul est sage parmi nous.
Parlez-lui de gloire, de bonheur humain, d'affection : il vous montre la terre où tout finit et s'ef-

fondre, où les fleurs se fanent, où les tombes se creusent, la terre qui ne donne jamais le dernier mot des énigmes qu'elle propose, puis le ciel où tout est aimable et parfait...

En ce moment, la douce voix d'Aléna s'éleva dans le lointain. Elle chantait l'*Ave maris stella* avec une émotion pénétrante, et les sons voilés de l'orgue ajoutaient au charme mystique, à la mélodie sacrée.

Lentement Hugo releva le front ; avec le chant d'Aléna qui lui arrivait si pur, le calme rentra dans son âme, ses yeux rencontrèrent dans l'angle du bosquet où il s'était réfugié un bouton de rose blanc comme l'ivoire, exhalant un faible parfum ; il le cueillit, le respira, le passa à son pourpoint, et comme si la voix de la jeune fille l'eût attiré par une force supérieure à sa volonté, il reprit le chemin de la grande salle, chargea de nouveau sa palette et sans parler il travailla jusqu'au soir.

Enfin la fresque s'acheva.

Suivant la coutume du temps, van Goës fit entrer dans sa composition le portrait de presque tous les habitants de la maison. On retrouva la belle et placide figure du bourgeois de Gand dans le serviteur d'Abigaïl étalant les présents de sa maîtresse. Trois domestiques de Jacob figurèrent parmi les compagnons de David. Aléna ne devait plus poser que deux fois devant l'artiste. La ressemblance de la

10.

jeune fille était complète, et cependant Hugo ne se déclarait point satisfait.

Tantôt le regard manquait d'expression, tantôt la bouche ne rendait point la douceur qui fait la grâce du visage ; les mains d'Aléna étaient plus petites, les cheveux plus fluides.

La jeune fille se prêtait aux désirs de l'artiste avec une parfaite soumission. Jamais elle ne témoignait d'impatience. Elle avait fini par porter à cette œuvre autant d'intérêt que son père. Elle-même indiquait parfois à Hugo des changements à faire, des améliorations à apporter dans l'ajustement d'une draperie. Ces remarques ravissaient l'artiste. Il se réjouissait de voir Aléna prendre une part active à son œuvre, et y donner pour ainsi dire sa part de collaboration.

Un soir elle lui dit après avoir longtemps contemplé la fresque :

— Maître van Goës, voici une œuvre parfaite !

— Une merveille ! ajouta Jacob Weyten.

— Vous n'attendiez pas mieux?

— Je n'espérais pas autant.

— C'est bien, répondit Hugo d'une voix faible, oui, c'est bien !

— Voulez-vous passer dans mon cabinet? demanda Jacob à l'artiste.

Celui-ci frissonna, mais il sut se contenir ; il comprit que Weyten voulait payer son chef-d'œuvre, et que l'heure décisive était arrivée. Bien qu'il souffrît, van Goës comprit qu'il ne garderait pas le courage de parler, et, s'inclinant, il suivit Jacob.

Pendant ce temps, Aléna s'assit devant son petit orgue et se mit à jouer une mélodie vague, empreinte d'un sentiment douloureux.

Jacob Weyten ouvrit le tiroir à secret d'un grand meuble d'ébène, en tira un sac de peau brodé de soie et marqué à son chiffre, et dit à Hugo van Goës :

— Je n'ai point la prétention de solder l'œuvre que vous avez faite... Toute ma vie je vous serai redevable... Mais je vous prie d'accepter ces trois mille ducats...

— Oui, dit Hugo avec une sorte d'âpreté, j'ai travaillé, vous payez mon labeur... Il faut le dire, Jacob Weyten, vous vous montrez généreux comme un roi ! Et cependant, Dieu le sait, si j'avais su ce que me coûte une telle œuvre, j'aurais fui de votre maison comme on s'éloigne d'un lazaret.

— Que voulez-vous dire ? demanda Jacob.

— Rien ! oubliez ces paroles ; je suis fou, Weyten, vraiment je suis fou !

— Vous possédez toute votre raison, mais vous paraissez souffrir.

— Oui, je souffre, vous l'avez dit, je souffre beaucoup.

— Puis-je quelque chose à votre douleur ?

Hugo fut sur le point de s'écrier : « Vous pouvez me rendre le bonheur et la vie! » Il ne l'osa point. Il lui sembla qu'une main de fer lui étreignait le cœur, il pâlit, tomba sur un siége, et repoussa de la main le lourd sac de ducats.

— Ma fille l'a brodé pour vous... dit Jacob.

Hugo se détourna sans répondre.

Un moment après il ajouta :

— J'ai déjà trop retardé mon départ, je quitterai Gand dans deux jours... je vous demande comme une suprême grâce de me permettre de travailler seul demain dans la grande salle... Ce que je n'ose dire, mon pinceau le traduira peut-être...

— Vous êtes le maître, répondit Jacob.

— Adieu donc, dit Hugo, et à demain !

— Vous oubliez... fit Weyten en montrant le sac de ducats.

— Soyez tranquille, j'en disposerai...

Hugo serra les mains de Jacob avec une sorte de violence, puis il quitta la maison.

— Allons, fit le bourgeois, il paraît que je me suis trompé... j'avais cru cependant qu'Aléna lui semblait belle, et j'espérais... c'était un rêve... Van Goës retourne à la cour du prince Charles, il est ambitieux, et son ambition est justifiée par son génie... Quelque jour, son prince en fera un ambassadeur comme van Eyck fut celui de Philippe de Bourgogne... c'est un grand esprit, un noble cœur ! il me manquera...

Aléna jouait encore quand Jacob Weyten rentra dans la salle.

— Eh bien? demanda vivement la jeune fille.

— La question d'affaires est réglée.

— Que vous a dit maître Hugo?

— Il part dans deux jours.

La main d'Aléna s'arrêta sur le clavier. Elle regarda fixement son père, puis, cachant son front dans ses mains, elle pleura...

Le lendemain, Hugo s'enferma dans la grande salle et y travailla jusqu'au soir. Pendant ce temps Aléna, qui avait fait transporter son instrument dans la chambre voisine, jouait des airs dans lesquels vibraient les tristesses de l'âme et les déchirements de l'adieu.

Le lendemain, quand elle se leva, pâlie par l'insomnie, elle semblait mille fois plus touchante que le jour où, dans tout l'éclat de sa beauté, elle portait, aux acclamations de la foule, le sceptre de la reine de rhétorique. La femme avait souffert, mais la chrétienne conservait la force de vaincre. Aléna se dirigea vers Saint-Bavon à l'heure accoutumée, y pria avec un redoublement de ferveur, puis, comme si la vue de ceux qui la saluaient au passage, en lui souhaitant la joie et la prospérité, eût doublé sa secrète angoisse, elle pressa le pas,

afin de gagner plus vite la cour remplie de ses
humbles clients.

Les dons qu'elle leur destinait étaient plus
nombreux que d'ordinaire ; sa douleur ne la rendait pas insensible ; plus elle souffrait, plus elle
souhaitait alléger la souffrance d'autrui. Les pauvres trouvèrent sa voix imprégnée d'une étrange
douceur ; elle embrassa les petits enfants avec une
tendresse passionnée ; elle recommanda aux prières
des mendiants son âme éprouvée. Sa voix tremblait, de fugitives rougeurs montaient à ses joues,
son regard brillait d'un éclat fébrile.

— Me permettez-vous de joindre mes bienfaits
aux vôtres ? lui demanda doucement Hugo qui
venait de pénétrer dans la cour.

— Sans doute, répondit la jeune fille.

L'artiste posa sur l'appui d'une fenêtre le sac
de ducats reçu la veille, et, comptant du regard le
nombre des mendiants, il fit un calcul rapide ; puis,
plongeant la main dans le sac de peau, il la retira
remplie de pièces d'argent qu'il remit dans le giron
d'une jeune mère portant deux enfants dans ses
bras. Ensuite, ce fut le tour d'un vieillard ; après
vint un estropié ; chacun, répétant des bénédictions, recevait une grosse somme, se signait et
s'éloignait en louant Dieu et en souhaitant une
longue vie au généreux artiste.

Quand passa le dernier pauvre, Hugo vida tout

ce que le sac renfermait de ducats dans le chaperon du misérable, puis, se tournant vers Aléna, qui le regardait faire un sourire aux lèvres et une larme dans les yeux, Hugo lui dit, en cachant sur sa poitrine le sac brodé à son chiffre :

— Ceci est mon bien, et je le garde...

Sans ajouter un mot, il quitta la cour, et chercha Jacob qu'il rencontra dans un couloir.

— Messire Weyten, lui dit-il, voulez-vous, avec votre fille, venir dans la grande salle regarder la fresque une dernière fois ?

— De grand cœur, répondit Jacob ; je rejoins Aléna, et je l'amène.

Hugo entra le premier dans la vaste pièce. Le soleil éclairait d'une façon merveilleuse le vaste panneau sur lequel l'artiste avait représenté d'une façon magistrale la rencontre de David et d'Abigaïl. Seulement, pendant la journée de la veille, il avait fait subir un notable changement à son œuvre ; à la tête toute d'invention qu'il avait d'abord prêtée au jeune roi, il venait de substituer son propre visage. De la sorte, l'expression pleine de respect et d'admiration avec laquelle David considérait Abigaïl devenait pour Aléna et pour son père un langage facile à comprendre. Mais, afin de prouver aussi qu'il était prêt à se soumettre à la volonté du vieillard et à la décision de sa fille, Hugo reprit sa palette, ses pinceaux, et, debout, il attendit

l'entrée de Weyten. Un mot, un regard de celui-
ci auraient suffi à Hugo pour lui faire effacer le
nouveau portrait introduit dans la fresque et rétablir la première tête dont Hugo avait conservé
le dessin.

Aléna, déjà émue par ce qui venait de se passer,
prit sans parler le bras de son père. La générosité
de Hugo, distribuant aux pauvres les trois mille
ducats reçus la veille, pouvait être une preuve de
tendresse ou une marque de dédain.

Sans savoir pourquoi, elle tremblait. Aléna gardait le pressentiment que sa vie même se trouvait en jeu ; elle entraînait son père, puis, saisie
de crainte, elle retardait sa marche. Enfin, prenant
une résolution subite, elle franchit le seuil de la
salle, et resta immobile devant la fresque représentant *Abigaïl et David*.

Le regard anxieux de Hugo interrogeait Weyten et Aléna.

Celle-ci, le front appuyé sur l'épaule de son père,
pressa sur ses lèvres une des mains du vieillard,
et Jacob appela d'une voix tremblante :

— Mon fils ! Hugo, mon fils !

L'artiste laissa échapper pinceaux et palette, et
le cœur plein de joie il répondit :

— Mon père !

David et Abigaïl étaient fiancés.

XI

L'ANGE ATTENDU

Depuis longtemps déjà Hugo se demandait dans le secret de sa pensée si Dieu n'enverrait pas sur sa route une femme digne d'être sa compagne dans les bons comme dans les mauvais jours; une créature assez noble pour porter avec lui le poids d'une grande renommée, assez intelligente pour s'associer à ses aspirations, à ses rêves, et soutenir le vol de son génie par la puissance d'esprit particulière aux femmes, et qui donne à leurs conseils une valeur dont jamais les hommes ne feront trop de cas. Hugo, sans être dévoré par l'orgueil, sans céder aux suggestions de la vanité, s'estimait à sa vraie valeur. Il appartenait à la pléiade d'artistes qui rendit si féconde dans les Flandres la période de « l'art divin », période durant laquelle les grands artistes consacrèrent leurs pinceaux à la représentation de scènes empruntées à la Bible ou à l'Évangile. Leur âme demeurait dans des

11

hauteurs réservées, et leur talent, s'appuyant sur
eur foi, enfantait ces œuvres qui seront longtemps encore l'objet de l'admiration et du respect.
Van Goës, ayant grandi à l'école des van Eyck,
comprenait la famille comme il l'avait étudiée
dans ce cénacle doublement consacré par l'art et
par la vertu ; la vive amitié qu'il avait ressentie
pour Margaret le rendait sévère dans la façon de
juger les autres hommes. Il ne voulait pour femme
qu'une créature rappelant le souvenir de la sœur
de ses maîtres ; Hugo désespéra de la rencontrer
jusqu'au jour où Aléna parut devant lui. Mais
dès que la chaste fille de Jacob Weyten lui ré-
véla sa grâce modeste, l'image de Margaret pâlit
sans s'effacer, et l'artiste se dit au fond de son
âme : « Le bonheur de ma vie est là ! »

Mais que d'obstacles avant d'y atteindre ! Aléna,
il le savait, avait refusé les plus riches partis de
Gand ; l'un des plus opulents gentilshommes de la
cour de Charles le Hardi, séduit par l'éclatante
beauté de la reine de rhétorique, et basant un ac-
croissement de faveur personnelle sur l'amitié
soudaine de la princesse Marie pour la fille de
Jacob, exprima avant son départ des vœux que la
jeune fille repoussa avec une fermeté paisible.
Jacob Weyten était riche, et la voix populaire
chiffrait par tonnes d'or les ducats du bourgeois
de Gand. De plus, cette opulence, dont la source

avait été un honnête négoce, restait non-seulement
honorable et honorée, mais bénie. Les pauvres,
plus encore que les riches, connaissaient la maison de Jacob, et les blanches mains de sa fille
s'ouvraient avec une libéralité prodigue. On appelait Aléna la perle de Gand. Et sa beauté, moins
encore que ses vertus, lui méritait ce titre dont
elle restait plus embarrassée qu'orgueilleuse.
Vraiment cette fille était bien la couronne des
cheveux blancs du vieillard. De l'heure où Hugo
van Goës la vit dans le jardin, entourée d'oiseaux
et couronnée de roses, son rêve prit un corps et il
put donner un nom au gracieux fantôme évoqué
dans ses songes. Après s'être représenté les difficultés qu'il aurait à vaincre, il fut tenté de renoncer à une lutte qu'il présageait difficile, et dont il
pouvait sortir vaincu et brisé. Jusqu'au moment
où les hommes de Jacques, pénétrant dans le palais
du prince, tentèrent un hardi coup de main pour
s'emparer de ses pierreries, jusqu'au moment où
Aléna courant un danger imminent l'appela à son
secours, Hugo était décidé à vaincre le penchant
qui l'entraînait vers la jeune fille, et à s'éloigner
de Gand en même temps que le duc de Bourgogne.
La blessure de Jacob, la douleur d'Aléna boule-
versèrent ses résolutions. Il voulut se persuader
que sa présence était indispensable, qu'il y aurait
de la cruauté à laisser Aléna seule au chevet du

blessé ; il se répéta que son devoir lui commandait de rester, et il resta... Van Goës n'espérait rien encore cependant. Mais il respirait dans cette maison une atmosphère saine pour son âme. Il ressentait une joie infinie à voir Aléna distribuer chaque matin les aumônes accoutumées. Il priait mieux à ses côtés. Quand elle chantait, l'artiste sentait s'éveiller en lui une âme nouvelle, et il savait que, tant que cette voix angélique résonnerait pour lui, son esprit concevrait des chefs-d'œuvre que sa main saurait traduire. Durant les deux premières semaines pendant lesquelles il ébaucha *Abigaïl et David*, Hugo travailla sous l'empire d'une inspiration heureuse ; plus tard, à mesure qu'approchait la fin de son œuvre, il sentit faillir, non pas son talent et sa verve, mais son courage et son espoir. Il savait bien qu'il ne pourrait sans déchirement quitter la maison de Jacob Weyten ; il savait que, quoiqu'il fît, son cœur y resterait, et ce cœur se brisait d'avance de crainte et d'angoisse. L'excès d'une inquiétude qui ne lui permettait plus le repos peut seule donner la mesure de la joie qui lui remplit le cœur au moment où Jacob, comprenant sa muette prière, l'attira dans ses bras et l'appela son fils.

Toutes les espérances caressées en rêve se trouvaient dépassées. Il serait l'époux d'Aléna. La perle de Gand deviendrait sa femme. Cette char-

rmante créature se consacrerait au bonheur de sa
rvie. Elle deviendrait sa confidente, sa conseillère ;
jpar elle et pour elle, il deviendrait grand, et, il en
bétait sûr à cette heure, il s'élèverait plus haut dans
Il'art que tous les rivaux dont le talent à cette
lheure restait l'égal du sien.

Le bonheur des jeunes époux rajeunit Jacob
rWeyten ; il ne souhaitait plus rien en ce monde
bdepuis qu'il voyait assuré le sort de sa fille. Fier
bde la renommée et de la faveur dont Hugo jouis-
ssait à la cour du duc de Bourgogne. Jacob, loin
bde chercher à garder près de lui Aléna, pressa son
ggendre de partir pour Bruxelles.

— Je vous rejoindrai, lui dit-il, et dès lors je ne
rvous quitterai plus... Laissez-moi seulement met-
ttre ordre à des affaires qui sont les vôtres... Je
tdois vendre des navires faisant à mon profit de
llongues traversées, céder des fabriques occupant
bde nombreux ouvriers... Point ne vous souciez
bde ces détails et vous avez raison... Quand j'aurai
ghangé en bonnes terres ou en ducats sonnants les
bâtiments de nos foulonneries, j'irai vous deman-
ller une place à votre foyer... Le prince Charles
vous a fait promettre de ne point tarder à retour-
rner près de lui, tenez votre parole ; sa faveur est
brécieuse, et Dieu me garde de vous la faire per-
llre par mon égoïsme.

Van Goës consulta sa femme ; mais Aléna n'a-

vait plus d'autre vouloir que celui de son mari, et
le départ fut décidé !

Il y eut des larmes, des baisers, des promesses ;
la séparation semblait à tous également cruelle ;
mais Jacob s'efforça d'atténuer les regrets d'Aléna,
et, consolés par l'espoir de revoir bientôt leur
père, les jeunes gens prirent la route de Bruxelles.

Le duc de Bourgogne accueillit Hugo avec une
faveur marquée, et la petite princesse Marie
supplia son père de donner à celle qu'elle appelait
toujours sa chère reine de rhétorique une charge
dans sa maison. Le bonheur, loin d'affaiblir le
talent d'Hugo van Goës, lui communiqua un nouvel essor. Il partageait auparavant avec Hemling
le premier rang parmi les artistes : il dépassa son
ami, que l'amour de la guerre enlevait souvent
au recueillement de l'art, et sa gloire resta sans
ombre comme sans rivalité.

On pouvait à cette époque considérer Hugo van
Goës comme le type de l'homme heureux. Rien ne
lui manquait. Sa fortune lui permettait d'avoir
un train de prince ; sa femme l'aimait comme elle
en était aimée ; tous les souverains se disputaient
ses toiles ; chaque cour l'appelait en multipliant
les offres magnifiques ; mais ne trouvant aucun
prince plus puissant que le grand duc d'Occident,
aucun souverain plus magnifique, ni dont l'esprit
et l'amitié lui rendissent la protection plus chère,

il restait auprès de Charles le Hardi, se reposan
des grandes œuvres entreprises pour le prince en
illuminant des manuscrits précieux, en répétant
le portrait de la mignonne princesse dont le sourire était si doux, et dont les grands yeux s'emplissaient déjà des tristesses que lui ménageait
l'avenir.

Oui, Hugo van Goës était heureux! Et ce bonheur n'entraînait ni remords ni craintes; il le savourait à pleine coupe, comme un homme dévoré
de soif. L'excès même de cette félicité l'empê-
chait parfois de croire qu'il habitait la même
terre que tant d'autres hommes pliant sous un
fardeau de douleur, luttant contre des difficultés
sans nombre. Il s'abandonnait à sa félicité comme
ferait un voyageur qui couché sur un radeau de
fleurs le laisserait à son gré flotter entre deux
rives, sûr de le voir aborder près d'une terre
bénie.

Hugo était heureux! Il ne songeait point
qu'une telle félicité n'est pas de ce monde. Après
avoir supplié Dieu de la lui donner, il oublia
de lui demander de la lui garder. Il se jeta, il
s'oublia dans les triples félicités de la tendresse, de
la renommée, de l'opulence, et quand il se retrouvait en présence des amis de sa jeunesse il n'a-
vait point de joie plus grande que celle de leur
parler de ce même bonheur.

— As-tu un anneau? lui demanda un jour Hemling.

— Oui; pourquoi ?

— Alors jette-le dans le fleuve.

— J'y tiens trop ! il me vient d'Aléna.

— Raison de plus... il est quelquefois bon d'imiter les anciens... Tout ce bonheur n'est pas naturel; crois-moi, jette ton anneau dans le fleuve !

— Et toi, demanda Hugo à Gaspar Ofhuys, quel conseil me donnes-tu ?

— Ami, répondit Gaspar, depuis longtemps je vis dans ce monde comme si déjà je n'en faisais plus partie... je bénis Dieu de tes succès, mais, je t'en supplie, souviens-toi de cette parole : « Dieu prête le bonheur aux hommes, il ne le leur donne jamais ! »

Un nuage passa sur le front d'Hugo van Goës.

— Tu es triste, lui dit-il.

— Ce n'est pas moi, c'est la vie.

— Puis-je passer mes jours à attendre l'épreuve ?

— Tu dois te garder assez fort pour la subir.

— Ne la prophétise pas, au moins.

— Non, répondit Gaspar, non; je t'aime et tu le sais; je demande souvent à Dieu qu'il te conserve la félicité présente. Si elle te manquait jamais, je serais le premier à accourir près de toi...

Hugo n'oublia pas les paroles de son ami, et durant deux jours elles l'attristèrent; mais le soir du troisième jour, pendant une magnifique fête donnée par le duc Charles dans son palais de Bruxelles, la porte d'une immense galerie fermée jusque-là s'ouvrit tout à coup et à l'extrémité de cette galerie la foule des courtisans aperçut un tableau placé sur une estrade, entouré de courtines de velours et de flambeaux faisant valoir dans toutes les perfections de son dessin, de sa couleur, la dernière œuvre achevée par Hugo pour son noble maître.

Des exclamations d'admiration saluèrent la toile du jeune maître, et pour que rien ne manquât à son bonheur, de la pièce voisine dont les portières venaient d'être soulevées par un page, s'éleva la voix pure d'Aléna, cette voix qui semblait venir du ciel, tant elle en répétait les cantiques avec une pieuse inspiration.

La jeune femme se tenait debout. Une longue robe de satin blanc brodée de fleurs d'or modelait ses formes sveltes; un large ruban bleu passant sur l'une de ses épaules soutenait l'orgue portatif, en forme de reliquaire, dont sa main droite effleurait les touches d'ivoire ; ses longs cheveux blonds flottaient sous un hennin couvert de perles; le long voile partant de sa corne aiguë se développait ainsi que deux ailes légères.

11.

— O ma sainte Cécile ! s'écria Hugo.

Puis, détachant de son cou une lourde chaîne d'or, van Goës, se dirigeant vers une fenêtre ouverte, la lança sur la place encombrée à cette heure de pauvres gens.

— Je suis trop heureux ! murmura-t-il ; Ofhuys a raison, je suis trop heureux.

Charles le Hardi, qui venait de surprendre le mouvement d'Hugo, sourit avec une douce raillerie.

— Fi ! mon ami, lui dit-il, paraît-on sans collier à ma cour ? Point ne serait assez élégante la tenue d'un de mes plus chers artistes. Je comprends que vous ayez dédaigné la chaîne que vous portiez ; acceptez celle-ci en souvenir de moi : le fermoir est à mes armes et porte une fière devise.

Et le prince ôtant de son cou un collier enrichi de pierreries l'agrafa lui-même sur la poitrine de van Goës.

Le lendemain, le prince faisait prévenir son argentier qu'il eût à payer sur sa cassette une riche pension à l'artiste dont il souhaitait garder tous les chefs-d'œuvre.

Hugo, en dépit des paroles d'Ofhuys, moins empreintes de découragement que de philosophie chrétienne, en dépit des amicales plaisanteries d'Hemling, jeta l'ancre au sein de la félicité. Oui, si jamais homme fut heureux, ce fut van Goës !

En lui le cœur et l'orgueil, les aspirations vers la renommée, les besoins d'amitié se trouvaient satisfaits avec une égale puissance. La jeune et belle créature qui avait uni sa vie à la sienne le chérissait profondément, et plus d'une fois, tenant dans ses mains la main d'Aléna, Hugo s'écria :

— Je suis trop heureux ! oui, je suis trop heureux !

Un seul souhait, timidement formulé, restait cependant au fond de son âme. L'homme qui connaît la fragilité de la vie éprouve le besoin de la prolonger dans une autre vie greffée sur la sienne. Il veut un but à ses efforts. Il souhaite léguer à un être cher sa fortune, sa renommée, son souvenir. L'enfant devient le complément de son existence. Hugo comprenait d'autant mieux qu'un souhait lui restait à former, qu'il était chaque jour témoin de l'ardente sollicitude du duc de Bourgogne pour la petite princesse Marie. Charles le Hardi, qui osait lutter contre Louis XI en prenant le parti de ses ennemis, contre le roi d'Angleterre en accueillant son frère proscrit, Charles le Hardi, qui ne connaissait d'autre loi que son vouloir, cédait sans honte aux fantaisies de sa fille. Elle remplaçait pour lui les tendresses prématurément brisées, et ses baisers lui faisaient oublier le père dont il portait encore le deuil.

Hugo devint jaloux de son maître, ou plutôt il souhaita voir un berceau dans sa maison, comme il avait souhaité qu'Aléna en franchît le seuil dès le premier matin où il lui fut donné de la voir, les bras remplis de roses, au milieu d'un vol de passereaux et de colombes.

Dès lors un nuage obscurcit son bonheur.

Aléna le vit souvent préoccupé, pensif, sans parvenir à lui arracher le secret de sa tristesse. Elle-même s'en affligea et se demanda si l'affection d'Hugo ne subissait pas le sort de tous les sentiments humains.

Mais elle eut à peine le temps de supplier le ciel de lui garder la tendresse exclusive d'Hugo, car un jour, écrasée par la joie, vaincue par une émotion indéfinissable dont l'excès ressemblait presque à une souffrance, elle tomba dans les bras de son mari en murmurant :

— Hugo, jure-moi de bien aimer notre enfant !

Van Goës répondit à sa femme par un cri de triomphe. Le vœu suprême qu'il pût former en ce monde venait d'être exaucé. Pendant toute la soirée, Aléna chanta des hymnes de Noël ; il lui semblait voir dans les profondeurs du ciel les anges chargés de mettre un petit enfant dans ses bras.

A partir de cette heure, Hugo van Goës et sa femme eurent une pensée, une espérance unique : l'enfant ! Tout convergea d'avance vers ce petit être, objet d'une sollicitude constante. L'artiste ne peignit plus que des madones tenant un Jésus sur leurs genoux. Il ne voulait laisser reposer les regards de sa femme que sur des chefs-d'œuvre de grâce et de beauté. Il souhaitait pour son fils les doubles dons du charme extérieur qui séduit et captive, et des qualités du cœur qui gardent une éternelle puissance.

Un berceau qui fut une merveille de sculpture naïve prit place sur une estrade, et trois anges souriants, aux blanches figures d'ivoire, parurent prêts à le balancer par ses cordes de soie. Dans des corbeilles s'entassèrent des béguins brodés, non pas seulement de fil et de soie, mais d'or et d'argent. Rien ne parut assez beau pour l'envoyé du paradis, et le jour où, souriante et brisée, Aléna le serra sur son cœur, son action de grâce fut mêlée à des larmes de joie.

Hugo van Goës restait absorbé dans son immense bonheur. Il chérissait deux fois plus sa femme depuis qu'elle lui avait donné cet être fragile qui, lui devant déjà la vie, lui devrait un jour l'intelligence, la fortune, et sans doute aussi sa part de renommée. Il n'avait point encore ouvert les yeux à la lumière, que l'on accumulait déjà devant lui ce qui les devait distraire. Quand il revint de l'église, rose et mignon dans sa robe de brocart blanc, le front humide encore de l'eau sainte qui le faisait pur

comme les anges, Aléna voua la chère créature à
Notre-Dame-des-Neiges, que toute la Belgique
tient en haute vénération, et promit d'y faire un
pèlerinage avec Hugo et Hubert.

Aléna ne tarda point à tenir sa parole, et, par
une belle matinée de printemps, la famille d'Hugo
van Goës, à laquelle s'était joint Jacob Weyten,
qui venait de terminer ses affaires de négoce, allait
partir pour se rendre au sanctuaire de la Vierge,
quand Gaspar Ofhuys parut sur le seuil.

En apprenant le but du voyage de son ami,
Gaspar sourit doucement.

— Je t'accompagne, lui dit-il, fais seller un
cheval pour moi ; aussi bien, en sortant de la chapelle de Notre-Dame-des-Neiges, il me semble que
tu seras mieux disposé pour écouter mes confidences.

— Si j'en juge d'après l'expression de ton visage,
elles sont graves, Gaspar.

— Fort graves, en effet, répondit le jeune
homme.

La cavalcade se mit en marche. Aléna, commo-
dément assise dans une litière, pressait contre son
sein l'enfant qu'elle voulait placer sous la protection d'une mère divine. Son beau visage rayonnait, et les yeux d'Hugo se reposaient tour à tour
sur sa femme et sur son enfant. Quelle force de
endresse il sentait alors en lui ! Avec quelle puis-

sance il chérissait ces deux êtres dont l'un ne savait point comprendre encore combien il était aimé !
La joie, l'orgueil remplissaient à la fois l'âme de van Goës, et pour la millième fois il répétait :

— Je suis heureux! je suis heureux!

Quand les pèlerins entrèrent dans la chapelle, Hugo fut frappé de l'expression de recueillement de Gaspar Ofhuys. Sans doute il l'avait toujours connu pieux, mais depuis quelque temps la ferveur du jeune homme grandissait; plus il se retirait de la foule, plus il se tournait vers Dieu. Les joies de la famille absorbant Hugo d'une façon croissante, il n'avait pu suivre jour par jour les changements qui s'étaient opérés dans le compagnon de ses jeunes années. Le visage de Gaspar s'imprégnait d'une expression nouvelle, ascétique et douce à la fois; le regard, plus intérieur, dégageait une flamme pure; le sourire effleurait rarement les lèvres graves; le geste sobre paraissait contenu par la volonté.

Durant l'office, Gaspar resta les yeux fixés sur l'autel; la lumière des vitraux, tombant sur son visage, lui communiquait un rayonnement surhumain. Il sortit le dernier et comme à regret du sanctuaire.

Aléna témoigna le désir de passer quelques heures dans la campagne; le temps était beau, les fleurs embaumaient; le son argentin des cloches paraissait un écho des proses latines ; et la vue des longues files de pèlerins se rendant à Notre-Dame-des-Neiges consolait les cœurs chrétiens.

Tandis que la jeune femme, deux de ses suivantes et Jacob Weyten se reposaient à l'ombre de grands chênes dont les branches formaient un dôme de feuillage, Gaspar Ofhuys prit doucement le bras de son ami, et l'entraîna dans une allée plantée de jeunes arbres, embaumée du faible parfum des iris, et le long de laquelle coulait un ruisseau à demi caché sous des plantes ressemblant à de longues chevelures vertes. Le paysage était charmant. Le seul bruit que l'on entendît au loin était le chant des psaumes et les sons de la cloche ; mais, loin de distraire les deux amis de leurs pensées, ces chants et ces harmonies en paraissaient l'accompagnement naturel.

Gaspar ralentissait progressivement le pas ; il s'arrêta tout à fait, passa sa main sur le bras d'Hugo, et lui dit :

— L'on est bien ici pour se dire adieu...

— Adieu ! répéta van Goës ; tu quittes Bruxelles ?

— Je quitte le monde... répondit Gaspar.

— Quel chagrin t'est survenu ?

— Aucun.

— Alors je ne comprends pas.

— Tu vas me comprendre tout à l'heure, con-

tinua Gaspar en reprenant le sentier obliquant
vers un petit lac entouré de trembles.

— Non! fit Hugo, non! il n'entrera jamais dans
mon esprit qu'un homme de ton âge, et dont la
réputation grandissait si bien que l'on attendait de
toi de belles et nobles œuvres, aille enfouir sa
jeunesse et ses talents dans un monastère. Que te
manque-t-il? pas même la faveur du prince, qui
t'estime à l'égal de Philippe de Commines. Tu pos-
sèdes plus de revenus que tu n'en peux dépenser,
et nous autres, d'ailleurs, nous sommes accoutumés à compter sur notre intelligence quand il
nous faut des poignées de ducats... Je te croyais
ambitieux...

— Je le suis! répondit Gaspar Ofhuys avec un
sourire, plus que tu ne le crois... Écoute-moi patiemment, c'est l'histoire d'une âme que je veux
te faire connaître... Et qui sait si, plus tard, tu ne
te souviendras pas de notre entretien, dans cette
belle et paisible campagne, à deux pas d'un sanctuaire vénéré?... Oui, tu as raison de le dire, je
suis ambitieux... Tout enfant, à l'époque où, d'ordinaire, on se préoccupe des jeux du lendemain,
je me demandais déjà : — « Que serai-je? » —
Je sentais, je devinais que j'avais une destinée.
Il n'était pas possible que je marchasse toute ma
vie dans les chemins battus par la foule. Je com-
prenais qu'une prédestination existait pour moi.

Le regard de Dieu se reposait sur mon âme avec
complaisance. Pourquoi? Il m'eût été impossible
de le dire. C'était un sentiment, une intuition ;
mais tout raisonnement aurait échoué contre ma
conviction enfantine. C'est déjà un levier puissant
qu'une pareille idée. Je surveillais pour ainsi dire
les progrès de ma pensée, le travail de mon cerveau. J'apprenais, je comparais, je cherchais la
raison des choses, j'aimais la nature, je lui demandais le mot de ses mystères et l'explication de
ses merveilles, et chaque fois que j'apprenais
quelque chose, que j'enrichissais ma mémoire, je
me réjouissais en songeant que je me rapprochais
de l'art inconnu vers lequel je tendais. Je ne sem-
blais point un enfant prodige, au contraire. Ce qui
s'agitait en moi ne dépassait point ma pensée. Mon
silence semblait moins une preuve de réflexion que
de paresse intellectuelle. Je quittais le plus souvent la maison pour m'enfuir vers les jardins et
les bois, et, couché dans l'herbe et les fleurs, abrité
par une haie d'arbustes, je m'abandonnais à des
rêveries dont je sortais souvent les joues ruisse-
lantes de larmes. Mon âme ressentait souvent des
ravissements étranges, suscités par la vue d'une
étoile, d'une fleur, d'un oiseau. Le nom de Dieu
venait tout naturellement à mes lèvres, comme
un chant et comme une prière. J'ai souvent senti
en le prononçant des joies ineffables qu'il m'eût

été impossible de définir. Je priais sans parler,
laissant déborder mon âme. J'aimais Dieu avec
toute la puissance de mon cœur d'enfant, et j'ai
parfois souhaité mourir pour rejoindre plus vite
les anges... Je ne sais point quand commença pour
moi la poésie : je crois avoir toujours été poëte,
non par la forme, mais par le sentiment. Et plus
se développaient en moi et simultanément la ferveur et la poésie, plus mon âme montait, et mieux
je me répétais : J'ai un avenir... Mes études furent assez brillantes pour que ma famille me des-
tinât aux lettres. J'avais fait de la gloire de l'éloquence la plus chère de mes ambitions, et je puis
dire comme Grégoire de Nazianze « qu'elle a possédé mon cœur ». Ce fut vers cette époque que
nous nous rencontrâmes, et tu te souviens de la
fièvre avec laquelle je travaillais pour mériter un
succès éclatant. Sous quelle forme serais-je éloquent? peu m'importait. Je composais tour à tour
des *mystères* et des discours, des pages d'histoire
et des poëmes. Des ailes m'étaient venues, je les
voyais. Je dois l'avouer avec honte, mes premiers
succès m'étourdirent un peu; cette ferveur de l'enfance s'affaiblit; l'ambition ne parvint pas à l'é-
touffer, mais l'ivraie grandit avec le froment. Ce
dont je ne saurais jamais assez bénir le ciel, c'est
que ni mes travaux touchant au théâtre, ni la
compagnie de jeunes hommes dont un certain

nombre mêlait le travail à la dissipation ne purent
m'entraîner dans la voie des plaisirs faciles. Je ne
sais si je respectais à cette heure mon âme ou ce
que tu appelles mon génie ; mais ma jeunesse demeura exempte de ces fautes pour lesquelles le
monde dépense une indulgence facile. Je restai
pur, moins pour rester pieux que pour devenir
grand. Je ne voulais remplir ma pensée que des
créations de mon intelligence, mon cœur que de
nobles amitiés.

La voix de Gaspar s'altéra légèrement.

— Jamais tu ne sauras combien tu m'es cher,
dit-il en serrant les mains de van Goës, non,
jamais !

— Si, répondit Hugo, car cette affection, je te la
rends...

— Pendant quatre ans, reprit Gaspar, je vécus
dans une grande excitation d'esprit. La gloire
humaine que j'avais si fort convoitée payait mon
travail et mon espérance. Charles le Hardi me témoignait hautement sa faveur ; je marchais l'égal
des plus fiers gentilshommes, et j'oubliais la source
même des biens dont je jouissais... Un jour je fus
pris du désir de faire copier mon manuscrit du *Jardin
des lys* par les mains d'un moine du Cloître Rouge,
dont l'habileté des copistes était connue de tous.
Je me rendis au couvent, je remis mon poëme à
l'un des frères, et, après lui avoir expliqué ce que

je souhaitais de son talent, je le priai de me montrer l'abbaye. Le charme de cette retraite, un peu de fatigue, les affectueuses sollicitations des moines m'engagèrent à y passer plusieurs jours. Je vis de près des hommes plus doctes que moi, et cependant plus humbles. Je comparai la grandeur de leurs espérances à la petitesse de mes ambitions. La vie du cloître me saisit, m'absorba, et il me sembla soudainement que, pour la première fois, je voyais clair dans mon âme.

« L'existence cénobitique n'est-elle point l'idéal de la perfection humaine et le dernier mot du bonheur? Dans quel milieu plus calme et plus grand composerais-je jamais mes poëmes? Après ce labeur dont seuls nous connaissons les joies, quelle serait ma récompense? Il ne s'agirait plus d'applaudissements dont l'écho s'éteint si vite, de gloire enviée de tous, d'un bonheur fragile, mais d'une espérance céleste, d'une joie sans ombre, d'un prix ineffable, éternel; de ce travail entrepris pour Dieu, Dieu même deviendrait la récompense. Du jour où cette pensée pénétra dans mon esprit, elle s'en empara d'une façon absolue. Je resserrai le cadre de mes travaux, je ne voulus plus m'occuper d'œuvres en dehors de mes croyances; le monde me parut vide, et je me jurai de m'enfermer dans un désert afin de me retrouver moi-même.

— Ainsi, demanda Hugo van Goës, c'est à l'in-

fluence exercée sur toi par cette visite au Cloître
Rouge qu'il faut attribuer tes œuvres nouvelles,
dont la beauté l'emporte de beaucoup sur les anciennes ?

— Oui, répondit Gaspar.

— Tu restas longtemps au monastère ?

— Je m'y étais rendu pour deux jours, j'y de-
meurai trois mois.

— Et sans nul doute le supérieur encouragea
tes projets ?

— Il commença par me soumettre à une épreuve.

— Laquelle ?

— Il m'obligea à passer de nouveau six mois
dans le monde.

— Tu as obéi ?

— Avec d'autant plus de joie que j'étais sûr de
moi. Je me montrai assidu chez le duc de Bourgogne ; on représenta mes trois derniers *Mystères*.
Je me vis louer, acclamer, fêter ; la main d'une des
plus riches héritières de Bruxelles me fut offerte.

« Les biens de la terre se présentèrent à moi
sous mille formes, et chaque fois que je sortais
d'une représentation durant laquelle on m'avait
applaudi, chaque fois que l'or, la tendresse ou la
renommée vinrent à moi, je détournai la tête en
pensant : « Rendez-moi le cloître, un crucifix et
une tête de mort. »

— Un pareil détachement...

— N'est point aussi héroïque qu'il te semble,
Hugo ; ce que nous ne quittons pas volontairement
ne tarde point à nous abandonner... Celui qui
s'enivre le plus des applaudissements de la foule
cesse de les entendre au fond de son tombeau...
Ceux que nous chérissons peuvent être brusquement arrachés de nos bras... Pourquoi fixer notre
cœur à jamais, quand ce cœur se brise pour un
mot, se noie dans une larme?... Je me donne à Dieu
dans ma force, dans la verdeur de mon esprit, dans
la pureté de ma jeunesse. J'accomplis un sacrifice,
dis-tu? Dieu ne m'en demanderait-il point de plus
grands un jour si je résistais à sa voix?... J'aime
les lettres : j'écrirai encore, j'écrirai toujours.
L'enthousiasme ne s'éteint pas à l'ombre de l'autel, et si les lauriers que j'estimais tant jadis ces-
sent de me tenter, c'est que je vole à la conquête
d'une palme immortelle... Je me sens le cœur trop
ardent pour songer que l'objet de cet amour peut
disparaître, ou que mon propre cœur cessera de
brûler. Mon idéal est trop pur pour que je me
contente de chérir une créature... Je me donne à
l'immortelle vérité, à l'amour sans fin !

Gaspar s'était arrêté en face d'Hugo ; il lui
parlait d'une voix vibrante, et le reflet d'un saint
enthousiasme brillait sur son visage.

— Je te regrette, lui dit van Goës, je ne te pleure
pas !

— Le Cloître Rouge est voisin de Bruxelles, tu pourras y venir, et je ne doute point que dans le calme qu'on y respire tu ne trouves de nobles inspirations.

Hugo van Goës étendit la main du côté de la chapelle de Notre-Dame-des-Neiges.

Aléna, surprise de ne point voir revenir son mari, venait au-devant de lui, son enfant dans les bras, et suivie par deux femmes de service.

— Voilà, dit Hugo en la désignant, mon inspiration et ma vie !

L'artiste rejoignit Aléna, et, une demi-heure après, les pèlerins reprenaient la route de Bruxelles.

— Adieu donc, mon ami, mon frère ! dit van Goës à Gaspar.

— Non, au revoir ! j'attends de toi une promesse.

— Laquelle ?

— Tu assisteras à ma prise d'habit.

— Je te le jure ! répondit Hugo.

Et, si courageux qu'il fût, van Goës se détourna pour cacher une larme qui roulait sur sa joue.

XII

LES REGRETS D'ALÉNA

Un matin, deux messagers s'arrêtèrent à la fois devant le logis de Hugo van Goës.

L'artiste se trouvait dans son atelier. Assise à quelques pas de lui, sur un siége de forme antique, Abigaïl, tenant son bel enfant couché sur ses genoux, posait devant son mari, qui d'après ce groupe charmant esquissait un repos en Égypte. Jacob Weyten, debout, regardait avec sollicitude la jeune mère et le petit ange endormi. A côté d'Aléna se trouvait une magnifique touffe de lis, et Hugo suivant l'habitude des maîtres, qui désignaient leurs madones par un des détails du tableau, appelait par avance sa grande toile *la Vierge aux lis*.

L'atelier d'Hugo van Goës était vaste, éclairé par de hautes verrières, tendu de tapisseries rares, enrichi de meubles précieusement fouillés et d'œuvres d'art remarquables. Sur de nombreux chevalets se trouvaient des tableaux achevés, des

12

esquisses, des ébauches auxquelles il ne manquait
qu'un coup de pinceau, un effet de lumière. Des
tapis soyeux couvraient le sol, et de grands vases
de fleurs disposés avec art changeaient presque en
une serre de plantes fragiles le sanctuaire de l'art
recueilli. Hugo van Goës affirmait avoir besoin
de la vue de frêles arbustes, de corolles épanouies,
pour imaginer les paysages charmants et d'idéal
aspect servant de fond à ses figures de saintes
et de vierges.

L'artiste venait de poser sa palette sur un escabeau, et il il se reculait pour juger de l'effet d'une
touche habile, quand un page soulevant une por-
tière introduisit deux messagers.

— De la part de mon noble maître, monseigneur
Charles de Bourgogne, dit le premier en présentant une lettre entourée d'un lacet de soie rouge.

— De la part de frère Ofhuys, novice de l'abbaye
du Cloître Rouge, dit le second courrier en tendant
à l'artiste un parchemin fermé à la cire.

La tendresse d'Hugo pour le compagnon de son
enfance le portait à lire d'abord la missive de l'ami,
mais le respect lui interdisait de faire attendre
l'envoyé du prince, et ce fut la lettre de Charles le
Hardi qu'il parcourut la première.

Tandis qu'il la lisait, un fier sourire passait sur
sa lèvre.

—Répondez à monseigneur que je me rendrai à

son invitation, et offrez-lui mes humbles respects.

Le page se retira en saluant.

— De quoi s'agit-il ? demanda Aléna.

— D'une satisfaction d'amour-propre pour moi, et pour toi d'un plaisir.

— Que te promet le duc ?

— Un titre de noblesse.

— A quel plaisir nous convie-t-il.

— A une fête sur la Senne. Il y aura concerts, joute sur l'eau, merveilleuses illuminations, toute la cour y assistera, et tu peux croire, chère Aléna, que les invitations sont recherchées.

La jeune femme ne répondit pas, elle prit son enfant, et, le tenant debout sur sa poitrine, elle mit un baiser sur l'un de ses pieds nus. Son visage exprimait plus de tristesse que de joie. A l'annonce de la fête qui semblait si fort intéresser Hugo, Aléna courba le front avec une sorte de lassitude. Un moment elle fut sur le point d'exprimer sa pensée, mais son mari paraissait si heureux qu'elle garda le silence.

Van Goës ouvrit la seconde lettre.

— Vois, dit-il en la tendant à sa femme.

— Certes ! certes ! s'écria la jeune mère, nous irons au Cloître Rouge le jour où Gaspar Ofhuys prendra l'habit de saint Augustin... Aucune cérémonie ne m'a jamais semblé plus pieuse et plus touchante que le renoncement au monde d'un

homme intelligent, jeune et beau comme ton **ami**.
Répondez au nom de mon mari comme au mien,
ajouta Aléna en se tournant vers le messager, que
nous assisterons avec grand recueillement à cette
pieuse cérémonie.

Le jeune garçon qui venait de la part d'Ofhuys
se retira en saluant les yeux baissés.

Hugo reprit sa palette, Aléna retrouva sa première pose, et l'artiste demanda à sa femme :

— Ne crains-tu pas que le voyage au Cloître
Rouge te fatigue ?

— Nullement, répondit Aléna avec vivacité. Je
tiens beaucoup à donner à ton ami cette preuve de
souvenir.

— Mais à peine revenu de l'abbaye tu devras
t'occuper de ta parure pour la fête du soir.

— Ah ! fit Aléna, l'invitation du prince est pour
le même jour ?

— Oui ; si tu redoutais l'excès de lassitude, je
me rendrais seul à l'abbaye. Ofhuys sait combien
ta santé est délicate depuis la naissance d'Hubert,
il t'excuserait.

— Et moi je ne me pardonnerais pas... Crois-le
d'ailleurs, Hugo, je rapporterai du Cloître Rouge
des pensées mille fois plus consolantes et des souvenirs bien plus chers que de la fête de Charles de
Bourgogne... Je n'aime ni le bruit ni l'éclat...
Entre mon père, mon mari et mon enfant, je me

trouve complétement heureuse... Pour me distraire,
n'ai-je point l'orgue merveilleux dont tu m'as fait
présent, les broderies que j'exécute pour de saintes
chapelles?... Tu le sais, Hugo, quand tu me trouvas
dans la maison de Gand cachée sous les roses et
dont le jardin s'emplissait d'oiseaux, je ne connais-
sais d'autres joies que celles d'aller le matin à
l'église de Saint-Bavon, et de distribuer à mon
retour les aumônes confiées par mon père... Le
bruit et les plaisirs m'étourdissent sans me charmer...

— Quoi! s'écria Hugo van Goës, tu ne te trouves
pas heureuse?

— N'exagère point la portée de mes paroles,
ami; je te sais gré de multiplier autour de moi
des distractions dont une autre s'estimerait grandement satisfaite; mais ne t'y trompe pas, ton
affectueuse intention me touche seule... Je me
promène au milieu des groupes brillants assistant
à ces fêtes et je m'y trouve isolée... Ma vie n'est
pas là, mon âme s'effarouche; ma pensée s'attriste
et me retombe sur le cœur quand je vois la folie
du plaisir entraîner les autres... Hugo, ne l'oublie jamais... ton Aléna est restée l'Abigaïl de la
maison de Gand.

Van Goës prit les mains de sa femme.

— Pourquoi me dis-tu ces choses aujourd'hui
seulement?

12.

—Dans la crainte de t'affliger, je me faisais violence. Pour te plaire, je revêtais de magnifiques parures et je souriais... Mais dans le fond de mon âme je regrettais la grande cour remplie par mes pauvres, le jardin embaumé, et les oiseaux dont j'étais la charmeuse...

Hugo secoua la tête.

— Je me suis trompé, dit-il, je me suis trompé...

— Puis, reprit la jeune femme, il me semble souvent qu'Hubert deviendrait plus robuste au milieu de notre campagne de Gand... L'air est si pur là-bas !

— Tu souhaites quitter Bruxelles ? demanda van Goës.

— Je veux ce que tu veux, ami...

— Je le sais... Mais enfin tu serais heureuse de retourner à Gand ?

— Oui, répondit-elle, bien heureuse.

— Alors nous partirons, répondit l'artiste. Quand je demandai ta main à ton père, je répondis de ta félicité en ce monde, et je tiens toujours la parole donnée...

— Tu es bon! tu es bon! s'écria la jeune femme... Je puis bien te l'avouer maintenant, l'air de Bruxelles me paraissait étouffant.... Je n'avais plus mon grand jardin rempli d'ombrage, la maison cessait de m'être familière... C'est dans

l'autre que j'ai grandi... chaque pièce, chaque
meuble me rappelle des souvenirs... Père ! père !
comprends-tu ma joie ? je retrouverai le logis paré,
enrichi pour mes yeux, les belles églises dans lesquelles je priai toute enfant, la fresque d'*Abigaïl
et David* à laquelle je dois un mari, et l'ange qui
dort sur mes genoux.

Jacob Weyten serra la main de van Goës.

— Merci, lui dit-il, merci !

— Ce départ vous réjouit donc ?

— Plus que je ne saurais vous le dire.

— Ainsi, tous deux vous souffriez sans me
l'avouer ?

Jacob Weyten ajouta plus bas :

— Mon Aléna devenait bien pâle...

Puis, serrant la main de son gendre :

— Soyez béni ! dit-il, béni à l'égal d'un fils...
je n'assisterai point aux fêtes données sur la
Senne par notre gracieux duc... Et puisque vous
devez prochainement revenir à Gand, mieux vaut
que je prenne les devants afin que tout soit prêt
pour le retour de la famille... Je quitterai Bruxelles
ce soir.

— Et moi, dans huit jours, dit van Goës ; j'ai
maintenant autant de hâte qu'Aléna et que vous-
même de me retrouver dans votre chère maison.

Il fallut peu de temps à Jacob pour préparer son

départ. Après le repas du soir, quand la grande
chaleur du jour fut tombée, il monta sur un robuste cheval, et, suivi de deux serviteurs, il prit
la route de Gand, après avoir vingt fois adressé
des signes d'adieu à son petit-fils souriant dans
les bras de la jeune mère.

Pendant toute la soirée, Aléna se montra si
joyeuse que van Goës comprit à l'expansion de
son bonheur combien elle avait étouffé de troubles et de secrètes angoisses. Le départ de son
père précédait le sien de si près qu'elle ne pouvait
s'en affliger. Si van Goës ne lui eût prouvé qu'elle
avait beaucoup plus de temps qu'il n'était nécessaire, elle eût tout de suite commencé ses préparatifs de voyage.

— Ma chérie, lui dit doucement son mari, je
cède à ton désir avec grande joie, mais j'exige de
toi une complaisance.

— Laquelle? demanda Aléna avec une sorte
d'inquiétude.

— Oh! sois tranquille, elle te coûtera peu, et
beaucoup de femmes remercieraient leur mari
d'une semblable exigence.

— Explique-toi vite, Hugo.

— Pour la dernière fois peut-être tu assisteras à
une fête de la cour; eh bien! je souhaite que ta
parure soit magnifique... Tu me laisseras dessiner pour toi un costume que ta beauté te permet

de porter seule entre toutes les jeunes femmes de
Bruxelles... Tu mettras tous tes diamants, et j'ai
presque envie de t'en acheter de nouveaux...

— N'en fais rien ! dit Aléna. A Gand, je retrouverai nos pauvres...

— Tu me permets du moins de m'occuper de
ton costume?

— Il le faut bien, tyran ! J'eusse préféré assister à la fête du duc avec cette toilette rose passe-
mentée d'argent que j'ai mise deux fois à peine...
mais enfin, tu m'accordes assez pour que je ne te
refuse point le plaisir de prouver à tous combien ta
femme t'est chère...

— Chère ! s'écria van Goës; ce mot ne suffit
point pour peindre la tendresse que tu m'in-
spires... Avant de te rencontrer, je fermais mon
cœur dans la crainte d'en profaner une seule pensée; du jour où tu m'apparus tu devins mon espérance et ma joie... Je ne te dois pas seulement le
bonheur, je sens que tu deviens la meilleure moitié de ce que l'on appelle mon génie... C'est ton
cher visage qui malgré moi revient sans cesse
sous mes pinceaux... Je te vois à toute heure et
cette joie me semble toujours nouvelle... Tu es
ma vie, tu es mon âme.

— Prends garde ! dit Aléna doucement; si haut
que tu me places dans ta pensée, je ne suis cependant qu'une créature faible et périssable... Dieu

me prête à toi, ne me préfère jamais à lui! Si lé-
gitimes, si grandes que soient les tendresses de la
terre, le Seigneur s'en montre jaloux... Ne trans-
forme pas ton amour en idolâtrie, il me semble
que cela me porterait malheur...

— Est-ce ma faute si tu es si belle?

— Cette beauté est un don fragile, Hugo! une
maladie peut me la ravir... Si ta tendresse n'a pas
d'autre objet, j'ai grandement le droit de
craindre...

— Non, car ton intelligence surpasse cette
même beauté dont je suis épris, dont je reste fier.

— Hélas! Hugo, cette intelligence qui me permet d'apprécier le beau, d'applaudir à tes œuvres,
de comprendre davantage et de mieux admirer les
merveilles de la création; cette intelligence qui
verse en quelque sorte des rayonnements en moi
quand je lis et médite les pages de l'Écriture,
peut vaciller et s'éteindre comme mon souffle
éteindrait ce flambeau.

— Humble et douce femme! dit van Goës; si
tu ne tires vanité d'aucun des dons dont une autre
serait si fière, tu peux du moins bénir Dieu pour
les vertus qu'il t'a données... ces vertus qui te font
bénir, admirer, dont je suis le premier à reconnaître l'empire... ces vertus qui font souvent que je
me demande si tu n'es pas une sainte trop parfaite
pour habiter ce monde...

— Non ! non ! fit Aléna, je ne suis pas une sainte ; j'ai souvent craint de n'avoir nul mérite à faire l'aumône, tant j'y trouvais de bonheur ; à prier, tant j'y puisais de consolation... Ne détache pas ton cœur de moi, Hugo, mais préfère à la compagne de ta vie, Dieu qui te l'a donnée et qui garde le droit de te la reprendre...

— Tais-toi ! s'écria Hugo en posant doucement la main sur la bouche de sa femme. Tais-toi ! si je te perdais...

— Il faudrait te résigner.

— Je mourrais ! dit Hugo d'une voix sombre. Je ne possède ni ta vertu ni ta résignation... Je ne porterais point mes douleurs au pied du Calvaire ; je sens que l'élément même de la vie se briserait en moi... Mourir ! toi, mourir, Aléna ! Mais cette seule pensée fait affluer le sang à mon cœur jusqu'à m'étouffer... Ne me dis jamais de semblables choses : la crainte seule me rendrait fou !

— Calme-toi ! dit Aléna d'une voix douce ; viens à cette fenêtre et regarde la nuit si belle et si pure... Comme ce dôme d'azur est profond !... Il me semble parfois distinguer au milieu du scintillement des étoiles les palpitations d'ailes des anges chargés de les accompagner dans leurs évolutions mystérieuses... La terre est splendide, Hugo, le ciel est plus magnifique encore... La forme de la terre est trop déterminée, nous en suivons trop facilement les contours ; je préfère le ciel qui me donne l'idée de l'infini... Nous parlions de la mort tout à l'heure : certes, elle est déchirante ; la séparation brise deux cœurs, le vide se creuse dans l'âme de celui qui reste en exil, mais la mort absolue n'existe pas pour nous... A peine le trépas a-t-il clos nos yeux que nous renaissons à l'éternelle vie ; l'âme rayonne dans le bonheur et dans la gloire ; du sein des félicités éternelles, elle se penche vers l'ami dont elle fut séparée, elle le console, elle l'attire... La mort est une séparation bien vite abrégée par la rapidité de la vie... On se retrouve, Hugo, on s'aime encore et mille fois davantage au ciel.

— Tu deviens cruelle ! fit van Goës.

Aléna quitta la fenêtre, puis elle entraîna son mari vers le berceau du petit Hubert.

— Prions pour lui, dit-elle.

Ils s'agenouillèrent, la main dans la main, et de leurs cœurs remplis d'une même foi et d'une égale tendresse jaillit la plus ardente des prières pour l'innocent qui sommeillait bercé par ses rêves.

Un moment après, Aléna se dirigeait vers son appartement, et van Goës, rentrant dans son atelier, commençait à dessiner le costume qu'il souhaitait voir porter par sa femme, le jour de la fête nautique donnée par le duc de Bourgogne.

XIII

OASIS CHRÉTIENNES

A l'est et au midi de la ville de Bruxelles régnait une ceinture de lacs charmants habités par
des cygnes ; ces lacs demeuraient enserrés dans
une forêt dont l'étendue dépassait 10 000 arpents.
Les loups abondaient dans ces bois, et les aurochs
s'y réfugiaient, sûrs qu'aucun chasseur n'oserait se
hasarder à y poursuivre les derniers vestiges
d'une race de monstres prêts à disparaître, et
formant pour ainsi dire le dernier anneau de la
chaîne vivante, rapprochant de notre faune
amoindrie les gigantesques animaux des époques
antédiluviennes. A l'ombre de ces forêts immenses qui avaient vu célébrer les sacrifices des anciens Gaulois, dont chaque géant végétal avait
porté des trophées et reçu le culte mystérieux, se
conservait la redoutable puissance des derniers
prêtres des idoles ; et Soignes, sans doute par opposition avec les profondes ténèbres dont elle

13

restait environnée, empruntait son nom à Apollon : *Soinus-Bosch*, le bois du soleil. Le bouleau, le chêne, l'érable, le tremble, envahissaient le sol ; des halliers de ronces et d'épines entravaient les pas ; dans ces ténèbres que jamais n'éclairait un rayon, une terreur superstitieuse s'emparait des âmes ; et l'homme, pénétré de crainte et d'horreur, offrait un tribut d'adoration et de sacrifice aux chênes énormes, aux érables majestueux.

Nous ne pouvons guère nous représenter aujourd'hui ces masses de bois sombres, impénétrables, couvrant les vallées, escaladant les monts, descendant les pentes et remplissant comme une mer de feuillage les fonds marécageux. Ils descendaient jusqu'au bord des fleuves, et la mer baignait souvent leurs puissantes racines. Çà et là des cours d'eau creusaient des étangs ; les troncs renversés, les racines, les branches mortes traversaient les rivières et les marécages ; et si par hasard des voyageurs aventureux tentaient de se frayer un passage au milieu des bois, des ravines et des marnières, ils s'y engloutissaient sans espoir de secours et de salut.

Dès les premiers siècles, des hommes, las du bruit du monde, dégoûtés de ses semblants de bonheur, choisirent pour asile ces forêts redoutables. Ils ne craignaient point la nuit, car une lumière était au dedans d'eux ; ils ne redoutaient

pas la solitude : celui qu'ils aimaient par-dessus
toute chose les suivait dans le désert. Ils allaient
devant eux, poussés par une force irrésistible, ne
demandant que le mystère et la paix. Une robe
de bure suffisait pour leur vêtement. Ils cachaient
dans leur poitrine une copie des Évangiles ; un bâton à la main, une hache sur l'épaule, ils s'en-
fonçaient dans les solitudes. Si quelque caverne
sombre ne s'ouvrait pas devant eux, ils abattaient
des troncs d'arbres, les équarrissaient grossiè-
rement, formaient une cabane au toit aplati,
arrachaient quelques poignées de mousse, liaient
ensemble deux branches d'arbres, et trouvaient qu'il
ne leur manquait plus rien, de l'heure où ils pos-
sédaient l'abri et l'autel. De longues années se
passaient quelquefois pour eux dans une solitude
absolue. Afin de pourvoir à leur subsistance, ils
semaient quelques poignées de blé dans une
éclaircie de la forêt, et cuisaient leur pain sous la
cendre. Leur voix s'élevait le jour et la nuit dans
la solitude ; et si dans leurs promenades ils dé-
couvraient un arbre géant portant encore les traces d'un culte impie, ils remplaçaient les signes
druidiques par le Calvaire. Ces hommes étaient
pour la plupart de ceux que le monde avait connus, entourés, aimés ; ils connaissaient ce que
valent la fortune et la gloire, et, pris soudainement du mépris des joies matérielles, ils s'étaient

enfuis vers le désert, afin d'y poursuivre la recherche exclusive de la vie éternelle. Ils sortaient avec hâte, avec joie, d'un monde décrépit, ravagé, gangrené, pour se jeter dans celui dont Dieu leur donnait le dernier mot. Mais, tandis que ces hommes croyaient simplement céder au besoin de ne plus vivre que pour le ciel, ils obéissaient à une force providentielle qui les poussait vers le désert afin d'y introduire avec eux la civilisation.

Souvent à la porte de leur cellule un voyageur fatigué frappait vers le soir ; lui aussi demandait la paix, et souhaitait se vouer à la vie cénobitique. L'anachorète accueillait cet hôte avec reconnaissance. Il partageait avec lui son pain grossier, ses fruits, ses racines ; deux voix s'élevaient alors dans la nuit, et, le lendemain, le voyageur demandait avec l'accent de la prière :

— Permettez-moi de bâtir une cellule près de la vôtre.

Il n'était pas rare non plus qu'un homme accusé d'un crime ou flétri par la loi, après avoir erré dans la forêt, découvrît la retraite des ermites ; la faim, plus impérieuse que les craintes, le poussait à demander du secours. Banni, sans nom, rongé par les remords, il tombait à genoux, avouait en pleurant son crime ou sa faute, et demandait à servir comme un esclave ceux qui l'avaient accueilli et consolé. Les solitaires le relevaient en

pleurant de joie, et une troisième cabane s'élevait
à côté des deux autres. Si par hasard un riche
seigneur, emporté par l'ardeur de la chasse, se
trouvait en face des ermites, il leur demandait des
prières, et, désirant que l'on parlât souvent de lui
à Dieu, il sacrifiait une forte somme à l'érection
d'un monastère.

Saintes ruches du travail! sanctuaires pieux!
vous ne tardiez point à vous remplir de moines aus-
stères, de novices fervents. La croix du couvent montait triomphante vers le ciel; en même temps, la
terre changeait progressivement d'aspect. Chaque
moine partageait son temps entre la prière et le
labeur manuel; les arbres antiques tombaient
sous la hache; à la place des halliers inextricables
s'étendaient des champs cultivés. Des ouvriers se
groupaient autour de l'abbaye; une ceinture de
villages l'entourait, et l'œuvre de défrichement,
de civilisation, s'agrandissait d'une façon persistante. Outre le blé, les moines cultivaient la vigne;
ils élevaient des abeilles, taillaient les arbres,
plantaient des vergers. Après le crucifix sur lequel
s'étaient tant de fois collées leurs lèvres, point de
relique plus touchante que la charrue qu'ils avaient
conduite dans ces terrains pierreux, couverts de
broussailles et de souches d'arbres abattus,
poursuivant leur miraculeuse transformation du
désert inculte en campagne fertile.

On a fait grand bruit de nos jours de la fortune
des abbayes ; on applaudit à la Révolution qui les
spolia ; il semble que les terres ayant appartenu à
chacune d'elles fussent le produit d'un vol et une
usurpation. Si nous nous reportons cependant à
la fondation des divers couvents de l'Europe, nous
leur trouverons une origine identique : un prince
ou un gentilhomme, touché de la ferveur et de la
pauvreté de quelques cénobites, leur a fait don de
terrains incultes, tantôt situés au sommet d'une
montagne pierreuse, tantôt s'étendant en larges
espaces boisés Jusqu'à ce moment, les chevriers
n'osaient y faire paître leurs troupeaux, et le bû-
cheron n'y portait pas la cognée. La vie d'un
homme se serait usée dans des tentatives stériles
de défrichement ; il fallait pour venir à bout de ce
travail colossal compter sur les générations successives d'hommes dévoués à la même œuvre,
courbés sous le joug de l'obéissance et accoutumés à la sainte pauvreté. Ils bêchaient, semaient,
récoltaient non pour eux, mais pour la famille
monastique. Peu leur importait de ne jamais recueillir le fruit de leur labeur ; ne possédant rien,
ils ne pouvaient attacher leur âme à ces biens fragiles. Les années se suivaient, et chacune apportait son amélioration. La terre arable couvrait les
rocs ; la vigne drapait les coteaux ; les vergers pro-
diguaient leurs fruits dans les vallées ; le blé mû-

rissait dans les champs. Le village qui s'était
groupé près de l'abbaye naissante faisait place à
une ville florissante; la prospérité du monastère
était devenue la fortune des pauvres et des artisans.
Le voyageur trouvait un abri dans l'abbaye, le
pèlerin s'y reposait de ses fatigues; le mendiant
prenait ses repas dans les vastes cours et recevait
des remèdes durant ses maladies et des vêtements
pour se défendre du froid. Privé de tout dans sa
demeure, il trouvait tout en abondance dans le monastère. On l'y servait comme l'hôte de Dieu, l'envoyé de la Providence. Des traditions pieuses,
ayant pour but de rendre plus affectueuse et plus
sainte cette hospitalité, racontaient que l'on avait
trouvé plus d'une fois dans le lit d'un pèlerin un
crucifix sanglant, ou que le mendiant divin, se
transfigurant tandis qu'il recevait l'aumône, avait
soudainement disparu aux yeux de ceux qui lui
disaient adieu. Le désir de se rapprocher d'une
sainte maison engageait les gentilshommes à
bâtir leurs castels dans le voisinage; leurs tombes
s'abritaient dans la chapelle; ils fondaient des
prières et des messes, et demandaient comme une
grâce d'être ensevelis avec un habit religieux. Au
milieu d'une opulence ne profitant à aucun d'eux,
les moines demeuraient travailleurs et pauvres.
Après avoir fertilisé les déserts, ils sauvaient les
trésors de la science antique, multipliaient les

manuscrits, écrivaient les chroniques et se livraient à ces travaux immenses dont nous avons
recueilli les fruits.

Sans doute les monastères richement dotés ne
ressemblaient guère aux groupes de cabanes primitivement bâties dans le bois; mais l'esprit des
hommes de Dieu restait le même. Ils priaient et
travaillaient comme aux premiers jours; et comme
aux premiers jours quiconque frappait à leur porte,
en demandant une robe de bure et la paix, pouvait laisser derrière lui les soucis et les fardeaux
du siècle.

La Belgique avait reçu de saint Géry, nommé
évêque par saint Magneric, prélat de Trèves, la
première évangélisation; une petite chapelle, con-
struite dans l'île formée par les bras de la Senne,
reçut les premiers chrétiens amenés à la foi par
l'ardent apôtre; plus tard, le noble Vincent Mag-
delaire, issu par sa mère du sang royal de France,
venant en aide aux premiers missionnaires de la
Belgique, sacrifia son immense fortune à l'édifica-
tion de plusieurs abbayes, qui se groupèrent dans
l'immense forêt de Soignes.

La duchesse Jeanne de Brabant donna pour la
fondation du Cloître Rouge un désert situé dans
cette même forêt, à la condition que les religieux
y bâtiraient à leurs frais des habitations et des
cellules. Un chapelain de Sainte-Gudule fut chargé

de la direction des travaux, en même temps qu'un ermite très-vénéré dans le pays. La généreuse duchesse ne se borna point à cette fondation ; les *Sept-Fontaines* s'élevèrent sur un territoire égale- ment offert par elle en 1380, et Gilles Brodeyck, prêtre et chapelain d'Anderlecht, eut l'honneur d'achever cette œuvre ; enfin Groenendal fut érigé en 1383 par deux chapelains de Sainte-Gu- dule, et grâce aux soins de Jean Ruysbroeck, prêtre attaché à la même église, auteur mystique dont les livres eurent un grand retentissement, et qui termina sa vie dans le monastère qu'il avait aidé à fonder.

La règle de saint Augustin ne tarda pas à être appliquée à ces trois prieurés. Cette règle, écrite par l'évêque d'Hippone en 423, divisée en vingt-quatre articles, et destinée primitivement à de pauvres re- ligieuses africaines, ressuscita sous Charlemagne et devint le code d'une grande famille monastique ; la plupart des congrégations nouvelles s'inspiraient de son esprit, et les *chanoines réguliers* en rempli- rent toutes les obligations. Lorsque, huit siècles plus tard, l'ardent saint Dominique voulut se mettre à la tête d'un groupe de religieux ayant pour mission de sauvegarder les intérêts de la foi menacés par le débordement de l'hérésie, il choisit pour règle de la nouvelle milice la constitution donnée par saint Augustin au monastère de sa sœur.

13.

Le fils de sainte Monique, le plus grand des Pères de l'Église, n'exerça pas seulement une action puissante sur ses contemporains par ses travaux et par ses écrits ; sa doctrine et son génie se transmirent à travers les siècles pour l'agrandissement, la prospérité, la gloire de l'Église chrétienne, qui lui fut si chère, et de nos jours encore, après quatorze siècles écoulés, subsistent les œuvres vives de cet ordre si admirablement approprié à tous les besoins de l'esprit et du cœur de l'homme.

Nul plus que l'humble et admirable auteur des *Confessions* ne pouvait enseigner la pratique de la vie cénobitique. Après sa conversion, saint Augustin vécut en moine au milieu d'autres moines ; après avoir étudié les codes divers des premiers religieux, il trouva que deux règles surtout devaient dominer la vie monacale : la pauvreté et le travail. Son exemple, l'éloquence de sa parole ne pouvaient manquer d'exercer une grande influence. Au sein de cette Afrique, dont l'épouvantable immoralité dépassa la corruption du monde romain, le fils de sainte Monique, l'ami d'Alypius, voulut créer des asiles de pureté, de paix et de bénédiction.

Si l'historien Salvien nous a légué l'effrayant et fidèle tableau de la société païenne en Afrique, nous devons à saint Augustin des révélations mer-

veilleuses sur les vertus pratiquées dans les couvents dont il couvrit le sol africain. Une sainte
émulation porta les riches propriétaires du pays à
faire don de parties considérables de leurs terri-
toires, afin d'y construire des monastères. Ce fut
grâce à ces munificences que l'évêque d'Hippone,
et à son exemple son cher Alypius, devenu évêque
de Tagaste, créèrent pour les deux sexes des couvents remplis bientôt, les uns par des hommes qui
venaient de renoncer au monde après en avoir
connu les fausses joies, les autres par des vierges
craintives, empressées d'échapper aux dangers
dont le nom seul les faisait frémir.

Le premier monastère de femmes fondé à Hippone par saint Augustin eut pour supérieure la
sœur de l'éloquent évêque, et ce fut pour cette
sœur bien-aimée, et pour les filles placées sous sa
direction, que saint Augustin écrivit une règle,
encore pratiquée aujourd'hui dans une branche
immense de l'ordre monastique.

Nous avons dit qu'elle imposait le travail et la
pauvreté. En revanche, elle donnait la paix : non
point celle de ce monde, mais une douce et sainte
paix qui devint le patrimoine inaliénable des moines ; paix admirable et profonde, dont l'intelligence ne nous est pas donnée, et dont les lutteurs
de la vie n'ont jamais le secret ; paix divine,
dont le règne commencé sur la terre se conti-

nue en s'agrandissant dans la radieuse éternité !

Combien Yves de Chartres l'appréciait, cette tranquillité parfaite, lui qui en a résumé toutes les joies dans ce passage :

« J'approuve la vie de ces hommes qui, trouvant le paradis dans la solitude, y vivent du travail de leurs mains, et qui cherchent à s'y refaire l'esprit par les douceurs de la vie contemplative ; qui boivent des lèvres et du cœur à la fontaine de vie, et oublient tout ce qui est derrière eux, pour ne regarder qu'en avant. Mais ni les plus secrètes forêts ni les plus hautes montagnes ne donnent le bonheur à l'homme, s'il n'a en lui-même la solitude de l'esprit, la paix de la conscience, les ascensions du ciel ! »

Et voilà ce qu'allaient demander au cloître des hommes dont un grand nombre avaient expérimenté la vie : ils voulaient étancher la soif de leur âme, boire à pleines lèvres à l'intarissable fontaine d'eau vive, et trouver loin du monde les « ascensions du cœur, le *sursum corda* perpétuel qui nous révèle une partie des joies d'en haut ».

Depuis sa plus tendre jeunesse, Gaspard Ofhuys s'était senti attiré vers la vie monastique ; l'opposition de sa mère à ses secrets désirs, ses premiers triomphes littéraires lui firent oublier un moment ses rêves de solitude ; mais sa mère lui fut enlevée, et le sentiment de sa vocation s'empara de lui avec une nouvelle puissance. Il eut à lutter cependant, non plus contre la tendre autorité d'une mère incapable d'offrir son enfant à Dieu, mais contre des amitiés tenant profondément à son cœur; il faut le dire aussi, contre l'orgueil d'être regardé comme le meilleur poëte de son temps, la satisfaction puissante d'entendre applaudir ses *Mystères* par des milliers de spectateurs enthousiastes. Il essaya de se tromper lui-même, de se persuader que la force intérieure qui le poussait vers le cloître était moins le résultat d'une volonté divine que l'entraînement de mystiques rêveries. Il lutta contre l'ange. Il fut dompté; ployé sous son genou vainqueur, et, quand il comprit enfin ce que voulait Dieu, il répondit en courbant la tête :

— *Fiat !*

Durant un mois, il régla ses affaires, vendit ses biens, mit en ordre ses nombreux manuscrits; ensuite, prêt au départ, il annonça sa résolution à van Goës le jour de son pèlerinage à Notre-Dame-des-Neiges. Le soir même, Hemling apprenait que son ami allait rejoindre au Cloître Rouge la grande et docte famille des *Chanoines réguliers* de Saint-Augustin.

A partir du moment où sa résolution fut prise, Ofhuys se sentit l'âme remplie d'une paix ineffable. A l'orgueil dont il avait éprouvé les tentations et ressenti les capiteuses jouissances succéda l'humi-

lité du chrétien. Il ne voulut point prévenir le supérieur du Cloître Rouge de son arrivée, et donner
à son entrée dans le couvent l'apparence d'un évé-
nement ; il quitta Bruxelles par une belle journée
d'été et vint demander l'hospitalité au père Saint-
Géry.

A cette époque, le monastère de Jeanne de Brabant se composait de deux parties fort distinctes :
le cloître proprement dit, habité par les chanoines,
et les bâtiments réservés aux étrangers. Ils s'y
trouvaient toujours en grand nombre. Les uns venaient demander pour quelques jours l'ombre et
le silence aux cellules et aux ombrages du Cloître
Rouge, et s'y reposer du tumulte des batailles, des
rivalités des cours, des agitations de la politique.
Il n'était pas rare qu'arrivés au Cloître Rouge
pour y demeurer une semaine on y trouvât ces
mêmes étrangers bien des mois plus tard. Le
calme de la vie monastique les enveloppait, les
prenait, les gardait. A l'idée de retrouver au dehors les troubles, les soucis dont ils avaient souffert, ils s'effrayaient si fort qu'ils suppliaient le
père Saint-Géry de les garder, et le couvent
comptait un novice de plus.

Quand Gaspard Ofhuys expliqua au supérieur
le besoin de repos et de prière qui le poussait
vers le cloître, celui-ci, loin de se réjouir d'une
conquête dont l'honneur pouvait être grand pour

l'Église, parut presque effrayé de la résolution du
jeune homme.

— Mon ami, lui dit-il, quand un adolescent
frappe à la porte du Cloître Rouge et vient y
chercher la préservation de sa jeunesse, je me
sens le cœur gonflé d'une indicible joie. Je sais à
l'avance que le paisible bonheur de la vie claus-
trale ne lui permettra jamais de tourner ses regards vers le monde dont les dangers l'effrayèrent... Mais vous vous trouvez, mon fils, dans
une situation bien différente. Jusqu'à cette heure,
vous avez mordu à tous les fruits des bonheurs
humains, et je me demande avec angoisse si vous
ne regretterez jamais les joies d'une grande renommée...

— C'est une fumée vaine, mon père.

— Votre cœur forma sans doute de puissantes
amitiés?

— Je les conserverai en les épurant.

— Votre amour de la gloire devra mourir dans
cette tombe anticipée.

— J'accepte d'avance les plus humbles travaux.

— Vous devez renoncer à tout ce qui jadis
vous fut cher.

— Je me renonce moi-même pour ne plus
chercher que Dieu.

Ofhuys fit ces réponses d'une voix si calme que

le père Saint-Géry n'essaya pas de repousser celui qui venait lui demander une place dans son monastère.

Le supérieur le guida à travers les grands corridors, et lui ouvrant la porte d'une cellule :

— La paix soit avec vous, mon fils! lui dit-il.

Le lendemain Gaspar fut présenté aux pères et aux novices du Cloître Rouge.

Après l'office, l'abbé dit à un moine :

— Mon frère, vous aurez désormais pour aide dans vos travaux de jardinage le nouvel hôte que le Seigneur nous envoie.

Et pendant tout le jour Gaspar bêcha, sarcla, planta, travaillant comme un manœuvre, portant « le poids du jour et de la chaleur » et paraissant oublier d'une façon absolue qu'il était le dramaturge le plus applaudi du Brabant, l'historiographe d'un prince, l'ami de Philippe de Commines, le compagnon d'Hemling et de Hugo van Goës, les premiers artistes de son temps.

Et, tandis qu'il travaillait de ses mains, il chantait au fond de son âme le divin cantique des forêts : « Vous sortirez avec allégresse et vous marcherez dans la paix ; les montagnes et les collines chanteront devant vous, et tous les arbres applaudiront; le cèdre croîtra en place du jonc; le myrte fleurira au lieu de l'ortie ; et vous ferez re-

tentir partout le nom du Seigneur, comme un signal éternel qui ne se taira plus. »

Jamais une plainte ne passa les lèvres d'Ofhuys
pendant qu'il fatiguait son corps à de durs et
obscurs travaux; la plupart des moines ignoraient
son nom. Le père Saint-Géry ne lui témoignait
aucun préférence. Il entrait dans son système d'é-
preuves d'abandonner à ses inspirations, à ses
luttes, le nouvel athlète s'élançant dans l'arène.
Le supérieur du Cloître Rouge comprenait trop
bien quelle responsabilité pesait sur lui pour in-
fluencer la vocation d'un postulant enthousiaste.
Loin de ne lui montrer que les fleurs grandissant
sous la rosée du Calvaire, il couvrait la voie des
nouveaux venus d'épines et de ronces. Ils devaient
traverser le désert avant d'entrer dans la Terre-
Promise. Le digne abbé les abandonnait dans la solitude de leur cœur et de leur esprit, et si Satan
leur montrait les royaumes de ce monde, et
leur criait : « Jette-toi en bas ! » le père Saint-
Géry priait pour eux sans les fortifier, croyant
que durant les combats dont le ciel est la récompense Dieu suffit à soutenir ses saints. Le père
Saint-Géry n'amollissait pas l'esprit et l'âme de
ses moines par les consolations. Il les voulait
forts et victorieux; peu lui importait que la bataille fût rude, s'ils en sortaient triomphants.

Quand des étrangers visitant les magnifiques

jardins du Cloître Rouge demandaient au supérieur :

— Ce frère qui bêche là-bas ne fut-il point une
des gloires des lettres ?

— Il se nomme frère Gaspar, répondait le supérieur.

Les semaines, les mois se passèrent ; le jour
vint où Ofhuys après avoir subi son épreuve put
être admis au bonheur de revêtir l'habit des *chanoines réguliers*. Quand le père Saint-Géry lui annonça cette nouvelle, le poëte de Charles le
Hardi s'écria en frappant sa poitrine :

— Je ne suis pas digne d'un si grand honneur !

Mais en même temps l'expression d'une joie sur-
humaine rayonna sur son visage.

— Mon père, demanda-t-il ensuite, j'ai laissé
dans le monde des amis nombreux, dont les plus
chers sont Hemling et Hugo van Goës ; me permettez-vous de les convier à la fête qui fera de
moi un homme nouveau ?

— Oui, mon fils, répondit le supérieur, et je
vous charge de préparer le logis de vos hôtes et
de leur réserver des places dans la chapelle... Un
messager ira demain les inviter de votre part.

Ofhuys écrivit à ses amis une lettre affectueuse,
puis le courrier partit, et nous l'avons vu frappant
à la porte de l'atelier d'Hugo van Goës, au moment même où le page du duc de Bourgogne se

disposait à remplir la mission confiée par son noble maître.

Dès l'aube, le lendemain, Hugo van Goës et Aléna prirent le chemin du monastère, enseveli comme Groenendal et Sept-Fontaines sous les derniers chênes de la forêt de Soignes.

XIV

FRÈRE GASPAR OFHUYS

Hugo van Goës surveillait avec sollicitude les préparatifs de départ pour l'abbaye du Cloître Rouge. Une litière attendait devant le perron du logis de l'artiste ; et Aléna ne tarda pas à paraître. Son costume, de couleur bleue, seyait admirablement à son visage un peu pâle ; une croix d'or émaillé descendait sur sa poitrine, et ses cheveux blonds se cachaient à demi sous une coiffure de hauteur modeste, si on la comparait à la dimension ordinaire des hennins.

Elle prit la main de son mari, s'assit sur les coussins de la litière dont elle écarta les rideaux afin de regarder encore son petit Hubert qu'une fille de service soulevait dans ses bras, puis Hugo sautant sur son cheval fit un signe, et la litière s'ébranla au pas très-doux de deux mules blanches.

L'artiste marchait assez près du véhicule pour

causer avec Aléna ; la beauté du jour et surtout l'espérance de retourner bientôt à Gand rendaient la jeune femme joyeuse.

Tout à coup cependant un éclair d'angoisse traversa son regard, et s'adressant à son mari elle lui dit rapidement :

— Hugo, regarde bien cet homme enveloppé d'une cape, qui suit le même chemin que nous...

L'artiste suivit l'indication donnée par sa femme.

— Tu le reconnais ? demanda Alina.

— Parfaitement ; c'est Rubbes.

— Que peut-il faire à Bruxelles ?

— Rien de dangereux sans doute. Les Gantois, satisfaits d'avoir été rétablis dans leurs priviléges, songent à leur négoce et ne semblent plus s'occuper de politique. Le prince Charles voit successivement les révoltés rentrer sous son obéissance, et l'ère de la paix et de la prospérité semble venue pour les Flandres... Rubbes n'a donné lieu à aucun rapport défavorable, depuis ce jour où il se montra si audacieux envers monseigneur... Son habileté est grande, et il se peut qu'on lui ait fait à Bruxelles une commande importante.

— Tu as raison, dit Aléna ; cependant tu pourrais avertir les gardes du prince...

— Je le ferai pour te rassurer.

Il est probable que Rubbes, dont l'apparition inattendue causait un si grand effroi à la jeune

femme, reconnut de son côté la reine de rhétorique
et l'ardent défenseur de Charles le Hardi, car il
se retourna deux fois et les suivit longtemps du
regard.

A partir de ce moment jusqu'à l'arrivée de Hugo
et de sa femme au monastère, une préoccupation
involontaire les absorba.

Si van Goës avait essayé de tranquilliser sa
compagne, il n'en pensait pas moins comme elle
que le maître foulon n'était pas de ces hommes que
l'on dompte; Rubbes devait garder des projets et
couver des haines.

Les Gantois semblaient satisfaits et paisibles,
mais les résultats de leur première audace pouvaient les encourager dans la revendication de
nouvelles immunités.

Cependant, dès qu'il aperçut l'abbaye, le cœur
de van Goës s'allégea de son trouble. Le souvenir
de son ami, la préoccupation de la fête à laquelle
il allait assister l'absorbèrent seuls, et au moment
où il présenta la main à sa femme pour l'aider à
descendre de litière Hugo avait retrouvé toute sa
sérénité.

Les cloches sonnaient à grandes volées, les chanoines que l'on voyait traverser les cloîtres et les
salles portaient sur leur visage l'expression d'une
joie recueillie; au milieu des parterres, de jeunes
enfants achevaient leur moisson de fleurs pour

la décoration de l'autel. On allumait les encensoirs dans la sacristie, des centaines de cierges rayonnaient et la foule commençait à envahir la chapelle.

Au premier rang se trouvaient Hugo et sa femme ; Hemling, arrivé la veille et qui avait passé la nuit au couvent, rejoignit ses amis. Il semblait agité ; des émotions pleines de trouble passaient sur son visage, et la rougeur de ses paupières prouvait qu'il avait pleuré.

En quittant Gaspar Ofhuys qui lui consacra une heure de sa soirée, Hemling semblait très-ému ; des mots entrecoupes se pressaient sur ses lèvres, et quand il pressa nerveusement la main de Hugo ce fut avec une sorte de fièvre ; un moment après, profondément recueilli, et les bras croisés sur sa poitrine, il priait au pied de l'autel.

Le son des orgues, le chant des psaumes, les sonores éclats des cloches l'arrachèrent à sa méditation.

Les chanoines entraient dans la chapelle.

Le père Saint-Géry accompagnait Gaspar, et le plus vieux des moines marchait à sa gauche.

L'assemblée tout entière éprouva une étrange oppression. Sans doute la plupart des assistants avaient assez de foi pour ne pas être tentés de plaindre le jeune homme, mais la pensée que Gaspar Ofhuys dont la renommée était populaire ensevelissait dans ce cloître sa jeunesse et son génie impressionnait fortement les témoins de cette cérémonie. Gaspar, les yeux levés vers l'autel avec l'expression d'une joie intérieure dont rien ne saurait rendre la puissance, alla prendre place dans le chœur.

Il n'avait jamais paru plus élégant et plus beau. Son visage pâle tranchait sur son vêtement de velours écarlate ; une lourde chaîne d'or, royal présent du duc Philippe le Bon, ajoutait à la richesse de son costume.

Le chant du *Veni Creator* commença et au-dessus de toutes ces voix il fut possible de distinguer la voix de Gaspar appelant les dons d'en haut pour fortifier et enrichir son âme.

Lorsque Hemling vit disparaître son ami, qu'il ne devait plus jamais revoir paré de la livrée du siècle, un sanglot monta à ses lèvres et il cacha son front dans ses mains.

Quand Ofhuys revint, la robe des chanoines réguliers de Saint-Augustin se drapait autour de sa haute taille. Le sacrifice était consommé, le Cloître Rouge comptait un nouveau moine. Alors le *Te Deum* éclata sous les voûtes de l'église abbatiale. Ne fallait-il point bénir Dieu d'avoir attiré à lui une âme trop grande pour se contenter d'affections périssables et de chimères de gloire ? Ne devait-on point convier le ciel et la terre à partager la joie éprouvée par les habitants du Cloître Rouge à la pensée de voir leur famille s'augmenter d'un tel frère?

Les derniers parfums de l'encens s'évaporèrent sous la voûte de la chapelle, avec les senteurs mourantes des roses; alors les moines sortirent à pas lents. Frère Gaspar quitta la chapelle le dernier; le supérieur et un chanoine centenaire l'escortaient. Durant tout le jour, le nouvel élu devait jouir d'immunités dont le souvenir lui rendrait encore cette journée plus chère. Tous les anciens habitants du Cloître Rouge le félicitaient; les jeunes hommes nouvellement entrés dans ce port de salut l'enviaient; et ceux qui comme Ofhuys avaient eu le temps d'apprécier ce que valent les fumées d'ambition, de gloire et de fortune partageaient le saint enthousiasme du poëte favori de Charles de Bourgogne. Celui-ci, empêché d'assister à la cérémonie, était représenté par Philippe de Commines et plusieurs des seigneurs marquants de sa cour. Quelques-uns s'attristaient profondément de la résolution d'un homme dont le talent excitait autant d'admiration que son caractère inspirait de sympathie.

— On n'a pas le droit de mettre la lumière sous le boisseau! disait le comte de van Oost; le génie vient de Dieu, et nous lui en devons compte. Ofhuys contribuait à la grandeur de son pays, à la

14

moralisation des masses populaires, en composant
et en faisant représenter de magnifiques *mystères.*

— Je suis parfaitement de votre avis, comte
Julian, répondit un élégant seigneur; c'est dé-
daigner les dons de Dieu que de les ensevelir dans
l'ombre d'un monastère. N'est-ce point aussi votre
avis, messire Hemling?

— Non, répondit vivement l'artiste. Si nous devons bénir le ciel pour nous avoir départi les dons
de l'intelligence, nous lui devons mille fois plus
de reconnaissance s'il nous aime assez pour nous
retenir sur les bords du gouffre de l'orgueil, ou
empêcher ce talent de quitter la voie lumineuse
de la morale et de la vertu. Ofhuys est un grand
poëte, un admirable *trouveur,* un dramaturge al-
liant la grandeur de la conception au pathétique
des scènes, à la vérité des caractères. Son œuvre,
s'il consent à la léguer à la postérité, marquera
une époque de l'art et deviendra l'une des plus
brillantes de la Flandre. Et cependant, loin de le
blâmer et de le plaindre, je l'approuve et je l'envie.
Sa foi est assez grande pour lui faire mesurer le
néant de nos ambitions terrestres... Vous vous
étonnez qu'il renonce si aisément aux applaudissements de la foule qui battait des mains à la représentation de ses drames religieux, et qui arrivait au plus haut degré de l'enthousiasme lorsque
de sa voix sourde Ofhuys récitait ses pièces et

ses odes. Mais que savez-vous si des milliers d'anges ne descendent point le soir dans sa froide cellule afin de recueillir les éloquentes prières de ce poëte qui ne daigne plus parler qu'à Dieu? Non, je ne le plains pas, et la dernière parole que je lui adresserai sera pour lui dire qu'il a choisi la meilleure part.

— Pourquoi rester encore dans le monde, si vous gardez une telle opinion? demanda Julian.

— Comte, répondit Hemling, je n'y demeure ni par orgueil ni par faiblesse... Je dois plus que la vie au duc de Bourgogne, et tant que mon noble maître sera de ce monde, et que je pourrai tenir tour à tour un pinceau et une épée, on me trouversa à son côté. Si Dieu nous le retirait, messeigneurs, vous me verriez un jour au fond d'un cloître comme Gaspar.

Hugo van Goës serra la main de son ami.

— Nous étions, Ofhuys, toi et moi, liés par une de ces affections que rien n'entame et ne brise : le premier vient de nous quitter pour Dieu, tu me quitteras pour Charles de Bourgogne...

— C'est vrai, dit Hemling ; mais quand nous resterions seuls, tout seuls sur cette terre de larmes et d'exil, l'Ami céleste nous resterait encore...

L'entretien des anciens compagnons et des admirateurs de Gaspar cessa tout à coup : Ofhuys entrait dans le parloir.

Son beau visage s'éclairait d'une vive joie intérieure ; il marchait avec une légèreté élégante,
comme s'il ne foulait plus la terre; un sourire
entr'ouvrait ses lèvres, sourire grave et doux tout
ensemble et qu'on trouve souvent sur le visage
des êtres voués à Dieu par des vœux solennels.

Après avoir remercié tous ceux qui s'étaient as-
sociés à son bonheur et l'avaient soutenu par leurs
prières, Ofhuys prit Hemling et van Goës à part.

— Venez voir mon royaume, dit-il.

Quand il leur eut montré la salle de communauté,
les réfectoires, les immenses jardins cultivés avec
un art et un soin merveilleux, Ofhuys conduisit
ses amis dans la bibliothèque. Elle était d'une
grande importance pour l'époque. Depuis la fondation du Cloître Rouge, les moines lettrés gardaient pour unique occupation le soin de multiplier les œuvres doctes et saintes. Du reste Sept-
Fontaines, Groenendal imitaient en cela le
Cloître Rouge. Tandis que le soin de la culture
des terres était réservé aux frères moins instruits,
on chargeait les hommes habiles dans les langues
anciennes de copier les œuvres des saints, des
historiens et des poëtes. Une salle entière leur était
réservée à côté de la bibliothèque, et durant plusieurs heures de la journée ils demeuraient pen-
chés sur leurs tables, copiant en large gothique
ou en ronde grasse et espacée les chefs-d'œuvre de

l'antiquité et les compositions des contemporains.

A côté de cette pièce se trouvait celle des enlu-
mineurs.

Devant la place de chacun étaient des godets et
des pains de couleur, des feuilles d'or et d'argent,
des pinceaux.

Tandis qu'Hemling visitait un carton rempli
de feuilles de vélin finement coloriées, la grâce
d'une esquisse le charma. Elle représentait un
épisode de la vie de sainte Ursule. Sans doute
le moine qui l'avait ébauchée s'était arrêté avec le
sentiment de crainte commun à tous les artistes.
Les groupes s'agençaient avec goût; le paysage
ne manquait ni de grâce idéale ni de fraîcheur;
mais, au moment de peindre la virginale figure de
cette fille de roi entourée de ses onze compagnes
comme d'un bouquet de lis, le moine avait hésité;
l'œuvre inachevée attendait l'heure de l'inspiration. Hemling consulta Gaspar du regard, puis,
sur un signe de celui-ci, il saisit un pinceau et peignit avec une rapidité merveilleuse ce que le mi-
niaturiste n'avait pas eu l'audace de finir.

— Que de fois, dit Hemling, je me suis senti
possédé du désir de reproduire l'épopée chrétienne
de sainte Ursule !... Quelque jour, durant une halte
de ma vie, je consulterai les légendaires, et, m'in-
spirant de leurs traits naïfs, de leur récit à la fois

14.

pieux et charmant, je peindrai soit une série de panneaux, soit une magnifique châsse destinée à recevoir les reliques de celle qui préféra sa couronne de vierge à un royal diadème... Vous louerez de ma part le frère inconnu qui commença cette page, et vous le prierez de demander à Dieu qu'il m'accorde le temps de créer ce que je rêve.

— Signe cette peinture, dit doucement Ofhuys à Hemling.

Le nouveau moine et les deux compagnons sortirent de la salle des peintres, et Gaspar leur ouvrit avec une sorte de mystère la porte d'un tout petit atelier.

— Que fait-on ici? demanda van Goës.

— Peut-être ne devrais-je point vous le révéler, mais vous en garderez le secret, jusqu'à que le moine qui travaille seul dans cette chambre, depuis de longues années, soit arrivé au résultat qu'il attend.

Gaspar Ofhuys tira d'un meuble une collection d'images pieuses assez frustes, mais dont la vue arracha cependant un cri de surprise à van Goës.

— Qu'est-ce que cela? demanda-t-il; ces traits naïfs mais exacts et finis ne sont faits ni au crayon ni au pinceau?

— Vous avez raison, répondit Ofhuys; ce sont des gravures.

— Des gravures?

— Cette invention, que son auteur améliorera, sans aucun doute, est destinée à faire une rénovation dans l'art... Un de nos frères a imaginé de graver sur des morceaux de bois d'une essence très-dure l'esquisse des sujets qu'il veut représenter. Il arrivera, sans doute, à rendre les ombres et bien des finesses qui lui échappent aujourd'hui ; mais, telle qu'elle est, sa découverte n'en est pas moins admirable... Un seul bois lui permet de tirer à un nombre d'exemplaires énorme le dessin qu'il a tracé... Voyez les douze gravures destinées à l'ornementation du *Spirituale Pernerium :* ne sont-elles pas déjà en grand progrès sur cette *Vierge* et sur ce *saint Christophe?*

— Si je ne me trompe, dit Hugo, la gravure de cette Vierge porte la date de 1418, et ce saint Christophe celle de 1423...

— Vous avez raison, répondit Gaspar Ofhuys.

— Et depuis cette époque cet inventeur admirable, ce modeste frère cache à tous sa découverte et ses œuvres?

— Il les trouve indignes de la publicité, et je l'affligerais sans doute beaucoup s'il apprenait que je vous ai fait de semblables confidences... Mais j'ai le droit d'être fier du talent de ceux qui sont mes frères et mes maîtres ; et si plus tard on vous parlait de l'art de la gravure comme ayant été

inventé par des hommes assez hardis pour s'emparer des idées d'un moine obscur, vous pourriez
répondre que vous avez vu ici les gravures sur
bois d'Henri van der Baguerde, l'auteur du *Spirituale Pernerium*, et que nous appelons souvent
Henricus de Pernerio... Nous n'avons pas seulement
ici des moines chargés d'écrire sur la foi des livres
savants et des méditations pieuses, nous voulons
vulgariser, éditer les œuvres déjà faites, et de la
trilogie de Groenendal, de Sept-Fontaines et du
Cloître Rouge sortiront des œuvres dont l'art du
scribe et du xilographe feront d'incomparables
chefs-d'œuvre.

— Et, demanda Hugo, cet habile frère est-il
moine depuis longtemps?

— Élevé dans un cloître, il y a grandi; il y
mourra.

— Quel dommage qu'il ait renoncé au monde!
s'écria van Goës; Charles le Hardi l'aurait fait noble et riche.

— Dieu le garde pauvre en ce monde et le comble de joies sans prix.

Les trois amis visitèrent les ateliers de reliure,
puis ils rentrèrent dans le parloir où Aléna les attendait.

Une collation fut servie aux amis de Gaspar,
puis, l'heure du départ étant arrivée, Ofhuys vint
leur serrer la main une dernière fois.

— Priez pour moi, dit Aléna d'une voix douce.

— Je te comprends et je t'admire! murmura
Hemling à l'oreille de son ami.

— Adieu! adieu! dit Hugo van Goës.

— Au revoir! répondit Gaspar d'un accent lent
et doux.

Un moment après, Aléna remontait en litière,
tandis qu'Hugo et Hemling prenaient place à ses
côtés.

XV

UNE HALTE DE BOHÉMIENS

Les visiteurs de la solitude du Cloître Rouge allaient pénétrer dans la ville, quand leur attention fut excitée par le bruit et les chants d'une troupe nombreuse de jongleurs et de jongleresses assemblés devant une auberge. Un grand chariot qui avait amené les bohémiens était encore attelé dans la cour ; les deux chevaux chargés de le traîner semblaient affamés et fatigués. Trois ou quatre femmes assez jolies, au teint bistré, aux yeux semblables à des tisons, agitaient des tambours de basque, tandis que leurs compagnes plus jeunes essayaient un pas étrange, rappelant par sa grâce les jeux mimiques de l'Orient. Deux ou trois enfants se roulaient dans la poussière en s'arrachant les cheveux, tandis que les hommes, grands gaillards au torse maigre, mais aux muscles d'acier, parlementaient avec l'aubergiste. Il était difficile de faire entendre raison à maître Bavon, qui dans

les grandes circonstances faisait valoir alternati-
vement, et selon les besoins de sa cause, des argu-
ments cherchés dans sa conscience ou des raison-
nements puisés dans son avarice.

Bavon, sans être absolument un mauvais
homme, ne méritait pas une confiance exagérée.

Il parlait trop de ses scrupules pour en garder
beaucoup, et ses voisins affirmaient qu'il ajoutait
à son état lucratif de tavernier certains commer-
ces de prêts sur gages et d'avances d'argent sentant plus le juif que le chrétien. Mais quiconque
eût essayé de mettre en doute la parole de Bavon
eût été traité de telle sorte par le tavernier, que des
étrangers seuls pouvaient avoir le courage de lutter contre ce tyran du faubourg.

— Mais enfin, répéta un des bohémiens en s'a-
dressant à Bavon, vous ne pouvez pas refuser de
nous loger, par les mille diables d'enfer!

— Par tous les benoîts saints du paradis! j'en
ai le droit, répondit Bavon. Croyez-vous qu'il me
convienne de céder une partie de ma maison à des
mécréants de votre sorte? Je connais vos maléfices
et vos jongleries... vos accointances avec Satan ont
noirci votre peau et brûlé vos cheveux... Je suis un
brave homme, et qui sait, si j'accordais ce que vous
me demandez, si l'on ne devrait pas demain employer les exorcismes pour chasser le malin esprit
de ma maison?

— C'est à lui tordre le cou, Zanka! dit un des bohémiens.

— Nous aurons toujours le temps, répondit l'autre.

— Essayons une dernière fois de le persuader, ajouta Huned.

— Ne comprends-tu pas, tavernier de malheur! que nous aurons demain plus de ducats qu'il n'en faudra pour solder ton pain, ton lard et ton avoine?

— Qui me le prouve?

— Sais-tu ce qui se passera demain à Bruxelles? reprit Zanka.

— Il vient assez de riches seigneurs dans une taverne pour que j'en sois informé... Monseigneur le duc donne une magnifique fête de nuit sur la Senne.

— Eh bien! voilà, dit Huned.

— Voilà quoi?

— Nous venons pour la fête, mandés par le comte de Gruthuse qui a jadis apprécié nos talents...

— Beaux ménestrels pour une pareille fête! dit Bavon en riant avec mépris, tandis qu'il inspectait du regard les vêtements sommaires des hommes dont la pièce la plus importante était un manteau de drap brun, et en regardant avec mépris la toilette voyante, mais délabrée, des femmes.

— On ne doit pas toujours juger les gens sur la mine, reprit Zanka ; nos habits de bohémiens sont au fond des coffres ; demain les femmes d'Égypte mettront plus de sequins dans leurs cheveux que tu ne gardes de ducats dans ton escarcelle... Que risques-tu? un souper pour nous, la litière pour les chevaux.

— Et la bonne renommée de ma maison, fit le tavernier. Je gage que jamais une noble famille ne s'arrêterait devant ma porte, si je vous donnais asile.

— Tu te trompes, répondit Zanka ; voici deux cavaliers qui ont tout l'air de se diriger de ce côté.

— Allons, hors d'ici, canailles, truands, pille-bourses et coupe-jarrets! s'écria Bavon dont l'indignation s'augmenta singulièrement à la pensée que la présence des jongleurs pouvait lui faire perdre une excellente aubaine.

Mais tandis qu'il s'abandonnait à sa colère, un nouveau venu s'introduisait dans la cour. Après avoir entendu les prières du bohémien et les injures de Bavon, il s'approcha de ce dernier que les zingari entouraient d'une façon peu rassurante, et posant sa lourde main sur l'épaule du tavernier :

— Qu'est-ce à dire? fit-il ; reçoit-on de la sorte les gens du pays d'Égypte chargés de distraire de-

15

main les nobles dames et les grands seigneurs de
la cour de Charles le Hardi?

— Ces jongleurs mentent! dit le tavernier en
écartant les bohémiens pour se rapprocher de l'é-
tranger; et la preuve qu'ils mentent, c'est qu'ils
me demandent crédit...

— Je ferai rentrer ce mensonge dans ta gorge;
ils peuvent payer et ils paieront, puisque monseigneur m'a chargé de leur remettre vingt ducats
d'or d'avance.

— Vingt ducats d'or! s'écria Bavon.

— Tout autant! ajouta le nouveau venu.

Puis se tournant vers celui qui paraissait être le
chef de la troupe :

— Je vais vous compter la somme, dit-il, mais
je vous donnerai en même temps un conseil : laissez le tavernier à ses honnêtes scrupules; je sais
plus d'une hôtellerie où l'on se fera un plaisir de
vous recevoir.

— Comment! s'écria Bavon, ces voyageurs quit-
teraient mon hôtellerie!... La voiture est remisée,
le picotin servi, le dîner commandé... Je ne souffrirai pas que les jongleurs de notre gracieux
duc...

— Et les exorcismes de demain?

— Bah! vous n'évoquerez pas Satan ce soir.

— Et le mauvais renom que notre présence va
donner à cette taverne?

— Vous n'êtes pas si diables que vous êtes noirs ;
les femmes chantent fort bien, sur ma foi ! et les
enfants deviendront peut-être des chrétiens.

— Allons ! fit l'étranger, voici trois ducats pour
le souper, la nuit et la journée de demain ; signale
ton zèle pour monseigneur.

— Vive le duc de Bourgogne ! cria Bavon.

Le tavernier gagna sa cuisine et commença à
surveiller consciencieusement ses fourneaux.

Zanka se rapprocha de l'étranger.

— Ce que vous avez dit est-il vrai ?

— Nullement ; j'ai voulu vous rendre service,
voilà tout.

— Merci, dit Zanka ; j'accepte, mais les services se paient. Que me demanderez-vous en retour ?

— Bien peu de chose, répondit le voyageur.

— Mais encore ?

— Je suis trop dépourvu de naissance pour être
invité par monseigneur à sa fête de nuit, et trop
ignorant pour y être engagé comme vous en qualité de musicien ; cependant j'ai le plus vif désir
d'assister au concert qui sera donné sur la
Senne.

— Rien de plus facile, répondit Zanka ; vous
viendrez avec nous.

— J'ai deux frères.

— Nous leur ferons place.

— Vous joindrez à cette complaisance celle de nous prêter des costumes.

— Trois de mes compagnons sont morts l'an passé ; c'étaient de fiers hommes, et vous porterez très-bien leurs habits... Pour le reste, nous vous donnerons des tambours de basque... C'est un instrument dont on joue sans avoir jamais appris.

— Je vous suis redevable désormais, dit l'étranger.

— Ainsi, demanda Zanka, vous souhaitez beaucoup voir le prince ?

— Plus que vous ne sauriez croire.

— Si le hasard ne vous avait pas rapprochés de nous, comment vous y seriez-vous pris pour réussir ?

— J'ai souvent l'habitude d'abandonner beaucoup de choses au hasard. — Il m'a bien servi... Ce qu'on veut, on le peut ; il ne s'agit que d'attendre.

Bavon parut sur le perron de la taverne.

— La cervoise est tirée, le souper est prêt.

Les hommes gravirent en quelques enjambées la distance qui les séparait du perron ; les femmes continuaient leur chant bizarre ; elles ne devaient souper qu'après les hommes.

Si vite que les bohémiens fussent entrés dans la salle basse de la taverne, Hugo van Goës, dont l'attention était excitée par les refrains des zingarelles, crut reconnaître la taille gigantesque d'un homme dont le souvenir lui causait toujours un certain frisson.

— Hemling, dit-il, as-tu vu les quatre voyageurs qui sont entrés chez maître Bavon?

— Oui, répondit l'artiste.

— Trois sont des bohémiens, ajouta Hugo ; le quatrième...

— Est Rubbes en personne.

— Je ne sais pourquoi la présence de cet homme à Bruxelles m'effraie.

— Elle peut être fortuite.

— Si j'étais chargé de la police de la ville...

— Que ferais-tu?

— Je donnerais ordre de l'arrêter.

— Ce serait peut-être violent... Il y aurait un moyen plus adroit d'apprendre ce que nous voulons connaître...

— Lequel?

— Si nous questionnions maître Rubbes?

— Il ne serait sans doute guère disposé à te répondre.

— Sa discrétion ou son embarras me dicterait ma conduite.

— Tu as raison, Hemling, sachons ce que cet ancien chef des Chaperons blancs de Gand vient faire à Bruxelles.

— J'ai trouvé, dit Hugo.

— Quoi?

— Le moyen de surveiller l'auberge d'abord, maître Rubbes ensuite.

— Et c'est...

— Tu vas voir.

Van Goës s'approcha de la litière de sa femme.

— Aléna, lui dit-il, voici dansant et chantant d'étranges et diaboliques créatures, dont j'aimerais à prendre le croquis... Si vous y consentiez, je resterais ici une heure au plus, avec Hemling, tandis que vous regagneriez tranquillement la maison où nous attend notre petit ange.

— Hugo, demanda la jeune femme, ne pouvez-vous payer ces femmes afin qu'elles viennent demain poser dans votre atelier?

— Sans doute, Aléna, s'il s'agissait seulement de copier leurs traits et leurs lambeaux pittoresques; mais pour le tableau que je rêve j'ai besoin de mille détails dont le souvenir et l'impression m'échapperaient à la fois. Il me faut en guise de fond cette taverne tenant moins de la maison que de la masure, cette cour dans laquelle sont réunies les charrettes et qu'encombre en ce moment le logis ambulant des bohémiens, enfin ce merveilleux soleil couchant dont les rayons tombent avec profusion sur les étranges créatures qui dansent devant nous.

— Faites à votre volonté, Hugo, répondit Aléna; n'oubliez pas seulement que je vous attendrai avec impatience.

— Sois tranquille, chère femme ; je serai de retour dans deux heures.

Aléna sourit, van Goës donna un ordre et la litière se mit en marche.

Aussitôt Hemling et Hugo mirent pied à terre.

Sans appeler aucun des maigres serviteurs de la taverne, les deux artistes s'assirent sur une large pierre qui autrefois servait de montoir, et, cherchant dans leurs escarcelles le papier et les crayons dont ils étaient toujours munis, ils commencèrent à esquisser le groupe des bohémiennes.

Celles-ci remarquèrent les artistes, leur visage bronzé s'éclaira d'un sourire, et sans discontinuer leurs danses elles jetèrent leurs tambours et commencèrent un chant guttural et rhythmé.

— Nous sommes admirablement placés pour surveiller cette taverne du diable, dit Hugo ; si Rubbes en veut sortir, il sera obligé de passer devant nous ; s'il y demeure, nous saurons comment nous y prendre pour le faire épier.

— Mais, dit Hemling, le prétexte dont nous nous servons nous manquera au coucher du soleil.

— Bah ! fit Hugo, je pousserai bien le dévouement jusqu'à souper chez maître Bavon.

Ainsi que l'avait prévu Hemling, le jour baissa avant que les hommes eussent fini leur repas.

Les deux amis serrèrent leurs dessins, les égyptiennes fatiguées commencèrent à s'apercevoir que les enfants faisaient beaucoup de tapage ; elles se consultèrent un moment, puis elles prirent le parti d'entrer dans la grande salle.

— Suivons-les, dit Hugo.

Les artistes franchirent le seuil de la taverne, frappèrent sur la table du pommeau d'un poignard passé à leur ceinture, et commandèrent un dîner assez compliqué, afin d'avoir le temps d'observer les gitanos.

Du premier regard, ils avaient constaté l'absence de Rubbes.

— Nous nous serons trompés, dit Hemling.

— Je ne le crois pas, répondit van Goës ; un homme de cette taille et de cette allure n'est pas facile à confondre même avec de robustes compagnons.

Mais s'il n'avait pas été dupe d'une illusion, Hugo fut du moins obligé de convenir que leur espérance de retrouver le forgeron resterait vaine, car il ne tarda pas à s'apercevoir que la maison ayant une double issue, Rubbes avait dû la quitter depuis assez longtemps.

Peut-être pourraient-ils apprendre quelque chose en faisant parler les bohémiens ; mais ceux-ci ne semblaient nullement disposés à se lier avec leurs opulents voisins, qu'ils semblaient étudier, regarder avec défiance, et dont la présence paraissait les gêner.

Húgo s'adressa à la plus jeune des égyptiennes.

— Voulez-vous gagner demain un ducat? lui demanda-t-il.

— On désire toujours gagner un ducat, messire... S'agit-il de tirer votre horoscope ou de lire votre destinée dans les lignes de votre main?

— Nullement, répondit Hugo.

— Voulez-vous réduire un ennemi à l'impuissance ou devenir l'époux d'une jeune fille?

— J'ai la meilleure des femmes, répondit Hugo, et je ne me connais pas d'ennemis.

— Que souhaitez-vous donc, seigneur?

— Que vous veniez, vous et vos compagnes, pour demain dans mon atelier; si un ducat ne vous suffit pas...

— Le salaire serait suffisant un autre jour, répondit la fille de Bohême, mais demain toutes nos heures sont prises : hommes et femmes, nous faisons partie des chanteurs et des musiciens recrutés pour la fête de monseigneur de Bourgogne.

— Ah! dit Hugo avec surprise; et qui vous a engagés en son nom?

— Le comte de Gruthuse, répondit la jeune fille.

— Et si vous en doutez, messire, reprit Zanka en se levant d'une façon peu encourageante, vous pouvez vous en assurer demain.

— C'est singulier, murmura Hugo à l'oreille

15.

d'Hemling, le comte de Gruthuse n'est pas à Bruxelles.

« Je ne sais pourquoi, reprit Hugo à voix haute, je redoute une erreur ou un piége... Le prince compte parmi ses musiciens un grand nombre de gens de talent, et je trouve étrange qu'il fasse mander une troupe de zingari.

— Voulez-vous une preuve que le comte de Gruthuse nous a mandés?

— Oui, répondit Hugo.

— Eh bien! c'est que nous avons reçu des arrhes.

— Payées par le comte de Gruthuse?

— Par un homme venant de sa part du moins... Notre séjour à l'auberge est garanti, et il nous reste vingt belles pièces d'argent pour la toilette des femmes.

— Et le messager du comte vous les a comptées aujourd'hui?

— Tout à l'heure, répondit Zanka; il venait de sortir quand vous êtes entrés.

— En ce cas, j'avais tort de vous mettre en garde contre la solidité de votre engagement, dit Hugo. Bonne chance, camarades! je vous écouterai demain soir avec plaisir.

Hemling et Hugo se levèrent et quittèrent la taverne.

Ils sautèrent sur leurs chevaux et les mirent au pas.

— Plus que jamais, dit Hugo, je me défie de ce qui se passe.

— Cependant, répliqua Hemling, ce n'est pas la première fois que des jongleurs et des jongleresses concourent à la splendeur d'une fête...

— Je le sais bien ! mais rien ne m'ôtera de l'idée que Rubbes, ce misérable Rubbes que je crois aussi bien capable d'exciter une émeute que d'assassiner un homme qu'il hait, ne soit à Bruxelles dans de méchantes intentions... Je me réjouissais hier à la pensée d'assister à ce concert sur l'eau ; je me demande à cette heure s'il ne sera pas troublé par quelque catastrophe imprévue.

— Je crois tes craintes chimériques, répondit Hemling, mais je tiens toujours compte des pressentiments ; il me semble qu'ils nous viennent de Dieu... Plus que jamais nous veillerons sur le duc... Nous avons sauvé sa fille à Gand, nous le défendrons à Bruxelles.

Durant le trajet, ils rappelèrent les épisodes divers de l'émeute des Gantois, et Hugo ajouta :

— Le pays de Gand est resté hostile au duc, et ni Rubbes ni les *Chaperons blancs* ne lui rendront l'amitié qu'ils portaient au comte de Charolais. Philippe le Bon avait bien raison de le dire : « Les Gantois aiment le fils de leur duc ; mais le duc lui-même, jamais ! » Et Charles le Hardi est duc de Bourgogne et maître des Flandres.

Hemling et Hugo se trouvaient en ce moment en face du logis de van Goës. Celui-ci pressa son ami d'entrer, mais Hemling refusa, et promit seulement de venir chercher Hugo avant la fête, et d'amener trois peintres de ses plus intimes amis, solidement armés sous leur costume de fête.

Aléna, penchée à la fenêtre, attendait son mari. Elle tenait dans ses bras Hubert souriant et joueur.

La vue de ces deux êtres charmants et purs amena un peu de calme dans les pensées de Hugo.

— La bénédiction de Dieu est sur moi, puisqu'il me les a donnés ! murmura-t-il.

Et, passant la main sur son front rasséréné, Hugo rejoignit Aléna et serra Hubert dans ses bras.

XVI

UNE FÊTE

La Senne présentait un admirable tableau : en opposition avec la ville enveloppée d'obscurité, le petit fleuve couvert de barques brillamment éclairées semblait charrier des milliers d'étoiles. Chacune de ces barques, tendue d'étoffes précieuses, dont les crépines d'or et d'argent dépassaient le rebord, se trouvait pavoisée des couleurs du duc de Bourgogne et des bannières des seigneurs qui les montaient. Un vent léger faisait ondoyer leurs plis au-dessus des fronts des jeunes femmes en costume de cour qui, assises sur des piles de coussins armoriés, écoutaient les refrains des chanteurs et le son des instruments adoucis par la distance. Dans la barque la plus richement pavoisée se tenaient le duc de Bourgogne, sa fille Marie, qui devenait plus belle et plus séduisante à mesure qu'elle grandissait, deux de ses femmes et trois princes étrangers, hôtes de Charles le Hardi.

La nuit était d'une étrange douceur; dans le fond de chaque barque, on avait semé des gerbes de fleurs exhalant un léger arôme. Les rames, maniées légèrement, faisaient peu de bruit en frappant l'eau. Le ciel paraissait d'autant plus sombre que la Senne éblouissait davantage. On eût dit qu'elle charriait du feu. Sur les rives se pressait une foule joyeuse, enthousiaste, criant « noël » et applaudissant. Le passage de chaque barque, dont il était facile de reconnaître les propriétaires, était salué par des acclamations plus ou moins enthousiastes, plus ou moins sympathiques. Le populaire prenait à cette fête de nuit un plaisir presque aussi grand que les favoris à qui le prince l'offrait.

Une des barques les plus remarquées fut celle que montaient une douzaine d'artistes de Bruxelles. Outre les couleurs nationales de leur pays, ils avaient peint une bannière sur laquelle s'étalait une palette d'or dont les couleurs étaient représentées par des pierres de couleur scintillant comme des diamants. Groupés autour du mât, ils semblaient s'abandonner d'une façon absolue au charme de la fête nocturne, et cependant le front de plusieurs d'entre eux gardait un pli d'inquiétude.

Jusqu'à ce moment, les chanteurs et les musiciens avaient joué les airs populaires des Flandres et chanté les vers de ses meilleurs poëtes. Tandis

que Gaspar Ofhuys priait dans sa cellule, les ménestrels du duc de Bourgogne répétaient ses plus
charmantes poésies.

Tout à coup les musiciens se turent en même
temps que les chanteurs, et l'on entendit s'élever
un chœur formé d'un nombre égal de voix d'hommes et de femmes, chantant, dans une langue
bizarre, gutturale, mais qui n'était pas sans harmonie. Tantôt basse et presque sourde, tantôt
alerte et vive comme un cri d'oiseau, souvent lan-
guissante et comme endormie, elle se relevait sou-
dain avec une puissance étrange, lançant des fusées
de notes accompagnées par les accords des rebecs,
des flûtes, et les grondements des tambours de
basque dont les femmes secouaient les grelots.

Rien d'étrange et de charmant comme la barque
montée par les jongleurs et les jongleresses. Elle
représentait un énorme dragon dressant sa tête
bizarre munie de courtes ailes membraneuses et
de petites cornes recourbées; sa queue mobile se
prolongeant à l'arrière servait de gouvernail et ses
vastes flancs rebondis renfermaient une vingtaine
de bohémiens et de bohémiennes vêtus d'habillements rouges, verts ou bleus, drapés avec une fan-
taisie élégante. Des sequins brillaient dans les
cheveux des femmes, d'autres ruisselaient sur leur
poitrine; des anneaux d'argent bruissaient autour
de leurs chevilles, à leurs bras, et une frange d'or

se perdait dans les plis de leurs jupes cramoisies.

On ne voyait aucune lumière dans cette barque, mais des yeux et de la gueule du dragon jaillissaient des gerbes de clartés, et de temps à autre une flamme bleue, verte ou orangée s'élevait du fond du canot, enveloppant les jongleurs de lueurs fulgurantes. Des hommes vêtus en démons se tenaient courbés sur les rames.

L'apparition du dragon, les chants des hommes et des filles de Bohême excitèrent à la fois la curiosité et l'enthousiasme. Les applaudissements doublèrent l'entrain des jongleurs et des jongleresses, et le duc de Bourgogne promit une large récompense à celui de ses familiers qui avait eu la bonne inspiration de lui ménager cette surprise.

La princesse Marie, debout entre ses deux dames d'honneur, supplia son père de faire ralentir la marche de la barque ducale, afin de permettre au dragon de s'approcher davantage.

Les rameurs de cet étrange canot comprirent le souhait de l'enfant, car le dragon, crachant du feu et laissant jaillir par ses yeux des milliers d'étincelles, nagea rapidement, et ne tarda pas à se trouver très-près de la barque du prince.

Les chanteurs puisèrent dans le voisinage de celui-ci et de ses familiers un encouragement nouveau, car leur voix s'éleva plus éclatante, et les filles de Bohême, ne se contentant plus de faire alterner leur voix avec celles des hommes, esquissèrent des pas de danse sur le mobile plancher du canot. Elles passaient et repassaient dans les méandres d'une ronde fantastique, à la clarté fulgurante des torches, des lanternes, des pots à feu. Esprits des flammes, elles tournoyaient dans un foyer incandescent. Les paillettes de leurs jupes, les franges d'or de leurs ceintures, les sequins de leurs tresses accrochaient la lumière et la renvoyaient scintillante avec des feux prismatiques inattendus. Leurs bras élevaient les tambours à grelots avec une grâce bizarre, et le tourbillonnement de la danse les entraîna bientôt avec tant de vitesse qu'il devint impossible de distinguer le mouvement de leurs petits pieds bruns.

Tout à coup, en même temps que leurs chants et leur ronde, les feux vomis par le dragon s'arrêtèrent. On eût dit qu'un rideau tombait sur ce prestigieux spectacle. La foule, captivée par la musique des bohémiens, applaudit bruyamment, et Hugo van Goës, dont l'amour de l'art domina un moment les dernières préoccupations, ne put s'empêcher de s'écrier :

— C'est vraiment un curieux tableau.

La princesse Marie était tombée dans une sorte de rêverie. Après avoir cédé à l'entraînante harmonie des bohémiens, elle éprouvait le besoin d'en-

tendre des airs moins bizarres et d'échapper à
l'étrange en retrouvant l'idéal. La poésie de cette
âme d'enfant se trahissait sous mille formes, et
Marie, s'approchant de son père, lui dit, en entou-
rant son cou de ses bras :

— Je vous en supplie, priez ma chère Aléna de
chanter maintenant ; je viens d'entendre un chœur
de démons, j'ai besoin d'écouter la voix d'un ange.

— Mais, ma chérie, répondit le duc de Bourgogne, ce que vous souhaitez est impossible...
Comment voulez-vous que l'on paraisse assimiler
la femme d'Hugo van Goës à ces filles d'Égypte,
en lui demandant de chanter après elles ?...

— Ne craignez rien, père ; la belle reine de rhétorique, de Gand, ne saurait refuser la pauvre petite
princesse qui lui doit la vie... Et puis, si vous le
permettez, demain je lui enverrai mon collier...

— Ainsi ferai, ma chérie ; je vais transmettre
votre prière à Hugo van Goës.

Le duc appela l'artiste.

La barque des peintres, parmi lesquels se trouvaient Hugo et Hemling, glissait en ce moment
à côté de celle du duc de Bourgogne. Il fut facile
au prince de dire à son favori :

— Hugo, mon ami, il s'agit de causer une grande
joie à votre prince et à sa fille.

— Parlez, monseigneur.

— Je n'ose point, en vérité.

— Vous savez bien que vous pouvez me demander ma vie, monseigneur.

— Eh bien! par cette belle nuit, la dernière peut-être que nous passerons ensemble, puisque vous voulez abandonner Bruxelles pour Gand, je souhaiterais encore entendre la voix suave d'Aléna.

— Ce soir, ici?

— Tout à l'heure, Hugo... sans orchestre... Les sons que votre femme tire de l'orgue ou du rebec suffiront pour accompagner sa voix merveilleuse, qui fait rêver des anges à ma poétique Marie.

— Vous serez obéi, monseigneur, dit Hugo.

L'artiste ne se trouvait point éloigné de la barque dans laquelle Aléna restait paisiblement assise. La jeune femme assistait à la fête, mais sa pensée était loin, bien loin; elle rejoignait Jacob Weyten dans la maison de Gand, ou bien elle se reposait comme une bénédiction sur son enfant endormi.

Elle entendait vaguement les accords des orchestres et les chœurs; l'harmonie accompagnait ses rêves sans les distraire.

Quand Hugo, passant de l'arrière de son canot à la barque d'Aléna, s'assit à côté de sa jeune femme dont il pressa la main avec tendresse, Aléna parut s'éveiller d'un songe.

— La fête est terminée, n'est-ce pas? demanda-t-elle.

— Tout à l'heure, chérie ; souffres-tu ?

— Non ; mais il me tarde d'embrasser Hubert.

— Si tu le veux, nous quitterons la fête avant la fin.

— Que faut-il faire pour cela ?

— Accéder à un souhait du prince.

— Parle vite, cher Hugo.

— Charles le Hardi et sa fille Marie souhaitent t'entendre chanter...

Hugo, qui redoutait un refus, fut à la fois surpris et charmé de la réponse d'Aléna.

— Monseigneur de Bourgogne et sa fille Marie ont été très-bons pour nous... Puisque je dois les quitter demain, je consens à leur dire adieu... Adieu, comprends-tu, mon ami ?... Plus de fêtes pendant lesquelles le bruit remplace la joie, plus d'habillements somptueux sous lesquels il semble que le cœur batte moins à l'aise... plus de faux orgueil, de rire sans cause, d'apparence de bonheur, de fausseté, de convention... La vie retirée, la vie de famille, la vie avec toi, avec mon enfant... Oui, je chanterai, Hugo, et je ne veux pas que jamais ma voix ait été plus vibrante et plus joyeuse... Que l'un des musiciens me passe un instrument, je m'accompagnerai presque sans bruit...

Un instant après, Aléna, debout à l'arrière de la barque, effleurait de ses doigts blancs les cordes d'une viole.

La jeune femme, vêtue de blanc, la tête légèrement renversée en arrière, les yeux tournés vers
le ciel, était à cette heure d'une beauté vraiment
idéale. Les lueurs brillantes des pots à feu l'enveloppaient d'une lumière intense ; elle s'enlevait sur
ce fond de clartés comme une figure de sainte
prête à quitter la terre.

Aléna chanta des paroles que nul n'avait en-
tendues et improvisa un air empreint des mélan-
colies célestes. Elle regrettait une patrie perdue
vers laquelle tendaient ses vœux, et des larmes
vinrent aux yeux de plus d'un des auditeurs, tandis que sa voix pure disait ces strophes douces
et tristes :

Qu'as-tu, ma pauvre enfant? tu pâlis, tu succombes...
Où souffres-tu? Je veille et je pleure avec toi ;
Sur tes yeux qui jadis rayonnaient devant moi,
Ta paupière alourdie avec langueur retombe.

Je devine ton mal, je l'ai lu dans tes yeux.
C'est le mal du pays : — tu regardes les cieux !

Veux-tu revoir le ciel où passa ton enfance,
La maison paternelle et les rosiers en fleurs?
Sur terre, me dis-tu, nous sommes voyageurs,
Et c'est plus haut encor que ton désir s'élance.

Oh! je connais ton mal, je l'ai lu dans tes yeux.
C'est le mal du pays : — tu regardes les cieux.

Les fleurs n'ont ici-bas qu'un parfum éphémère ;
L'amitié n'est qu'un mot et le monde est trompeur ;
Tu verrais par degrés mourir ton pauvre cœur,
Tu veux le rendre à Dieu dans sa splendeur première.

Oh! je comprends ton mal, je l'ai lu dans tes yeux,
C'est le mal du pays : — tu regardes les cieux!

J'appelle aussi le terme où ta pensée aspire...
Le trépas est pour nous l'aurore d'un beau jour;
La terre est la douleur, le ciel est tout amour,
Et l'on commence à vivre à l'heure où l'on expire!...

Je partage ton mal, je l'ai pris dans tes yeux.
C'est le mal du pays : — et le nôtre est aux cieux!

Les barques avaient ralenti leur course tandis que chantait Aléna. Les passagers écoutaient, attentifs et charmés, cette voix harmonieuse et pénétrante; la princesse Marie surtout paraissait profondément émue. Quant à Hugo van Goës, deux grosses larmes roulaient sur sa joue tandis qu'il attachait sur sa femme un regard empreint d'une ardente tendresse.

Aléna venait d'achever le dernier vers, et ses doigts légers, effleurant les cordes de la viole, en tiraient un accord prolongé, quand un choc subit imprimé à la barque dans laquelle se trouvait Aléna lui fit perdre l'équilibre, et avant qu'il fût possible de lui porter secours, le léger canot chavira, entraînant dans la Senne les rameurs et l'infortunée jeune femme.

Van Goës poussa un cri terrible, et sans calculer le danger, sans songer que sous l'eau couverte de barques il lui serait impossible de retrouver Aléna, il se précipita dans le fleuve en prononçant le nom de celle qu'il chérissait d'une si profonde tendresse.

Cette catastrophe arracha aux promeneurs une clameur d'épouvante; mais ce premier drame ne fut que le prélude d'une scène dont la plupart des conviés du prince devinrent les acteurs.

Le brusque mouvement imprimé à la barque d'Aléna avait été produit par le choc rapide, imprévu, du dragon rempli de jongleurs et de chanteurs bohémiens. A un signal donné par un des hommes qui le montaient, l'étrange canot alla heurter la barque placée à sa droite, et tandis que les feux s'éteignaient à bord, le dragon frôla de si près la barque ducale que six des musiciens en franchirent le bord.

— Au duc! au duc! cria une voix tonnante.

En une seconde, Charles le Hardi se trouva debout, une dague d'une main, une épée de l'autre. Il y eut un moment d'effroi général, de panique horrible. Des femmes s'évanouirent; les hommes, retrouvant soudainement le sang-froid et le courage, s'élancèrent vers le prince pour le défendre. Les premiers de tous furent les artistes peintres et sculpteurs flamands, à la tête desquels se trouvait Hemling. La chute d'Aléna, le dévouement d'Hugo van Goës, l'abordage du canot ducal par les six conjurés cachés au milieu des bohémiens, ces scènes diverses également imprévues et terribles se passèrent avec une simultanéité si grande que dans les derniers canots des invités, suivant le cours de la Senne, on n'apprit ce qui s'était passé qu'au moment où justice fut faite.

Dans la barque ducale, le sang coulait... Rubbes, armé d'une courte masse de fer, s'élançait sur Charles de Bourgogne, quand l'épée d'Hemling l'atteignit à l'épaule ; le colossal foulon changea son arme de main, et la leva de nouveau... cette fois, c'en était fait du prince, si l'artiste, étreignant Charles de Bourgogne corps à corps, ne lui avait servi de bouclier vivant, tandis que l'un des seigneurs abattait d'un revers de glaive le poignet du régicide qui, poussant un hurlement sauvage, recula en agitant son moignon sanglant.

— Au duc ! sus au duc ! répétait-il d'une voix farouche, tandis que ses compagnons, criblés de blessures et couverts de sang, luttaient avec une sauvage énergie contre les défenseurs du prince.

Celui-ci frappait des deux mains, et chacun de ses coups faisait une blessure. A la lueur des torches et des pots à feu, on voyait son visage calme au milieu de cette scène de meurtre. On eût dit qu'il défendait une autre vie que la sienne, et qu'il ne se trouvait pas directement en jeu dans cette mêlée. Sous le poids des défenseurs qui s'é-taient élancés vers le duc, la barque ducale menaçait de sombrer. Les corps des six hommes ha-

billés en bohémiens restaient au fond du canot,
et des blasphèmes inarticulés, de sourdes impré-
cations prouvaient seulement que la vie n'avait
point encore abandonné ces misérables.

— Messieurs, dit le duc en remettant sa dague
et son poignard à sa ceinture, je vous demande
pardon d'avoir attristé cette fête par un semblable intermède, mais, en vérité, il n'y a nullement de ma faute.

Et Charles de Bourgogne ajouta en s'adressant
aux mariniers :

— Atterrissons le plus vite possible.

Hemling pria le prince de passer dans une autre
barque, Charles franchit le bord du canot pavoisé
des artistes, et les comptant du regard :

— Où se trouve mon fidèle Hugo? demanda-
t-il.

Alors seulement on se souvint du choc qui avait
arraché un cri à Aléna, et comme on vit au loin
flotter un canot dont la quille noire surnageait,
une terrible pensée s'empara en même temps de
tous les esprits.

— Aléna? où est Aléna? demandèrent vingt
voix.

— Van Goës, appela le duc, van Goës?

Nul ne répondit à ce double appel, et une inex-
primable angoisse vint s'ajouter au bouleversement
causé par la tentative d'assassinat à laquelle le

16

prince venait d'échapper d'une façon miraculeuse.

Les inquiétudes d'Hemling gagnèrent Charles
de Bourgogne ; on vit sur son beau visage, que la terreur n'avait pas même fait pâlir, l'expression d'une
véritable douleur quand il apprit que parmi les
barques on ne retrouvait point celle de van Goës,
et que sans nul doute le canot submergé était
celui dans lequel Aléna, belle de jeunesse, d'inspiration et de grâce, chantait, quelques secondes
avant le crime de Rubbes le régicide.

— Hugo ! Hugo ! une fortune à qui sauvera le
grand artiste, à qui me rendra mon ami ! répétait
le duc.

En un instant, les canots abordèrent, la foule
des invités gagna le rivage, on put se compter, se
chercher : ni Hugo ni Aléna ne se trouvaient là.
On enleva les faux bohémiens dans lesquels le
prince reconnut les mutins de Gand ; les jongleurs
et leurs compagnes furent provisoirement arrêtés,
et cette troupe élégante et joyeuse qui, deux heures
auparavant, quittait la rive au bruit d'acclamations
enthousiastes et de chants de fête, reprit le chemin
de la capitale l'angoisse au cœur, les larmes aux
yeux.

Bientôt se répandit dans Bruxelles la double
nouvelle du complot et du sinistre. Les habitants,
restés pour la plupart sur les bords de la Senne

afin d'attendre le retour des barques, s'élancèrent au-devant du prince, remerciant le ciel de l'avoir arraché au danger.

Les hommes du peuple se frayaient un passage au milieu des groupes d'invités ; ils voulaient revoir leur duc, leur protecteur, l'assurer de leur dévouement et de leur amour. Il fallut qu'on leur montrât la princesse Marie qui, à demi morte de frayeur, versait encore de grosses larmes. Le retour de Charles de Bourgogne dans sa bonne ville de Bruxelles eût pris les proportions d'une ovation, si l'inquiétude du prince au sujet d'Hugo lui eût permis de songer à autre chose qu'au généreux et habile artiste.

Hélas ! toute espérance semblait complétement perdue.

La barque remise à flot était bien celle qu'occupaient Aléna et son mari au moment où le heurt du canot des bohémiens précipita par-dessus le bord la jeune femme dont les lèvres achevaient ce refrain empreint d'un caractère si puissant de nostalgie céleste :

> Je partage ton mal, je l'ai pris dans tes yeux.
> C'est le mal du pays : — et le nôtre est aux cieux !

La blanche et angélique fille de Jacob Weyten, la perle de Gand, la radieuse reine de rhétorique avait été rejoindre les anges.

XVII

L'EAU ET LE FEU

Lorsque Hugo van Goës se précipita dans la Senne, il lui sembla rouler dans un abîme sans fin; ses bras s'étendirent au hasard, cherchant à saisir Aléna par ses vêtements; mais les sombres profondeurs de l'eau, succédant aux éblouissements d'une illumination féerique, ne lui permirent de rien distinguer. Le souffle lui manquait; il remonta, mais alors son front heurta la quille noire du dernier canot courant sur la Senne à force de rames, tandis que le tumulte grandissait autour de la barque de Charles le Hardi. Étourdi par ce coup, Hugo retomba et, à force de volonté, parvint, en dépit de cuisantes douleurs, à reprendre la régularité des mouvements du nageur. Hélas! ses recherches demeuraient stériles. La fatigue ne tarda pas à s'unir au désespoir. Hugo, voyant qu'Aléna était à jamais perdue, se demanda pourquoi il lutterait contre la mort. Et, perdant l'énergie de la lutte, il s'abandonna au courant. Mais cette faiblesse ne dura pas assez pour l'engourdir d'une façon complète ; van Goës était trop profondément chrétien pour ne point sentir le réveil de sa conscience. Il n'avait pas le droit de mourir par le suicide, et il devait essayer de lutter encore. Le souvenir de Notre-Dame-des-Neiges traversa son souvenir ; Hugo remonta à la surface aussi rapidement que le lui permettaient ses forces, puis, ayant aspiré l'air à pleins poumons, il sentit renaître ses forces et se disposa à plonger de nouveau. Tandis qu'il respirait, les barques lumineuses fuyaient vers la rive ; mais, pour une raison que van Goës ne s'expliqua pas, il lui sembla qu'au lieu de revenir dans la direction de la ville elles abordaient une rive sauvage et abandonnée. Du reste, cette réflexion traversa à peine le cerveau fatigué du malheureux : il étendit les bras et redescendit. En ce moment, comme si la Providence tenait à le payer de ses courageux efforts, une masse blanche flotta devant lui, non pas en suivant le courant, mais poussée vers le bord de la Senne, baignant de vastes prairies. Les mains de Hugo saisirent une draperie, un corps léger frôla ses membres, et, le soutenant d'une main, tandis qu'il étouffait un cri de joie, il se remit à nager. Ses forces lui revenaient. Il n'en doutait pas, c'était bien son Aléna que le Seigneur venait

16.

de lui rendre. Cependant, au bout d'un moment, il
sentit ses jambes se raidir, le corps si léger de la
jeune femme lui parut peser un poids énorme.
Hugo avançait avec peine, un cercle de fer pressait son front, des bruits sourds l'étourdissaient;
il tremblait de retomber dans l'abîme avec celle
que Dieu venait de lui rendre... Enfin une de ses
mains parvint à saisir une branche de saule, ses
orteils s'enfoncèrent dans un sol humide, et il
atteignit le bord d'un grand pré. A peine s'y trou-
vait-il en sûreté, qu'écartant du doigt les cheveux
couvrant le visage de celle qu'il avait sauvée il
s'écria :

— Aléna ! mon Aléna !

Mais il n'en put dire davantage et roula sur le
sol à côté du corps rigide.

Quand il revint à lui, les bras enlacés autour de
sa femme toujours roide et glacée, une nuit complète régnait sur le fleuve. On ne voyait plus de
barques au loin ; tous les bruits étaient éteints dans
la campagne. Hugo ne pouvait attendre aucun secours ; les rares chaumières disséminées dans les
champs se trouvaient fort éloignées ; d'ailleurs le
malheureux n'y trouverait ni cordiaux, ni soins
intelligents pour sa femme. Que faire? attendre le
jour? Mais, d'ici ce temps, Aléna serait morte.
Elle était déjà si froide !... Le malheureux comprit que l'unique ressource qui lui restait était de

traverser la Senne à la nage et de gagner la ville.

Détachant la longue ceinture d'Aléna, il lia à ses flancs le corps de la jeune femme et se reprit à nager. Il se sentit plus robuste qu'il ne l'espérait d'abord ; l'attente du salut doublait son énergie ; il atteignit la rive en un quart d'heure, chargea son cher fardeau sur ses épaules et se mit à courir.

Le mouvement rappela la chaleur dans ses membres ; l'espoir doublait son courage et, s'il s'arrêtait quelquefois haletant, il ne tardait pas à reprendre sa course vers Bruxelles.

Il n'avait point été question de couvre-feu dans la ville ce soir-là.

Toutes les maisons paraissaient désertes, et les maigres lampes allumées dans les chambres basses étaient celles des impotents et des malades. Les vieillards et les infirmes restaient seuls dans leurs logis, tandis que les habitants de Bruxelles, massés sur les bords de la Senne, suivaient le sillage des barques illuminées.

Hugo connaissait à peu près la ville ; cependant, abordant à l'extrémité de l'un de ses faubourgs, il n'était pas certain de se trouver dans une bonne direction, et il courait au hasard, traversant des ruelles sombres, des places désertes, des quartiers de juifs et de marchands, se fiant à son instinct moins qu'à la Providence pour le mettre sur le

chemin de sa maison. Il lui semblait que, dès
qu'il en aurait touché le seuil, Aléna serait sauvée.

Le corps de la jeune femme s'alourdissait sur
son épaule ; son visage glacé effleurait son visage,
ses bras pendaient en avant et de longues mèches
de cheveux fouettaient sa face aussi blanche que
les blancs vêtements d'Aléna.

Hugo ne pouvait songer à trouver de l'aide dans
ces maisons fermées. Une clarté, faible d'abord,
puis progressivement plus vive, lui fit trouver la
route la plus courte et, arrivé au bout d'une petite
rue débouchant sur une place, il put se dire que
le terme de cette effroyable course approchait.

Sa maison se trouvait située du côté opposé à
cette même place. Tandis qu'il se réjouissait à
l'idée de toucher au but, la lueur qui l'avait déjà
frappé éclata rougeâtre et terrible.

Une fenêtre s'ouvrit bruyamment au-dessus de
la tête d'Hugo, et une voix cassée, une voix de
vieillard affolé d'épouvante, cria :

— Le feu ! c'est le feu !

Van Goës regarda de nouveau la lueur, semblable à une aurore boréale, et il répéta comme
le vieillard :

— Le feu !

Immédiatement d'autres croisées s'ouvrirent,
des barres de portes tirées par des mains débiles

laissèrent voir de pauvres gens arrachés au sommeil et que leurs infirmités rendaient encore plus
craintifs.

Hugo reprit sa course comme un fou ; en se
rendant compte de la direction de la clarté qui
grandissait de seconde en seconde, il comprenait
que l'incendie dévorait une des maisons de son
quartier. Les pétillements s'unissaient aux lueurs
fulgurantes, l'âcre odeur de la fumée commençait
à prendre à la gorge ; on entendait des voix s'appeler et se répondre ; les rues s'emplissaient d'un
tumulte effrayant dominé par les cris :

— Au feu ! au feu !

Le malheureux van Goës se sent pris d'une
nouvelle épouvante. Tout en serrant sur son cœur
le corps glacé de sa femme, il songe à son enfant
resté au logis avec les serviteurs. Qui sait si cette
maison qui flambe dans la nuit n'est pas celle de
l'artiste ? Hugo tourne la place et jette un regard
éperdu dans la rue... Il recule d'effroi, incapable
de supporter la vue du spectacle qui frappe ses regards, incapable de soutenir plus longtemps le cadavre de sa femme...

A l'heure où Aléna et van Goës quittèrent leur
logis pour rejoindre les invités du prince, quatre
domestiques se trouvaient à la maison de l'artiste.
Ils avaient ordre d'attendre leurs maîtres. Mais à
peine les bruits de la rue se firent-ils entendre, à

peine les habitants de la ville quittèrent-ils la cité
pour voir les bords de la Senne, le charmant et
curieux spectacle présenté par l'escadre des barques pavoisées, que les deux hommes, sans prévenir les femmes de leur départ, s'éloignèrent par la
porte dérobée. Un moment après, une servante
venait chercher la camérière d'Aléna, et, sans se
douter qu'elle se trouvait seule, Gertrude continua
de bercer le petit Hubert. Gertrude était une brave
fille, incapable de manquer à son devoir, et ché-
rissant tendrement l'enfant confié à ses soins;
mais elle était jeune et, après avoir longtemps
chanté et balancé le berceau d'Hubert, elle se
sentit elle-même prise d'un irrésistible sommeil,
et, s'abandonnant à un évanouissement complet
de la pensée, elle resta immobile dans le grand
fauteuil. Les fantaisies d'un rêve l'agitèrent, elle
fit un geste inconscient, comme si elle repoussait
un objet effroyable, et ce mouvement renversa la
lampe placée sur une table à côté du grand fauteuil de Gertrude. Quelques instants après, le sentiment d'une chaleur vive, et surtout la suffoca-
tion causée par la fumée, arrachèrent la jeune fille
à son sommeil. Le feu, qui avait d'abord consumé
le tapis de la table, puis d'autres tentures, léchait
maintenant les murailles. On ne respirait plus
dans la chambre embrasée. Gertrude se dressa sur
ses pieds, et, cherchant le berceau d'Hubert, elle

le vit atteint par les flammes. Sans s'inquiéter
d'elle-même, elle courut à l'enfant qui poussait des
cris aigus. Ses vêtements de nuit étaient atteints ;
en pressant le cher petit sur sa poitrine, Gertrude
communiqua le feu à ses propres vêtements. Alors
l'effroi la rendit folle et lui fit perdre jusqu'au sentiment de la conservation. Elle ouvrit la fenêtre
et, penchée au dehors, elle appela au secours
d'une voix désespérée. Tandis qu'elle implorait
de l'aide au nom de la Vierge et des saints, les
flammes atteignaient la porte et coupaient la retraite à la malheureuse servante.

Une grande clameur de pitié et d'effroi s'élevait
des maisons voisines, mais, nous l'avons dit, il ne
restait guère de gens valides dans la ville, et les
infirmes, les malades réveillés en sursaut par les
cris : *Au feu!* ne pouvaient que prier le ciel sans
avoir la force de venir en aide à l'infortunée.

Gertrude élevait Hubert dans ses bras en répétant :

— Sauvez l'enfant! sauvez l'enfant!

Le pauvre petit ne criait pas, et le groupe de la
servante affolée et de l'enfant immobile se déta-
chait en noire silhouette sur le fond incandescent
de l'incendie.

Ce fut en ce moment qu'Hugo van Goës débou-
cha dans la rue.

— Hubert! cria-t-il, Hubert!

Il déposa sur une marche le corps d'Aléna, qui lui semblait devenir de plus en plus lourd, puis s'adressant aux pauvres gens qui commençaient à sortir sur le seuil de leurs portes :

— Au nom du Sauveur, dit-il, rappelez ma femme à la vie ; je vais essayer de sauver mon enfant !

Et Hugo van Goës jeta d'un coup d'épaule la porte de sa maison en dedans du couloir.

Le feu, qui s'était d'abord déclaré au premier étage, commençait à gagner le palier. Hugo franchit sans danger les vingt premières marches de l'escalier ; il espérait gagner la chambre de l'enfant, dont la porte achevait de se consumer, quand il trouva un brasier devant lui ; la mort était là sans nul doute, mais l'enfant restait dans la fournaise et Hugo s'y précipita.

Il sentit la flamme roussir ses cheveux et dévorer ses vêtements ; il éprouva aux mains des douleurs cuisantes, mais il ne recula pas, saisit par l'épaule Gertrude qu'il entraîna et cacha Hubert contre sa poitrine. Au moment où il atteignait le palier, le feu gagnait les dernières marches de l'escalier : Hugo escalada la rampe, franchit le brasier, et soutenant d'un bras Gertrude paralysée, de l'autre son petit Hubert, il parut sur le seuil de sa maison.

Vraiment, ce fut un spectacle d'une horreur sublime, de voir cet homme aux cheveux roussis, aux habits en lambeaux, aux mains saignantes, traînant une créature échevelée qu'il venait d'arracher à un trépas horrible, et un enfant inanimé qu'il pressait fiévreusement contre son sein.

Pendant cette scène déchirante, la rue dans laquelle achevait de se consumer l'habitation d'Hugo van Goës commença à se peupler de curieux. Les hommes et les femmes qui avaient suivi sur les bords de la Senne la course des barques illuminées revenaient las de marche et de bruit vers leurs maisons silencieuses.

En un instant, la nouvelle du sinistre se répandit dans le quartier. La renommée d'Hugo van Goës, la protection dont l'honorait le duc de Bourgogne, l'horreur d'une catastrophe qui le surprenait en plein bonheur, appelèrent rapidement des milliers de personnes sur le lieu du désastre. On s'empressa d'organiser une chaîne; malheureusement, à cette époque, on opposait au fléau de faibles moyens de préservation; la violence de l'incendie était si grande que, bien loin de l'éteindre, l'eau rejaillissait en pétillant. Des hommes courageux, escaladant les maisons voisines, abattirent au péril de leur vie la toiture en flammes et les poutres embrasées. Ne fallait-il pas d'abord circonscrire le feu et préserver les habitations voisines?

Quant à tirer de la fournaise une seule des œuvres d'art dont regorgeait la maison d'Hugo van Goës, il n'y fallait pas songer.

17

Le jour achevait de se lever, brillant et calme, quand les dernières charpentes s'écroulèrent dans le brasier fumant.

Des ruisseaux de fange coulaient dans la rue; leur héroïque labeur terminé, les hommes regagnèrent leur logis. Sur chaque seuil, les femmes s'entretenaient des événements de la nuit. Aucune d'elles ne songeait à goûter du repos; ne fallait-il point apprendre ce que devenaient, pendant la fin de ce drame, Hugo van Goës, Aléna, son enfant et la servante Gertrude ?

Au moment où l'artiste, prêt à s'élancer dans la fournaise, avait fait appel à la pitié en faveur d'Aléna, deux vieilles filles, à demi paralysées, descendirent les marches de pierre de leur logis et, soulevant Aléna avec des précautions infinies, elles la transportèrent sur leur lit. Le feu fut rapidement rallumé dans le foyer, des couvertures chaudes, des cordiaux se trouvèrent prêts avec le zèle que la charité communique aux natures les plus engourdies. L'aînée des deux sœurs, Gudule, s'occupa d'enlever à la jeune femme sa robe de brocart blanc.

— Jésus Dieu ! Lisba, dit-elle d'une voix gémissante, ce pauvre corps est tout roide... Il nous faudra couper le corsage de soie... Pauvre jolie madame van Goës ! elle partait souriante et parée ce matin... Plus de souffle sur ses lèvres, plus de battements à son cœur.

Tandis que sa sœur frictionnait doucement les membres glacés d'Aléna, Gudule, desserrant les dents de la jeune femme, parvint à verser dans sa bouche quelques gouttes de cordial. Mais ni les soins ni les breuvages ne purent rendre le mouvement à ce jeune corps dont l'âme était envolée... Aléna avait quitté le monde pour lequel elle ne semblait pas créée, et sa dépouille mortelle reposait seule sur le lit des deux sœurs.

Gudule regarda Lisba avec épouvante.

— C'est fini ? demanda celle-ci.

— Fini à jamais !

En ce moment, Hugo quittait sa maison en flammes. Il reconnut Gudule et franchit le seuil de l'hospitalière demeure qui s'était ouverte pour Aléna.

Du premier regard, il vit sa femme étendue sur le lit.

— Elle dort ? demanda-t-il à Gudule.

— Oui, répondit la vieille fille, elle dort...

Hugo dégagea l'enfant qu'il gardait pressé contre sa poitrine, et, l'approchant des lumières placées près de la couche d'Aléna, il le regarda fixement.

Le pauvre petit avait les yeux clos, la bouche calme, ses membres gardaient leur élasticité, et la chaleur du corps s'était maintenue contre le cœur de van Goës. Cependant quelque chose d'indéfinissable, à la fois douloureux et solennel, semblait empreint sur cet angélique visage, et Hugo, s'approchant de la couche sur laquelle reposait Aléna, plaça l'enfant près d'elle.

— La femme sommeille, dit Hugo, la mère va s'éveiller.

Mais les bras d'Aléna restèrent allongés et roidis sur les draps blancs, et les deux corps n'eurent aucun des frémissements de la vie.

— Un mire! un mire! s'écria Hugo; pour l'amour du ciel, trouvez un mire qui arrache Hubert et ma femme à cet épouvantable engourdissement !

Le souhait d'Hugo ne tarda point à être exaucé : un savant homme habitant la même rue, apprenant l'incendie de la maison de van Goës, le sauvetage de l'enfant et de Gertrude, accourait offrir ses services.

— Venez, venez! dit Hugo en l'entraînant près du lit. Voilà mes seuls trésors, ma joie, ma vie! rendez-moi ma femme! rendez-moi mon fils!... Ils dorment tous deux, n'est-ce pas?... Mais cette torpeur m'effraie, ce silence m'épouvante, je veux entendre la voix de ma femme, je veux voir mon fils me sourire.

Le mire chercha le bras de la jeune femme.

— Eh bien? demanda Hugo.

Le docteur ne répondit pas. Il colla son oreille contre le cœur d'Aléna. Il écouta... hélas! il le pressentait d'avance, ce cœur si plein de tendresse avait cessé de battre.

Le mire connaissait la tendresse d'Hugo pour sa femme ; le courage lui manqua pour apprendre au malheureux artiste quel horrible malheur le frappait. D'un geste lent, il replaça le bras de la morte sur sa poitrine.

— Réginaldus ! fit van Goës, réveillez-la, pour l'amour du ciel !... Aléna, c'est moi, Hugo, ton mari... moi qui te rends ton fils, tout ce que tu aimes en ce monde !...

Le malheureux posa ses lèvres sur le front d'Aléna, il essaya de soulever le corps désormais rigide et le sentant immobile dans ses bras il eut pour la première fois le soupçon de la vérité.

— Réginaldus, dit-il en s'avançant vers le mire, Réginaldus, sur votre âme, dites-moi que ma femme n'est pas morte !

— Vous êtes chrétien, répondit le mire, Dieu la réveillera !

— Oh ! ce n'est pas possible, dit Hugo, ce n'est pas possible ! Nous nous chérissions si profondément ! Elle aimait tant son petit enfant ! Elle ne peut nous avoir abandonnés tous deux !

— Hugo van Goës, la tendre Aléna n'a point abandonné son fils...

— Que voulez-vous dire ?

— Elle l'a emmené... répondit Réginaldus en attirant Hugo contre sa poitrine.

Le malheureux ne comprit pas tout de suite le sens terrible de ces paroles ; il passa la main sur son front et chercha à rassembler ses pensées. Depuis deux heures, tant de mortelles angoisses l'accablaient qu'il sentait lui échapper la notion de la vérité. La fête du duc de Bourgogne, le brusque choc causé à la barque de sa femme par le canot en forme de dragon des bohémiens, la chute d'Aléna, les efforts désespérés de van Goës pour la sauver, son retour à la vie dans la prairie déserte, la traversée de la Senne, sa course à travers la ville abandonnée, puis l'éclat rougeâtre de l'incendie, l'apparition de Gertrude tenant Hubert dans ses bras, Hubert asphyxié par la fumée, tout cela se heurtait dans sa tête. Il lui semblait que des centaines de marteaux lui brisaient le crâne, ses yeux voyaient se mouvoir des milliers d'étincelles, son cœur battait à se rompre, et sa bouche répétait avec une monotonie persistante :

— Ils vont s'éveiller tous deux... Le docteur ment... Aléna n'a point emmené son enfant... Si elle voulait partir, elle savait bien que j'étais prêt à la suivre.

Van Goës se pencha au chevet de la morte.

— Abigaïl, dit-il, ma blanche et sainte Abigaïl, tes vœux sont exaucés, nous allons retourner à

Gand... Tu rentreras dans la maison des roses...
Ton père nous attend là-bas... La fête t'a fatigué?
tu dors longtemps! bien longtemps!...

Réginaldus tenta d'arracher l'artiste au spectacle
de cette double mort; mais la colère brilla dans les
regards de Hugo, qui bondit vers la couche mor-
tuaire.

— Elle est à moi, à moi! dit-il. Quand elle s'é-
veillera, elle chantera encore, comme elle chantait
sur le fleuve...

Alors Hugo répéta d'une voix étouffée le refrain de la mélodie qui s'était éteinte avec la vie
sur les lèvres de la jeune femme :

Oh! je comprends ton mal, je l'ai pris dans tes yeux.
C'est le mal du pays : — et le nôtre est aux cieux!...

Van Goës chantait encore quand Hemling, le visage bouleversé, et portant en écharpe son bras
entouré de linges sanglants, pénétra dans la salle.

— Dites-moi que ce n'est pas vrai, Réginaldus!
On vient de m'apprendre d'épouvantables choses...
Aléna morte dans la Senne, et son fils étouffé
dans l'incendie, et Hugo, mon cher Hugo...

— Celui-là, maître Hemling, répondit Réginaldus, celui-là aussi a cessé de souffrir. Dieu en lui
enlevant tout ce qu'il chérissait en ce monde lui a
aussi retiré la raison...

XVIII

LA FOLIE

Deux jours plus tard, une des chambres de la maison occupée par Hemling présentait un désolant aspect. On avait fermé les fenêtres, et tiré des rideaux sombres ; l'obscurité du tombeau régnait dans cette pièce encombrée de meubles brisés. Dans un angle, et succombant à la lassitude qui suivait des accès de désespoir manifesté par de terribles colères, se tenait Hugo van Goës accroupi sur le sol, les doigs crispés dans ses cheveux, la bouche tordue par un spasme horrible.

Depuis qu'on l'avait séparé du cadavre d'Aléna, la folie furieuse avait succédé à une déraison paisible. Il voyait dans chacun de ceux qui l'approchaient les meurtriers de sa femme et de son enfant et ses propres bourreaux. Il s'élançait vers eux avec des cris farouches, redemandant ceux qui n'étaient plus, et se faisant une arme de ce qui se trouvait alors sous sa main.

Le mire Réginaldus ne laissait à Hemling aucune

espérance ; mais celui-ci, résolu à ne point abandonner son compagnon de jeunesse, s'opposa à
ce que l'on enfermât Hugo dans un des sinistres
asiles ouverts aux êtres éprouvés et souvent dé-
gradés, hélas ! par la perte de la raison.

— Hugo est fou, je le reconnais, répondait Hemling quand Réginaldus insistait pour emmener le
malheureux loin de la demeure du vaillant artiste ;
il est fou, mais une si belle intelligence un moment
obscurcie ne peut être à jamais perdue. Je me regar-
derais comme coupable si je ne continuais à veiller
sur cette flamme à demi éteinte... Croyez-le, Réginaldus, si van Goës peut être sauvé, ce sera par
l'amitié plus que par la science ; je consens à laisser
quelques jours ce malheureux dans l'isolement, à
lui faire prendre des breuvages composés par vous,
et dont l'effet sera de calmer la violence de son délire, mais je ne veux pas qu'on le descende au rang
des insensés ne laissant aucune espérance de salut.

— Pouvez-vous lui rendre Aléna? demanda le
mire.

— Dieu lui donnera la certitude de la revoir au
ciel.

— Je suis médecin, ajouta Réginaldus, et j'im-
plorerai pour votre grand artiste la science que
j'ai acquise.

— Je suis son ami, répondit Hemling, je tâcherai de guérir la plaie qui saigne dans son cœur.

17.

— Vous savez à quels excès le pousse son exaspération?

— Il a brisé des bahuts, des œuvres d'art : qu'importe!

— On pourrait prévenir les suites de ses colères...

— De quelle façon?

— En paralysant les mouvements du pauvre insensé.

— Non! répondit Hemling, il ne doit pas souffrir davantage. Revenez demain, Réginaldus, ne l'abandonnez pas à sa folie, et ne m'oubliez pas dans ma douleur.

Quand le mire fut parti, Hemling prit une feuille de parchemin et se mit à écrire rapidement :

« Gaspar, tu nous a souvent répété : « J'ai choisi « la meilleur part en ce monde. » Je ne te croyais pas alors, je prenais cette parole pour le cri d'une sainte exaltation, et je continuais à compter sur la solidité des bonheurs humains, sur la valeur de l'or et la puissance du génie. Tu avais raison, Gaspar, tu avais trop raison, hélas! et depuis deux jours, passant d'une scène lugubre à une scène plus lugubre encore, je ne reconnais que trop le néant des biens par toi dédaignés. Comment te raconter la série de malheurs qui d'un homme privilégié entre tous fait aujourd'hui le plus infortuné des êtres?

« Gaspar, il s'agit d'Hugo, notre ami, notre frère, celui qui travailla à nos côtés, dont la renommée grandit en même temps que la nôtre, qui formait avec nous une trilogie de dévouement et de tendresse...

« Hugo a tout perdu à la fois, dans une nuit... Dieu l'a frappé sans relâche, jusqu'à ce qu'il tombât broyé, anéanti, fou...

« La lugubre histoire, Gaspar! si lugubre que je ne suis pas sûr de me souvenir de tous ses détails... Tu pardonneras le désordre de mes pensées ; depuis cette série de malheurs, j'ai peine à me retrouver moi-même...

« Quand nous te quittâmes après la sainte cérémonie qui te liait à Dieu et te revêtait d'un habit sacré, nous traversâmes la route en nous rappelant mutuellement les moindres détails de cette fête. Aléna surtout en gardait une impression profonde. Tandis que nous passions devant une taverne mal famée où nous avons plus d'une fois trouvé des types de bandits, Hugo crut reconnaître dans la cour, au milieu d'un groupe de zingari, Rubbes, le foulon maudit qui eut, à Gand, l'audace d'imposer à Charles de Bourgogne les volontés des Chaperons blancs. Je crus qu'il s'était trompé. Nous pénétrâmes dans la salle de la taverne sans y trouver celui que nous cherchions, et nous revînmes à demi rassurés. Le lendemain

devait avoir lieu une fête nautique sur la Senne,
et Aléna, en dépit de sa répugnance, promit d'y
assister. Van Goës lui demandait ce dernier sacrifice en échange d'un sacrifice plus grand; il venait
de promettre à sa femme de retourner à Gand
avec elle. Le concert auquel le duc conviait sa
cour était donc la dernière réunion à laquelle assis-
teraient, à Bruxelles, Hugo et sa compagne. Des
centaines de barques illuminées, pavoisées, couvraient la Senne; des chanteurs et des musiciens
répétaient des chœurs ou jouaient d'instruments
divers; une troupe de jongleurs et de jongleresses
montaient un canot en forme de dragon, et les airs
sauvages répétés par ces femmes au teint bistré,
par ces hommes étranges aux cheveux crépus, aux
vêtements bariolés, n'étaient pas un des moindres
attraits de la fête.

« Tout à coup les rameurs du dragon se courbent
sur les avirons avec une promptitude inexplica-
ble, la barque vole sur le fleuve, puis au milieu
des canots légers, les heurtant avec une telle violence, que l'un d'eux coule brusquement au milieu des cris et de l'effroi général... Le canot d'A-
léna vient de sombrer. Hugo se précipite pour
sauver sa femme, mais on constate à peine ce
malheur que le cri : — « On assassine le duc! »
— parvient jusqu'à nous. L'émotion et le désordre sont à leur comble.

« Je franchis plusieurs barques en passant d'un bord à l'autre, je cours au prince, je le défends, je le sauve, un coup de couteau me traverse le bras gauche; on arrête ceux des bohémiens qui n'ont pas été tués dans la première effervescence de la colère, on aborde, on jette sur le rivage le cadavre de Rubbes et celui de ses complices...

« Où est Hugo? On le sait bon nageur, on espère... A peine le prince est-il en sûreté que je cours du côté du logis de mon ami... Des bruits sinistres circulaient dans la foule qui, des rives de la Senne, refluait dans la ville. On parlait d'incendie... J'interroge; on me nomme le quartier habité par notre ami... C'était vrai !

« Gaspar, comprends-tu les sévérités de Dieu, toi, un chrétien, un moine ?

« Moi, je reste écrasé, anéanti...

« Tu connais la loyauté de van Goës, ses nobles vertus, son génie ! Il avait tous les biens de la terre, et Dieu lui donnait toutes les couronnes de ce monde... Pourquoi a-t-il été frappé si rudement que la douleur de Job ne dépassa pas la sienne?... Hugo avait arraché Aléna au gouffre, mais il n'avait ramené qu'un cadavre ; quand il se retrouva en face du logis où il habitait avec elle, sa maison était une ruine... Il en sortit son enfant dans les bras... Hubert, le pauvre ange, était déjà remonté au paradis...

« Hugo ne devinait rien de son malheur; il ne pouvait penser que Dieu lui ravissait à la fois les objets d'une immense tendresse, et tandis qu'il suppliait Réginaldus de les éveiller de leur lourd sommeil, il espérait encore. Un sanglot, une étreinte du mire lui firent pressentir la vérité. L'impression en fut terrible. La douleur d'Hugo se manifesta par les explosions d'un désespoir farouche. Il fallut employer la violence pour l'arracher à la couche mortelle réunissant sa femme et son enfant. A cette crise terrible succéda une prostration dont nous profitâmes pour le transporter chez moi... Le malheureux habite ici depuis deux jours. A de soudaines colères, durant lesquelles il pousse des cris inarticulés et semble possédé par un cruel démon, succèdent des heures presque paisibles. Il croit voir Aléna, il lui parle, et rien n'est à la fois plus touchant et plus lamentable que l'amour de cet homme survivant au tombeau, surnageant au milieu des ténèbres et des abîmes de la folie !

« Ainsi cet Hugo heureux, puissant, riche et célèbre, favori d'un prince, époux d'une créature adorée, père d'un enfant dont la naissance lui avait causé tant de joie, a vu briser successivement ou plutôt a vu s'anéantir à la fois toutes ses tendresses...

« Gaspar, Gaspar ! quand je songe que tu as

préféré la solitude du cloître, la virginité du cœur,
le dépouillement volontaire, à tous les biens de
ce monde, je suis forcé de convenir que tu as choisi
la meilleure part. Ce que tu aimes, tu le chéris
en Dieu. Tant que tu vivras, tu goûteras la paix
de ceux qui se sont renoncés eux-mêmes par charité
pour les pauvres, par amour pour le Christ. Quand
la mort viendra au-devant de toi, tu lui souriras
comme à une libératrice. Tu ne traîneras après toi
ni chaînes ni regrets... Le ciel gardera lucide une
noble intelligence dont tu lui consacres les œuvres.

« Moi, en voyant la situation de van Goës, je
me demande quelle sera ma destinée. Ne crois
point que je me flatte de l'avoir heureuse. Une
voix intérieure me fait souvent entendre que je
souffrirai dans mon corps et dans mon âme.

« Je n'ai pas lié ma vie à celle d'une jeune femme,
mais j'ai promis au plus chevaleresque des princes de ne l'abandonner jamais, et tu me connais
assez pour savoir que je tiendrai cette parole. Le
jour où le duc, s'engageant dans quelque formidable guerre, m'ordonnera d'endosser la cuirasse et
de laisser là mes pinceaux, je prendrai l'épée et
la lance et je m'en irai me battre contre les troupes
de Louis XI ou l'armée des Suisses...

« Peut-être quelque jour un soldat mutilé heur-
tera à la porte du Cloître Rouge, te demandant à
la fois asile et consolation.

« Oh! mon cher et noble ami, mon cœur est op-
pressé de pressentiments douloureux...

« J'entends les cris de Hugo van Goës, je vais
affronter la rage de ce furieux que nous avons
connu si doux, et dont le désespoir m'arrache des
larmes... »

A peine eut-il terminé cette missive que Hemling
ordonna de la porter sans tarder au Cloître Rouge.

Le messager avait ordre d'attendre une réponse.

Hemling quitta sa chambre et entra dans la salle
habitée par van Goës.

Le malheureux, debout au milieu de la pièce,
le visage hagard, la respiration courte et sifflante,
croyait encore se trouver au milieu des flammes.
Il tentait des efforts imaginaires pour sauver son
enfant, il suppliait Aléna de lui venir en aide. Une
sueur froide coulait de son front, il appelait Hubert, il maudissait Gertrude ; puis tout à coup,
vaincu par la puissance de ses émotions, il tomba
sur son siége et fondit en larmes.

Hemling s'approcha, lui parla doucement, le
prit dans ses bras ; d'abord Hugo parut écouter sa
voix avec attention ; bien qu'il ne comprît pas les
paroles de son ami, on eût dit qu'elles l'apai-
saient, mais bientôt il retomba dans sa torpeur,
puis il se roula sur le sol en poussant des cris déchirants.

Hemling, rempli d'attendrissement et d'horreur, ne se sentait pas le courage d'abandonner son malheureux ami.

La nuit était venue, mais, dans cette chambre dont Hugo s'obstinait à garder les fenêtres closes, on ne se rendait plus compte de la fuite des heures.

Un bruit léger fit tourner la tête à Hemling.

Sur le seuil de la porte se tenait un moine.

— Gaspar! s'écria l'artiste.

— Oui, c'est moi, répondit le moine. L'heure où tu souffres est celle qui m'appartient... Je me dois à Hugo plus encore que toi-même, car les vœux vont bientôt me lier à tous les malheureux, tandis que ton serment te laisse aux ordres de Charles le Hardi... Suivons chacun notre maître, Hemling : qui sait si le Seigneur ne t'appellera pas à ton tour?... Ami, ajouta-t-il, après avoir lu ta lettre, je suis allé trouver le supérieur du Cloître Rouge, je lui ai raconté notre jeunesse laborieuse, notre inviolable amitié, je l'ai supplié, en présence du malheur qui frappait Hugo, de m'autoriser à me dévouer à ce malheureux... La charité du père Saint-Géry ne lui a point permis de me refuser ; je viens prendre ici ce pauvre fou, je l'emmènerai dans notre sainte maison, il y trouvera le repos avant de retrouver la raison. Crois-moi, Hemling, à l'ombre des chênes centenaires de Soi-

gnes, Hugo van Goës se guérira plus vite qu'il
ne le pourrait faire ici... Je sais bien que, loin de
regarder sa présence comme un fardeau, tu la
considères comme une bénédiction, comme l'ac-
ceptation d'un mandat... Mais tu l'as dit, Charles
de Bourgogne peut t'entraîner avec lui dans de pé-
rilleuses entreprises et notre malheureux ami resterait seul... Enfin tu te dois à l'art dont tu fais ta vie
et qui te paie en renommée ; moi, j'ai rompu tout engagement avec le siècle, et je n'écrirai plus jamais
des poésies et des drames comme du temps où la
gloire était le grand souci de notre avenir...

— Tu es un saint, répondit Hemling.

— Tu me permets d'emmener van Goës ?

— Je consens à ce sacrifice par amitié pour lui

— Dieu t'en récompensera en le guérissant.

— Tu espères donc?

— J'espère toujours.

— Mais tu ne peux te faire comprendre du malheureux, et, si l'on tente de l'entraîner de force,
il résistera et poussera des cris déchirants.

— Ne craignez rien à ce sujet, dit Réginaldus
en entrant ; il suffira de quelques gouttes de ce
cordial pour l'endormir comme un enfant.

Le mire fit tomber dans un gobelet plein d'eau
une faible quantité de liqueur rouge, puis il tendit le vase à Hugo van Goës.

Celui-ci le vida d'un trait.

Deux minutes après, ses paupières battaient sur le globe convulsé de l'œil : ses membres se détendirent ; son visage perdit son horrible contraction nerveuse, et un doux sommeil s'empara de ses sens.

On le descendit dans la litière amenée par le moine.

Quand frère Gaspar Ofhuys vit le malheureux étendu sur les coussins, il serra Hemling dans ses bras.

— Prie Dieu de bénir mon œuvre, murmura-t-il.

— Au revoir ! dit Hemling ; j'irai bientôt demander des nouvelles de celui qui fut Hugo van Goës.

Une minute après, le pauvre fou, couché sur les coussins de la litière, suivait inconsciemment la route du Cloître Rouge, tandis qu'Hemling, fixant des yeux pleins de pleurs sur un crucifix, murmurait :

— Vous êtes l'alpha et l'oméga de la vie, Seigneur, et nous sommes tous de malheureux insensés de chercher le bonheur en d'autres qu'en vous-même.

XIX

LA HARPE DE DAVID

Quand Hugo van Goës sortit de l'assoupisse-
ment dans lequel l'avait plongé le cordial composé
par Réginaldus, il jeta autour de lui des regards
curieux et farouches. Sa chambre était une cellule
étroite dans laquelle se trouvaient un lit composé
d'une planche, une table et un escabeau. Une
grande fenêtre s'ouvrant sur l'immensité verte de
la forêt de Soignes avait été récemment munie de
barreaux de fer, car les scellements paraissaient
faits de la veille. Hugo se leva, marcha en cercle
dans sa cellule comme une bête féroce enfermée
dans sa cage, puis, retombant dans le noir délire
auquel il était en proie depuis la double catastrophe qui lui ravit sa femme et son fils, il se mit à
pousser des cris de détresse. Devant lui s'ouvraient
tour à tour le gouffre de l'eau et le gouffre du feu ;
il recommençait le labeur d'un double sauvetage,

et, tour à tour, il adressait la parole à sa femme et à son enfant.

— Je te sauverai... disait-il en se courbant vers le sol, comme s'il se fût incliné vers les bords de la Senne... L'eau est froide, n'est-ce pas, Aléna? Courage!... noue tes bras autour de mon cou... Je suis un nageur habile... Comme tu me sembles lourde à porter, ma pauvre chérie!... Le souffle me manque... Je n'en puis plus... Restons ici... On nous contait jadis les histoires merveilleuses des Nixes vivant dans des grottes de corail et de cristaux de mille couleurs... Ne remontons pas sur la terre, veux-tu?.... Écoute! ce sont les chants des jongleurs... Le concert se prolonge sur le fleuve... Le fond de l'eau s'illumine de la clarté des barques... Le canot du duc de Bourgogne vient de passer... Aléna! Aléna! il y a des monstres dans l'abîme... Tu ne parles pas, tu ne presses plus ma main... J'ai peur, je n'avance plus... Nous allons mourir... Et l'enfant? Songe à l'enfant, Aléna...

Hugo s'interrompit et poussa un éclat de rire.

—L'enfant, je le vois dans les bras de Gertrude... Il m'appelle... Il tend vers moi ses petites mains... Me voici, mon fils, me voici...

Hugo se précipita vers la fenêtre; au lieu de voir à ses pieds la cime touffue des arbres de la forêt de Soignes, il lui semblait être en face de sa maison en flammes. L'image d'Hubert l'appelait, et, dans son impuissance de briser l'obstacle se dressant entre lui et l'enfant qu'il voulait sauver, il déchirait ses ongles, il ensanglantait ses mains, multipliant d'inutiles efforts pour desceller les barres de fer de la croisée.

Ses cheveux se hérissaient sur son front livide, sa bouche convulsive laissait échapper de sourds blasphèmes ; cet Hugo van Goës qui, quelques jours auparavant, possédait une beauté fière et virile, paraissait subitement tombé au dernier échelon de l'humanité souffrante.

Tandis qu'il se livrait à son stérile labeur en poussant des cris de rage, les sons d'une musique lente et douce se firent entendre ; les longs arpéges des harpes semblaient pleurer sur d'immenses douleurs ; les graves accords de l'orgue leur répondaient comme des sanglots plus sourds, puis une voix d'enfant claire et douce, une voix d'une idéale pureté, commença l'*Ave maris stella*.

Dès les premiers sons, Hugo van Goës s'arrêta ; son corps tremblait comme s'il venait de sortir d'une rivière glacée. Il passa la main sur son front, et l'expression de son visage changea d'une façon soudaine.

— Aléna ! dit-il, j'entends la voix d'Aléna !

Et le malheureux demeura debout, comme en extase, les bras tendus vers le côté d'où venaient jusqu'à lui les notes harmonieuses.

Le sourire de la béatitude remplaçait l'expression d'une farouche douleur, ses nerfs fatigués se détendaient ; un souffle calme soulevait sa poitrine ; son pouls retrouvait la régularité de ses battements ; une ivresse contenue baignait à la fois son corps et son âme ; il recula, brisé par cette impression délicieuse succédant tout à coup à l'épouvante des spectacles qui, tout à l'heure, frappaient ses yeux ; puis, tombant sur sa pauvre couche, il croisa les mains sur sa poitrine et s'endormit en murmurant :

— Chante encore, Aléna, chante toujours !

Quelques minutes après, la voix de l'enfant et le son des instruments s'éteignirent ; alors le père Saint-Géry entra dans la cellule de van Goës avec Gaspar Ofhuys.

— Voyez, mon père, dit le novice, Dieu bénit votre bonté pour ce malheureux... Après avoir adouci la folie de van Goës, nous finirons par la guérir.

— Dieu vous exauce, mon fils ! répondit le supérieur. Il m'est doux de voir que l'austérité de votre vie n'enlève rien à l'ardeur de votre charité... Une des calomnies que l'on répète le plus aisément contre les moines est que leur vie stérile ne profite plus à personne, et que la pensée perpétuelle de Dieu, la rigueur de leurs pénitences, ferment leur cœur à toute compassion... Nos tra-

vaux comme défricheurs, laboureurs et jardi-
niers, répondent à la partie matérielle de cette
objection. Nous servons à quelque chose, puisque
nous faisons fructifier des terres incultes... Mais
nous rendons encore de bien plus grands services
en conservant, en multipliant les chefs-d'œuvre
de l'intelligence... Enfin l'amour du Sauveur
double en nous la compassion pour les douleurs
des hommes... Certes, mon fils, je bénis le ciel
de m'avoir appelé dans la solitude et de n'avoir
point permis que mon cœur s'emplît d'affections
périssables... Mais quelle pitié me saisit pour cet
homme qui posséda tous les biens de ce monde,
et que nous trouvons à cette heure en proie à
une horrible folie !... Dévouez-vous à cet ami de
votre jeunesse, Ofhuys; vous avez choisi la meilleure part, dispensez à cet infortuné les miettes
de la table du Maître.

— Merci, merci, révérend père ! dit Gaspar avec
une vive expression de reconnaissance; je craignais... j'avoue toute ma faiblesse à vos pieds...
je craignais que la sévérité de la loi du détachement m'obligeât à renoncer à l'amitié de van
Goës.

— Mon fils, dit le père Saint-Géry avec une
ineffable expression de douceur, les saintes amitiés sont pour les cœurs purs... Je ne sais rien de
plus touchant que la tendresse de Jonathas pour

David. Ils s'aiment au milieu des dangers, en dépit des proscriptions ; la haine qui les entoure et
les menace n'a jamais de prise sur ces cœurs d'é-
lite. L'expression de cette amitié est admirable
dans la Bible. Dans l'Église, au temps de sa grande
ferveur, au temps où les docteurs qui restent nos
maîtres parlaient de sa doctrine avec une éloquence
que nul ne surpassa, n'avons-nous pas vu Basile
et Grégoire de Nazianze donner l'exemple d'une
amitié que la mort seule put briser?... Enfin, mon
fils, le Christ chérissait Lazare... Le trépas de celui dont il reçut tant de fois l'hospitalité lui arracha des larmes... N'aimons rien plus que Dieu,
chérissons tout en lui et pour lui !

Le vieillard et le novice quittèrent la cellule.

Quand frère Gaspar y revint trois heures plus
tard, un frère cellerier le suivait, portant quelques
aliments sur un plateau. Ils furent placés à portée
de la main du pauvre fou. Celui-ci s'éveilla au
bruit que fit la porte en se refermant. Le sommeil
l'avait rafraîchi, reposé ; il sortait d'un songe heureux ; le souvenir de ses malheurs ne revint pas
tout à coup heurter son esprit ; l'instinct se ré-
veilla ; il avait faim ; il étendit la main vers les
aliments placés près de lui, mangea, se recoucha
et retomba dans une torpeur absolue.

Mais à peine les premières clartés du jour se
montrèrent-elles à travers sa fenêtre que la folie

18

hanta de nouveau sa pensée. Seulement, au lieu d'être farouche, elle devint lamentable. Il voyait Aléna couchée sous un bloc de glace et tentait vainement d'enlever le poids comprimant le corps de la frêle créature.

N'en pouvant venir à bout, il s'étendit sur le sol, et, à voir de quelle façon il cherchait à s'y aplatir, on eût dit qu'il voulait s'incruster dans le plancher de la cellule.

— Aléna, disait-il, je ne puis déraciner la roche de glace, je la ferai fondre ; car mon cœur brûle...

Puis, tout à coup, il se redressa et agitant les bras avec désespoir :

— Je n'ai plus de cœur ! dit-il, je n'ai plus de cœur ! On l'a arraché de ma poitrine... Aléna restera toujours sous le rocher de glace... je ne la reverrai plus jamais ! jamais !

Il déchira ses habits, se roula sur le sol et il allait prendre son élan pour se précipiter contre la muraille, quand le son des cloches se fit entendre.

— Ah ! fit-il, Aléna se rend à l'église... Je vais la suivre lentement, doucement... l'ombre est fraîche dans l'église de Saint-Bavon et l'odeur de l'encens est douce à respirer... Les orgues, j'entends les orgues... C'est Aléna qui joue... Elle ressemble à une sainte Cécile... Encore, encore ! je prie bien ainsi... Seigneur, rendez Aléna heureuse... Seigneur, donnez-moi cette chère créature pour femme et je ne vous demanderai rien de plus... Ah! un ange voltige près d'elle... Il lui parle tout bas... Il effleure sa joue de son aile... Cet ange lui ressemble... Son pur visage semble un reflet du visage d'Aléna... Il lui dit de la suivre, il l'entraîne... ils s'envolent... Reste, Aléna, reste, ou je vais mourir!...

L'infortuné était debout, dressé sur ses orteils, les bras tendus; son corps semblait presque avoir perdu les lois ordinaires de la pesanteur... Mais l'effort qu'il faisait pour suivre ou pour atteindre ceux qu'il voyait disparaître dans l'azur allait sans doute être suivi d'une terrible crise, quand le son des harpes, des sistres, des rebecs et des violes éclata à une faible distance.

— Je les ai rejoints... dit-il en laissant retomber ses bras; nous sommes au paradis, et j'entends les concerts des anges...

Comme la veille, il se calma par degrés et finit par s'endormir.

Chaque jour, à l'heure où l'infortuné subissait des crises de folie dont le caractère et l'intensité empruntaient des formes aussi variées que la douleur même, des musiciens invisibles commençaient leur concert.

Hugo van Goës, qui avait toujours passionnément aimé la musique, et qui trouvait le repos et la joie de sa vie dans le talent de sa jeune femme, se débattait un moment contre son influence, mais il ne tardait pas à tomber sous le charme endormant de la symphonie. Ses colères, ses luttes ne cédaient pas toujours immédiatement à l'influence de la voix des enfants de chœur et des accompagnements des moines, mais, après un temps plus ou moins long, Hugo s'assoupissait et retrouvait d'heureux rêves.

Gaspar Ofhuys remplaça les habits en lambeaux de son ami par une robe de bure. Rien n'était plus touchant que de voir van Goës amaigri, pâle, les yeux rougis par les larmes, les mains nerveusement agitées, la bouche frémissante, errer dans sa cellule en poursuivant l'ombre de celle qu'il ne devait plus revoir.

Peu à peu les crises diminuèrent d'intensité et de durée. Il parut reconnaître vaguement le frère qui le servait. Son désespoir perdit sa fureur; il pleura, il ne blasphéma plus. Souvent il parlait de lui-même comme d'un étranger. Il se souvenait d'avoir connu Hugo van Goës, d'avoir admiré ses toiles.

— Il était heureux entre les heureux! disait-il; il ne demandait rien que de garder sa femme et son enfant, et Dieu les lui prit... Alors il s'enfuit loin, très-loin...

— Où est-il allé? demanda un jour Gaspar.

— Il est mort... répondit lentement Hugo,

— Vous l'aimiez beaucoup?

— Oui, je l'aimais...

— Et sa femme, vous souvenez-vous de l'avoir vue?

— Aléna? oui, je me rappelle. Aléna!... Qu'elle était belle, mon Dieu!

— Ne pourriez-vous faire son portraif de souvenir?

— Je ne sais pas peindre... répondit Hugo lentement.

Gaspar ne voulut point ce jour-là pousser plus loin l'épreuve. Il craignait d'augmenter le mal en excitant une émotion trop forte dans ce cerveau plein de ténèbres.

Les semaines, les mois se passaient. Peu à peu, un, puis deux musiciens entrèrent dans la cellule du pauvre fou. Hugo ne paraissait pas les voir, mais il les entendait avec ravissement. Son âme rayonnait sur son visage, tandis qu'il écoutait les lyres et les harpes.

Ofhuys, voulant un jour s'assurer que van Goës avait conscience du soulagement que lui apportait la musique, fit à dessein retarder l'heure du concert habituel. D'abord van Goës donna des marques d'inquiétude, puis il devint triste, enfin il s'écria avec une sorte de désespoir :

— Les anges! est-ce que je n'entendrai plus chanter les anges?

18.

L'angoisse de van Goës se fût manifestée d'une façon terrible, si, dans ce même moment, les moines chargés de le distraire de sa folie, comme David calmait les accès furieux de Saül aux sons de sa harpe, ne fussent entrés dans sa cellule.

— Les anges sont revenus! dit Hugo avec ravissement... La voix d'Aléna domine leurs mélodies... Aléna... je la vois toute blanche, couronnée de lis; des ailes d'or la parent comme un oiseau céleste... Aléna est le cygne divin du paradis.

Chaque jour un progrès se fit remarquer dans la situation d'esprit d'Hugo van Goës; cependant la mémoire ne lui revenait point, sa pensée s'égarait dans le vague des rêves; seulement les cris de colère ne se renouvelaient plus quand il s'éveillait du sommeil dans lequel le jetait la musique; loin de s'agiter, il demeurait paisible, l'œil perdu dans le vague. Il passait souvent une partie de ses journées debout auprès de la fenêtre, regardant voler les oiseaux au-dessus de la cime des arbres. Jamais il ne demandait à sortir de sa cellule. Parfois il examinait d'un œil surpris la robe de moine dont il était revêtu, mais ne songeait point à la déchirer.

Gaspar Ofhuys crut que l'heure était venue de tenter une épreuve dont pouvait dépendre le salut de son malheureux ami.

Il hésita longtemps avant de prendre une décision, car, si cette tentative pouvait arracher Hugo
à sa langueur et à sa mélancolique folie, elle
amènerait peut-être le retour des crises terribles
que l'on avait conjurées au moyen de l'harmonie

Cependant l'avis de Réginaldus qui, plusieurs
fois déjà, avait visité Hugo au Cloître Rouge, fut
que le malade était assez fort pour supporter une
commotion soudaine et violente.

Hemling, mandé à l'abbaye, se rendit à l'appel
de Gaspar.

On profita du sommeil de van Goës pour dresser dans sa cellule un chevalet et une boîte de
couleurs.

Les moines se groupèrent dans le fond de la
pièce, et, au moment où le malade s'arrachait à la
torpeur du sommeil, les accords puissants d'une
large mélodie se firent entendre, et la voix plain-
tive d'un enfant de chœur commença le *Stabat*.

Pendant ce temps, Hemling, debout devant la
toile, esquissait de souvenir la figure d'Aléna.

Hugo sourit d'abord, comme il faisait chaque
fois qu'il entendait une symphonie ou un chant
d'église. Il s'absorba dans le sentiment de joie intime causé par la musique ; mais bientôt un sens
nouveau parut se réveiller en lui. Au lieu de rester étendu sur sa couche, savourant avec lenteur

la mélodie désolée, il se leva lentement, timidement, avec des gestes d'enfant craintif, puis, à pas
étouffés, il se rapprocha d'Hemling.

L'angélique visage d'Aléna commençait à peine
à sortir de l'ombre; l'ensemble de la figure s'ac-
centuait; les mains se joignaient sur la jupe de
brocart blanc; l'épaisse chevelure blonde tombait sur les épaules gracieusement effacées. La
taille souple se dégageait sous le surcot long et
étroit.

A mesure qu'il avançait dans son ébauche, Hemling devenait inquiet. Son regard anxieux interrogeait Gaspar. Celui-ci ne quittait pas des yeux
Hugo van Goës qui, attiré peu à peu par un mystérieux intérêt, se penchait sur l'épaule d'Hemling
et suivait son travail avec une attention doulou-
reuse.

— J'ai vu peindre Hugo van Goës, murmura le
pauvre fou... On disait qu'il avait du génie...

Hemling chargea rapidement sa palette de tons
frais, et, tandis que l'orchestre jouait avec une
douceur plus pénétrante, l'artiste commença la figure de la jeune femme. Il peignit d'abord son
front pur et blanc, son nez d'un dessin correct
comme celui des beaux profils grecs, sa bouche
grave sur laquelle errait un sourire humide. Hugo
se pencha davantage, sa respiration devint difficile, ses doigts nerveux s'agitèrent. Évidemment,

il luttait avec peine contre l'envahissement d'une pensée terrible...

L'enfant de chœur s'arrêta ; l'archet des moines cessa de faire vibrer les cordes ; alors le lien fragile retenant Hugo à la terre parut prêt de se rompre ; le souffle lui manqua, il chancela, et Gaspar le reçut dans ses bras...

— Pauvre van Goës ! dit-il, pauvre van Goës !

— Jouez ! jouez encore ! cria Ofhuys éperdu.

Le concert reprit plus lent, plus doux et plus triste ; il pleurait les strophes du *Dies iræ*...

Hemling, qui venait de donner au visage de la morte un grand caractère de ressemblance, avait à dessein évité de peindre les yeux. Il voulait que le regard bleu de la jeune morte frappât van Goës d'une commotion soudaine. Mais si grand était le génie de l'artiste qu'il lui suffit de trois coups de pinceau pour rendre à ce regard son lumineux éclat.

— Bien ! bien ! murmura Gaspar Ofhuys.

Un cri jaillit des lèvres blêmes d'Hugo. Il arracha des mains d'Hemling ses pinceaux et sa palette, et, avec une rapidité dépassant de beaucoup la fougue de sa première inspiration, il retoucha le visage de la jeune femme, avivant les lèvres, donnant au regard un fluide plus pur, arrondissant les contours de cette figure angélique, met-

tant l'idéal où Hemling s'était contenté de reproduire la réalité.

— Jouez encore! jouez toujours! dit Gaspar
aux moines.

Hugo peignait, emporté par une puissance inattendue. Le calme revenait à son visage ; la trans-
figuration du génie éclairait son front pâle et mettait des éclairs dans ses yeux. Il ne voyait ni
Hemling ni Gaspar; son esprit habitait sans doute
près de celle qu'il avait perdue, mais la tendresse
et le génie survivaient à ses souffrances, et celui
qui depuis de longs mois attristait ses amis du spectacle de sa folie retrouvait son merveilleux talent
pour rendre à l'image d'Aléna le charme dont le
Seigneur l'avait douée.

Jamais chef-d'œuvre plus complet n'était sorti
des mains de van Goës. Quand cette douce figure
fut achevée, quand la palette et les pinceaux s'é-
chappèrent des mains de l'artiste, celui-ci trembla
de tout son corps et tomba sur les genoux en poussant un grand cri :

— Aléna vivante! s'écria-t-il.

Oui, son génie venait de la ressusciter; elle souriait, elle vivait sur la toile ; c'était la perle de
Gand telle qu'elle avait paru le jour de l'entrée
de Charles le Hardi dans sa bonne ville, quand
elle représentait la reine de rhétorique au milieu
des poëtes et des artistes de sa patrie.

— *Dies iræ, dies illa!* chanta la voix de l'enfant de chœur.

Hugo porta les deux mains à sa poitrine.

— Aléna est morte ! fit-il.

Hemling et Gaspar Ofhuys l'emportèrent évanoui dans leurs bras.

Quand Hugo van Goës sortit de cette léthargie de la pensée, il cacha son front dans le sein du jeune novice.

— Pleure, lui dit Gaspar, pleure, cher et noble ami ; celle que tu as perdue valait de tels regrets...

Lentement les moines s'éloignèrent ; van Goës se trouva seul avec ses compagnons de jeunesse et de gloire.

— Depuis combien de jours Aléna est-elle morte ? demanda-t-il.

— Depuis six mois...

— Alors j'ai été fou ?

— Il a plu au Seigneur, dans sa miséricorde, de t'enlever pour un temps le sentiment de la douleur.

— Tu m'as sauvé, Gaspar... je me souviens maintenant... Je te voyais passer dans cette cellule comme à travers un brouillard... Au milieu de mes ténèbres, j'entendais les mélodies de tes frères... Je comprends... la harpe de David calmait les fureurs de l'insensé...

Hugo retourna près du portrait d'Aléna.

— Je me rappelle tout... dit-il, tout... Nous étions dans une barque, la princesse Marie témoigna le désir de l'entendre... elle chanta... On eût dit qu'elle devinait l'avenir...

Et le malheureux murmura :

Oh! je comprends ton mal, je l'ai lu dans tes yeux.
C'est le mal du pays : — tu regardes les cieux!

— Ami! ami! dit Gaspar avec angoisse.

— Ne crains rien, répondit le malheureux; je te l'ai dit, tu m'as sauvé...

Il ajouta en regardant sa robe de bure :

— Ton amitié m'a couvert de ce vêtement de moine, de cette tunique de pénitent; tu as bien fait, Gaspar, mon frère, je ne la quitterai plus...

— Que veux-tu dire?

— Nous achèverons notre noviciat ensemble, dit Hugo d'une voix dont il s'efforçait d'étouffer les sanglots... Mon cœur de chair s'est attaché follement à une créature aimée : il a plu à Dieu de me la reprendre, de m'enlever le même jour l'enfant qu'elle m'avait donné; je ne veux plus rien des joies qui finissent, des renommées impuissantes à guérir le cœur, de la fortune inutile aux infortunés; il ne me faut plus qu'une robe de bure et un crucifix pour y coller mes lèvres!

— Mon frère ! mon frère ! dit Gaspar en le pressant dans ses bras.

Le père Saint-Géry parut sur le seuil de la chapelle.

Il leva la main avec solennité, Hugo et Gaspar baissèrent la tête.

— La paix soit avec vous, mon fils ! dit le vieux moine à Hugo van Goës ; puissiez-vous trouver le repos à l'abbaye du Cloître Rouge !

FIN.

TABLE DES MATIÈRES

FIN DE LA TABLE.

SCEAUX. — IMP. M. ET E. CHARAIRE.

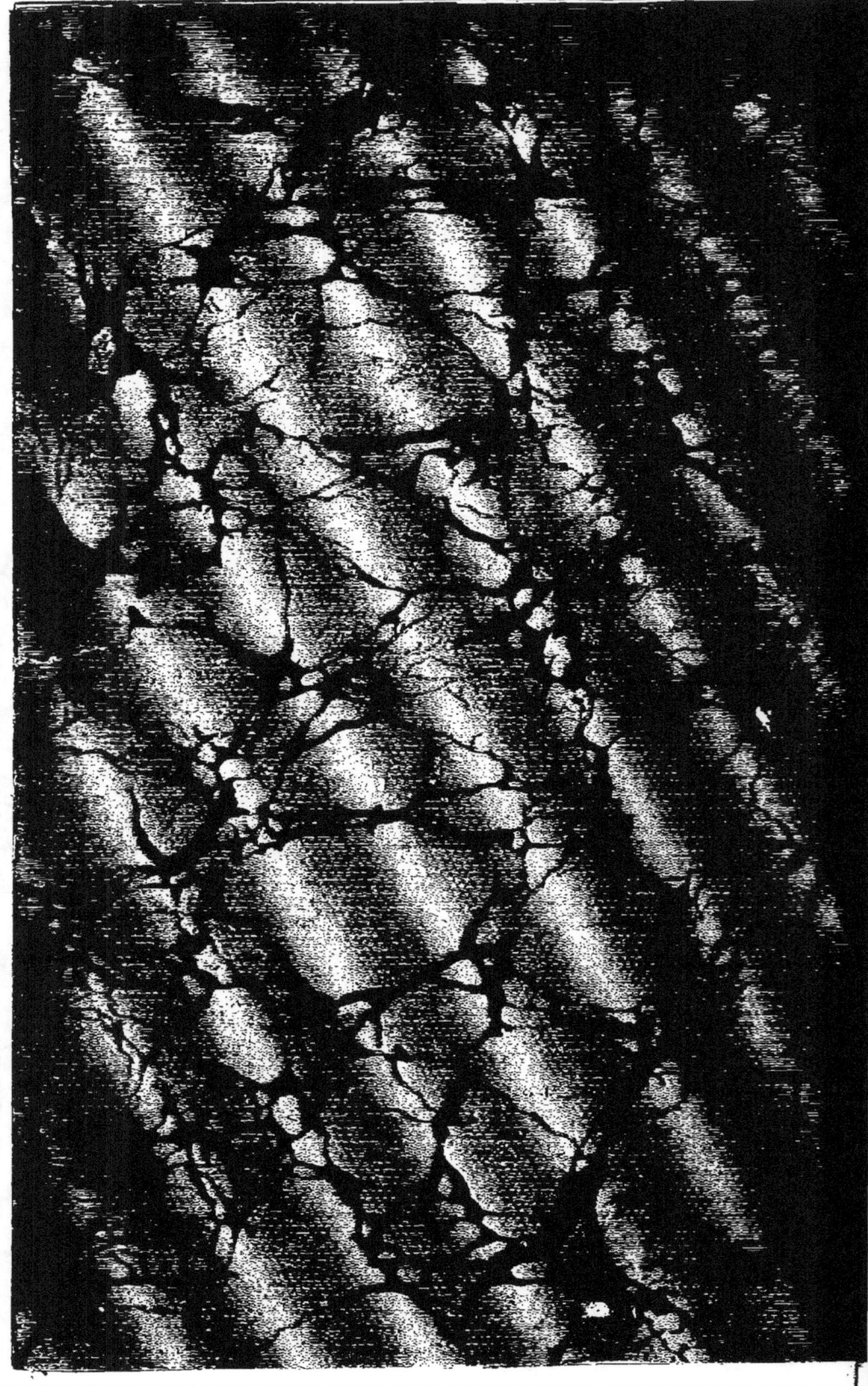

www.ingramcontent.com/pod-product-compliance
Lightning Source LLC
Chambersburg PA
CBHW070330030726
47505CB00004B/1145